CONJURATION DELTA

Phil SMANS

CONJURATION DELTA

TECHNO - THRILLER

EAUX TROUBLES

Ceci est une œuvre de fiction. Les situations et les personnages décrits dans ce livre sont purement imaginaires : toute ressemblance avec des personnages ou des événements existants ou ayant existé ne serait que pure coïncidence.

Retrouvez-nous sur : www.editionseauxtroubles.com

Conception graphique et mise en page
Graphisme :

ISBN : 978-2-940766-31-4

Remerciements

Je tiens à remercier l'équipe qui m'a permis de faire évoluer favorablement ce thriller, grâce à leurs remarques pertinentes et constructives.

En premier lieu, Isabelle Stoelen : à nouveau, dans son rôle d'éditrice, elle a fait preuve d'un professionnalisme sans faille.

Merci également à mon équipe de primo-lecteurs : Willy Lefèvre (alias Marc Page), Monique et Virginie Smans, Laurent Massart. Ils ont démontré de la clairvoyance et de la patience.

Je remercie également Mark Zellweger pour sa confiance : l'aventure continue avec les éditions Eaux Troubles...

Je me sens profondément redevable à Ian Manook/Roy Braverman, pour son amitié et son indéfectible soutien. C'est un vrai mentor.

Enfin, mais ce n'est pas le moindre, un grand merci à mon épouse Valérie et ma fille Diane : leur support a été déterminant.

PERSONNAGES PRINCIPAUX :

Patrick Doyle : jeune cadre supérieur d'une grande société informatique de pointe, Terastar. D'origine irlandaise. Ancien para-commando. Il s'agit du personnage principal.

Judith Mathis : journaliste bretonne basée à Genève, spécialisée dans les matières environnementales. Compagne de Patrick Doyle.

Zoran Filipović : tueur à gages.

Marina Pinelli : docteure en mathématiques, analyste pour Interpol.

Christian Debruyne : brillant jeune inspecteur de l'agence européenne Europol.

Denis Ramirez : directeur opérationnel du Club Irsac, une association aussi puissante que secrète.

Milorad Knezerodivic : parrain de la mafia serbe.

Tous les autres personnages ont des rôles secondaires.

Prologue

Paris, France : 4 décembre 2018

Patrick Doyle pénétra dans le bar de l'hôtel et s'immobilisa quelques instants, son regard parcourant l'imposante pièce. La première chose qui accrochait l'attention était l'invraisemblable lustre décoré d'une multitude de petits objets lumineux, dispersés dans une sorte d'entrelacement de lianes. L'aspect esthétique était discutable, mais cela faisait son effet. Enfin quelque chose sortant de l'ordinaire des hôtels de chaînes internationales...

À force de les fréquenter, le chef des projets spéciaux de Terastar s'était parfois surpris à admirer la manière dont chacun de ces établissements s'efforçait de donner le sentiment d'être unique, alors que l'impression générale était toujours identique. Après tout, c'était sans doute le but recherché... Durant un bref instant, il ne put s'empêcher d'imaginer le type de substance que le designer avait dû ingurgiter pour imaginer un tel plafonnier.

Il se dirigea vers une petite table circulaire peu éloignée du bar, avec une vue dégagée sur l'entrée, et s'installa confortablement sur la banquette accolée au mur. Aussitôt, un serveur se présenta pour prendre la commande, tel un chasseur ayant patiemment attendu, tapi dans l'ombre, l'apparition de sa proie.

Une fois sa bière commandée, Patrick se détendit.

Une seule autre table était occupée : deux élégantes femmes d'âge mûr paraissaient absorbées dans une conversation intense, et leur langage corporel suggérait que cette dernière se situait à la lisière d'une franche dispute.

Personne d'autre dans le bar : il était donc le premier arrivé au rendez-vous.

Chaque fois qu'il se trouvait dans cette situation, cela l'amusait d'essayer de deviner, parmi les clients entrant dans la pièce, lequel serait l'interlocuteur avec qui il avait rendez-vous.

C'était le cas : un courrier électronique de son patron, Sergueï Klimov, lui avait simplement mentionné qu'une personne souhaitait discuter avec lui au bar de l'hôtel où Patrick résidait, et qu'il comptait sur lui pour être présent à ce rendez-vous. Rien d'autre.

Bien entendu, cela rajoutait un peu de piment à la situation : rencontrer quelqu'un d'inconnu pour discuter d'un sujet qui l'était tout autant, voilà qui donnait quelque relief à ce qu'était devenue sa vie professionnelle depuis quelques mois. Elle pouvait se résumer ainsi : une succession de réunions d'information auprès des instances politiques de divers pays, afin de tenter de leur expliquer les implications concrètes des prodigieux développements informatiques en cours chez Terastar et dans d'autres sociétés de pointe.

On aurait pu croire que le monde politique allait

prendre à bras-le-corps ces informations de première main, afin d'anticiper les choses et de s'assurer que l'intégration de ces technologies par la société civile se fasse le plus en douceur possible. Jouer leur rôle, en somme...

Rien de tout cela : les gouvernements semblaient totalement dépassés, incapables de mesurer l'ampleur des avancées technologiques, complètement largués, enfermés dans des schémas du passé. Ils étaient semblables à des conducteurs de vieilles locomotives à vapeur, tellement concentrés sur le pilotage de leur antiquité que cela les rendait incapables de distinguer le TGV les dépassant à folle allure.

Pourtant, Dieu savait qu'on avait essayé de leur faire prendre conscience que le monde était en train de se transformer de manière radicale. Depuis quelques mois, Patrick était bien placé pour le savoir. Peut-être devrait-il changer son approche ? Peut-être le percevait-on comme un vulgaire lobbyiste essayant d'influencer la législation d'une manière favorable à son produit ?

Un homme entra et se dirigea vers le comptoir. Sa démarche semblait avoir pour unique fonction d'essayer de contenir un ventre énorme, auquel la gravité posait visiblement un sérieux défi. En soufflant comme un bœuf, il s'assit pesamment sur un tabouret de bar. Instinctivement, Patrick posa son regard sur les montants du siège, craignant de voir ceux-ci s'effondrer sous le poids de leur hôte.

Laissant son esprit vagabonder, Patrick repensa à l'entrevue de l'après-midi, avec un conseiller de l'Élysée : ce dernier s'était montré d'une arrogance inouïe, semblant le considérer comme faisant partie d'une espèce inférieure sur laquelle la sélection naturelle n'avait pas encore joué son rôle. Avec comme conséquence qu'il n'avait pas encore atteint le stade de développement de génies tels que lui. Son comportement évoquait la condescendance d'un seigneur s'adressant à un serf : de même qu'un paysan ne serait jamais à même de comprendre les aléas de la gestion d'un domaine, comment un simple représentant d'une entreprise pourrait-il appréhender les enjeux de la gestion d'un grand pays ?

Ses pensées furent interrompues par l'entrée d'une ravissante jeune femme, que Patrick détailla de la tête aux pieds : longs cheveux châtains, tailleur pantalon bleu marine avec chemisier blanc, souliers à talons hauts de couleur noire. Elle s'arrêta juste après l'entrée, et parcourut lentement la salle du regard, avec une posture de mannequin accentuant son physique avantageux. Son regard accrocha brièvement le sien. À l'issue du tour d'horizon, ne semblant pas avoir trouvé celui ou celle qu'elle cherchait, elle tourna les talons et ressortit.

Un couple entra, se bécotant à qui mieux mieux sans se soucier le moins du monde de la présence d'autres personnes. L'homme dirigea sa partenaire vers une table en lui posant de manière appuyée la main sur les fesses.

Puis, un homme entra. Instinctivement, Patrick sentit que c'était son interlocuteur : parcourant la salle avec un regard d'aigle, il semblait passer au scanner chaque individu. Lorsque leurs regards se croisèrent, le doute n'était plus permis, comme si un mystérieux protocole de communication avait synchronisé à distance leurs cerveaux respectifs. Il se dirigea sans la moindre hésitation vers Patrick.

— Monsieur Doyle ? Ravi de faire votre connaissance. Mon nom est Christian Debruyne.

— Enchanté, monsieur Debruyne.

À nouveau, un serveur surgi de nulle part se précipita avec empressement vers la table. Pendant la prise de commande, Patrick détailla son vis-à-vis. Affublé d'un blazer bleu et d'une chemise blanche, celui-ci semblait calme et posé. Cette impression était renforcée par l'absence de cravate. Il procédait avec une lenteur évoquant l'assurance d'un grand félin se promenant dans la savane. Chaque geste ou regard semblait avoir été minutieusement calculé de manière à obtenir le maximum d'intensité, sans toutefois que cette densité n'alourdisse l'atmosphère.

En se calant confortablement dans son fauteuil, il lui sourit chaleureusement.

— Je constate avec plaisir que M. Klimov vous a fait suivre mon invitation, et je tiens à vous remercier de me consacrer du temps. Je suppose qu'il vous a expliqué ce dont il s'agissait ?

— Eh bien non, figurez-vous. Je n'ai reçu aucune explication.

Un voile d'étonnement sembla se déposer lentement sur la figure de Christian Debruyne.

— Ce n'est pas surprenant, enchaîna Patrick.

Sergueï Klimov est un super patron, mais il est parfois... hors-norme. Ce n'est pas toujours facile de le suivre.

— Je vois...

En réalité, il ne voyait rien du tout, pensa subrepticement Patrick. En l'observant, il crut déceler un léger affaissement d'épaules, reflétant peut-être un simple découragement à l'idée de tout devoir expliquer à partir de zéro...

Il se redressa, comme pour montrer qu'il était prêt à faire face dignement à ce léger contretemps.

— Avant toute chose, je vais vous demander la plus stricte confidentialité. Nous n'allons pas signer de paperasse pour formaliser cela, mais je tiens néanmoins à insister sur ce point. Puis-je vous faire confiance ?

— Vous pouvez, répondit Patrick sans hésitation, quoique passablement intrigué par une telle entrée en matière.

— Ensuite, nous ne serons pas seuls. Une collègue doit nous rejoindre d'un instant à l'autre.

— Toujours aucun problème pour moi.

Sa réponse fut accueillie par un léger sourire.

— Monsieur Doyle, je vais sans doute vous étonner, mais nous avons déjà été en contact.

Aussitôt, Patrick fit fonctionner son cerveau à plein régime, comme s'il s'agissait d'un microprocesseur auquel on aurait adressé une requête *via* un moteur de recherche. Après une fraction de seconde, il avait déjà compris que sa substance grise allait livrer un résultat négatif : il n'avait jamais vu ce gars-là de sa vie.

Debruyne sembla avoir instantanément compris le verdict, et il enchaîna :

— Pas de manière directe. Vous et moi avons été impliqués dans une même affaire, mais sans jamais nous rencontrer en tête à tête. C'est à présent chose faite.

— Et de quelle affaire s'agit-il ?

— L'Arche de Noé. La liste Alpha[1]. Wen Zuhang.

Patrick eut l'impression que son estomac cherchait violemment à sortir de son abdomen, comme un animal sauvage furieux de se sentir enfermé. Une déferlante d'images, de sons et de sensations le submergea, saturant son cerveau, et le rendant momentanément incapable de la moindre réaction. Son interlocuteur devait avoir prévu le coup, car il enchaîna sans attendre :

— Oui, ces évènements étaient vraiment incroyables. J'en connais les tenants et les aboutissants : je suis policier et j'ai été impliqué dans cette affaire. Je connais le rôle que vous y avez joué mais vous ignorez, je pense, quel a été le mien. Je vais donc vous le retracer.

Au fil du récit, Patrick sentait sa capacité d'écoute s'améliorer : les choses se remettaient en place dans son esprit bousculé. Subrepticement, une question de plus en plus insistante se forçait à présent un passage dans la jungle de ses pensées. À l'issue du compte-rendu, cette interrogation avait éclipsé toute autre considération, et jaillit de la bouche de Patrick comme s'il lui était urgent de

---

[1] Voir livre du même nom.

l'éjecter :

— Êtes-vous en train de me dire qu'on n'en a pas fini avec cette histoire ?

Christian Debruyne éclata de rire.

— Non, rassurez-vous. Les protagonistes sont toujours bien sous les verrous. La situation est parfaitement sous contrôle.

Patrick poussa de manière appuyée, presque théâtrale, un long soupir de soulagement.

— Vous m'avez fait peur...

Christian Debruyne esquissa un léger sourire, avant de continuer :

— Peu après cette saga, j'ai eu une promotion. Notez bien que je ne suis pas certain de l'existence d'un lien de cause à effet entre cette dernière et l'affaire de l'Arche de Noé, mais sait-on jamais ? Les voies des services de police sont impénétrables. Bref, j'ai été muté au sein d'Europol, à La Haye. Cette agence est spécialisée dans la répression de la criminalité, et soutient les États membres de l'Union européenne dans leur lutte contre la grande criminalité internationale, le terrorisme, le trafic de stupéfiants, la pédophilie et la cybercriminalité. Nous travaillons également avec plusieurs pays partenaires non-membres, ainsi qu'avec des organisations internationales extérieures à l'UE, comme Interpol à Lyon. Nous ne sommes pas des flics classiques, monsieur Doyle. Nous ne passons pas les menottes aux poignets des méchants, cela reste du ressort des autorités policières locales. Nous sommes plutôt un concentré de spécialistes pouvant fournir aux différentes polices européennes une puissance de feu redoutable en matière d'analyse. Nous leur servons de support, si vous préférez. Et nous coordonnons les efforts des polices nationales lors de certaines enquêtes d'envergure.

Il s'interrompit, son regard fixant un point au-dessus de l'épaule de Patrick.

— Je vais d'ailleurs avoir l'occasion de vous présenter une collègue d'Interpol.

Ils se levèrent de manière parfaitement synchronisée.

— Monsieur Doyle, permettez-moi de vous présenter Marina Pinelli, une de nos meilleures analystes.

Patrick n'en crut pas ses yeux. La jeune femme le dépassait de plus d'une tête, et elle lui écrabouilla les phalanges en lui serrant la main. Sans un sourire, elle s'assit et claqua bruyamment des doigts pour appeler le serveur à l'affût. Ce dernier s'approcha d'une manière nettement plus prudente et moins empressée que les deux fois précédentes, comme si le gibier appartenait désormais à une catégorie dangereuse.

Elle avait des cheveux blonds outrageusement peroxydés, coupés courts et même rasés au niveau des tempes. Son débardeur laissait voir des bras évoquant ceux d'une catcheuse, et Patrick n'arrivait pas à détacher son regard d'un des volumineux biceps sur lequel se trouvait un énorme tatouage :

$$e^{i\pi} = -1$$

— La plus belle formule mathématique de tous

les temps.

Il sursauta, comme pris en flagrant délit de voyeurisme. La jeune femme, amusée, le fixait :

— En une courte formule de six caractères, on y retrouve le nombre d'Euler[2], le nombre imaginaire et le nombre Pi[3]. En plus, quand on l'énonce, cela claque comme un coup de fouet. C'est de toute beauté, ne trouvez-vous pas ?

— Euh, eh bien... oui, c'est certain, même si je dois avouer que je suis un peu rouillé en la matière.

Christian éclata à nouveau de rire.

— Vous devez savoir, Patrick, que Marina est docteure en mathématiques. Mais pas seulement : elle est également instructrice de krav-maga. Mais surtout, elle est l'une des plus brillantes analystes d'Interpol.

Patrick tentait à présent de canaliser le flux de ses pensées. À l'évidence, être une flèche en mathématiques pouvait être utile pour une analyste de la police. Pratiquer un art martial également. Mais l'essentiel lui échappait toujours. Au risque de brusquer les choses, il décida de se lancer :

— Bien, à présent que nous sommes au complet, pourrions-nous en venir aux faits ? Que me vaut le plaisir de me trouver en présence de deux membres

---

[2] Le suisse Euler a donné vers 1750 la lettre *e* pour ce nombre celle de la première lettre de son nom, il en a déduit la fonction exponentielle.

[3] Pi, appelé parfois constante d'Archimède, est un nombre représenté par la lettre grecque minuscule du même nom : π. C'est le rapport constant de la circonférence d'un cercle à son diamètre dans un plan euclidien. On peut également le définir comme le rapport de l'aire d'un disque au carré de son rayon.

d'organisations policières de haut niveau ?

Christian et Marina fixaient leurs boissons respectives, semblant chercher leurs mots.

— Nous souhaitons voir dans quelle mesure vous pourriez nous venir en aide, murmura Debruyne.

— Vous venir en aide ?

Les deux policiers se contentèrent de hocher lentement la tête d'un air lugubre.

— Et vous aider à quoi ?

La jeune femme le fixa d'un regard froid, avant de regarder brièvement autour d'elle, comme pour s'assurer qu'aucune oreille indiscrète ne se trouvait à portée de voix. Elle chuchota presque :

— À faire face au cauchemar absolu de tout policier...

∞

Marina Pinelli parlait posément, ne s'interrompant que pour boire une gorgée de son vin blanc, ou lorsqu'un client ou serveur passait à moins de deux mètres de leur table. Elle avait dû estimer que c'était la distance de sécurité permettant de garantir la confidentialité de son propos, en tenant compte de l'intensité de sa voix. Celle-ci avait surpris Patrick : musicale et mélodieuse, elle ne cadrait pas avec le physique plutôt rude de la jeune femme.

— Le phénomène des tueurs en série est très ancien. Les criminels tuant de manière répétée et sans motif apparent ont toujours existé. On ne peut même pas dire objectivement que leur nombre est en augmentation. En réalité, après un pic dans les années 1980 et 1990, il est même en diminution dans beaucoup de pays. Mais il y a un véritable phénomène médiatique autour de ce thème, notamment à cause du nombre invraisemblable de films et de séries centrés sur ce sujet. Les scénaristes s'en sont donné à cœur joie : c'est porteur, et cela frappe l'imagination populaire. Les gens adorent se faire peur par écran interposé. Cela dit, heureusement, la problématique a été également traitée de manière scientifique et de nombreux spécialistes ont abordé les choses très sérieusement. Vous n'imaginez pas le volume d'articles, de livres, de thèses ayant été publiés sur les tueurs en série ! Une source inépuisable d'informations, dont l'utilité est désormais prouvée. Dans la majorité des cas, en effet, on arrive à coincer ces malades, quels que soient leurs motifs : sexuels, racistes, appât du gain, besoin de s'affirmer ou de démontrer sa maîtrise, que sais-je encore. On a même trouvé un tueur en série de chats. On en a vu des organisés, des désorganisés, des impulsifs, des réfléchis, des rapides, des lents, des sadiques... La variété règne en maître dans ce domaine. Les techniques informatiques ont boosté le taux d'élucidation, par la puissance d'analyse et le volume de données disponibles : on peut en un clic de souris faire des corrélations, des recoupements et des analyses par âge, zone géographique, couleur politique, classe sociale, préférence sexuelle, couleur de peau, etc. C'est redoutable ! Ma conviction est qu'il y a *toujours* un fil conducteur dans le cas de meurtres en série, même s'il est vraiment bien camouflé.

Elle marqua une courte pause, en baissant les yeux.

— Enfin, c'était ma conviction.

— *C'était* ?

— Oui, jusque récemment.

Christian Debruyne releva la tête. Il paraissait soudain fatigué.

— Cela a débuté à Europol il y a quelques mois, et de manière plutôt classique. Deux meurtres ont été mis en relation, alors que l'un avait été commis au Danemark, et l'autre en Espagne. *A priori*, rien ne les reliait : d'un côté une jeune femme étudiante en sciences politiques, et de l'autre un journaliste d'âge moyen. Aucun lien entre les deux, ni familiaux ni professionnels. Jusqu'au moment où les logiciels analysant en permanence nos bases de données ont mis en évidence une chose étonnante.

— Quoi donc ?

— Ils avaient été tués d'une balle dans la tête.

— C'est tout ?

— Non. La balle provenait du même fusil.

— Comment pouvez-vous en être certain ?

— Chaque balle porte sur elle la signature de l'arme de laquelle elle a été éjectée. L'intérieur du canon est gravé de rayures en spirale, permettant d'imprimer un mouvement de rotation au projectile, ce qui stabilise sa sortie du canon et sa trajectoire. Lors du tir, les caractéristiques de ces rayures se gravent sur la balle. Deux projectiles tirés avec le même fusil porteront les mêmes marques sur eux et, à condition de disposer d'une analyse assez fine, on peut donc en déduire qu'ils proviennent de la même arme. Des photos en très haute définition des deux balles avaient été prises sous plusieurs angles, et bingo ! L'informatique a fait le reste.

Patrick fit une légère moue.

— Et c'est suffisant pour parler de tueur en série ?

— Non, bien entendu. Il faut au moins trois homicides sur une période de plus de trente jours.

— Et ?

— Eh bien, c'était seulement le début, il y a un peu plus d'un an. À l'heure où je vous parle, nous avons 27 homicides en 13 mois.

— Pardon ?

— Oui, vous avez bien entendu. 27 meurtres en 13 mois, tous commis de la même manière : une balle, une seule, tirée en pleine tête, et provenant de la même arme.

Un léger « bip » se fit entendre, suivi une fraction de seconde par un autre, d'une tonalité légèrement différente. À l'unisson, les deux policiers dégainèrent leurs smartphones, les allumèrent et firent défiler quelques écrans, que Patrick essaya de déchiffrer sans succès.

Christian Debruyne et Marina Pinelli se regardèrent brièvement, puis la jeune femme se tourna vers Patrick :

— Rectification, monsieur Doyle. Nous avons à présent 28 homicides au tableau de chasse de notre tueur en série...

∞

Le policier d'Europol, à l'instar de sa collègue

d'Interpol, parlait en murmurant presque, et en jetant de manière régulière des regards autour de lui.

— En croisant nos bases de données avec celles d'Interpol, nous avons commencé par détecter quelques autres cas, hors Europe : au Brésil, en Thaïlande, en Afrique du Sud. C'était déjà préoccupant, bien entendu, mais ensuite, rapidement, la liste s'est allongée. Nous avons alors réellement compris l'ampleur du phénomène : c'était du jamais-vu. Il y a quelqu'un, un homme ou une femme, quelque part, qui tue sans relâche, à un rythme régulier et effréné, sans aucune logique apparente, partout dans le monde. Sur ses premières 27 victimes, ni nos analystes ni nos ordinateurs n'ont pu détecter le moindre lien, la moindre corrélation. Aucun semblant d'explication. Géographie, race, classe sociale, sexe, âge, convictions politiques, orientations sexuelles, degré de richesse, culture, religion : rien ne semble déterminant dans le choix des victimes de ce psychopathe. Aucun mobile apparent. Nous avons pris l'habitude de parler de lui au masculin car statistiquement, les tueurs en série mâles sont bien plus nombreux que les femmes. Mais tout est possible...

Il s'interrompit, comme pour reprendre son souffle. Sa collègue enchaîna :

— Le petit salopard semble même jouer avec nous : il ne fait pas le moindre effort pour camoufler l'origine des tirs, par exemple en changeant régulièrement de fusil. Non, rien de tout cela : chaque balle est composée du même alliage, introuvable dans le commerce, et tirée à partir de la même arme. C'est comme s'il était fier de laisser sa signature, écrite bien clairement. Ce fils de pute nous nargue...

Patrick en oubliait presque de respirer.

— Vous croyez vraiment qu'il vous défie ?

Après un moment de silence, Marina Pinelli répondit :

— Je ne sais pas. Nous avons le sentiment de ne plus rien savoir. En toute humilité, monsieur Doyle, nous devons vous avouer que nous sommes paumés.

— Et paniqués, ajouta Debruyne. J'ai l'impression d'entendre en permanence le « tic-tac » d'une montre décomptant les secondes avant le prochain meurtre.

Patrick se redressa légèrement.

— Je crois comprendre votre état d'esprit, mais je ne cerne toujours pas la raison pour laquelle vous vous adressez à moi.

— Nous n'avons rien à perdre à essayer autre chose, à explorer des pistes alternatives. Sur cette affaire, nos ordinateurs et logiciels sont apparemment arrivés au bout de leurs possibilités. Peut-être les vôtres arriveront-ils à faire mieux ? Après tout, vous êtes à la pointe en matière d'outils de recherche, non ?

Marina le fixa avec un léger sourire, comme si elle voulait signifier qu'elle avait un coup d'avance.

— En tout cas, votre patron semble vous avoir donné carte blanche...

#1

Kriens, Suisse : 5 octobre 2017

Du plus loin qu'il s'en souvienne, il avait toujours souffert d'une légère claustrophobie. Pas de quoi fouetter un chat, certes, mais bien de quoi se sentir légèrement mal à l'aise dans une cabine d'ascenseur, par exemple, lorsque le trajet dépassait une dizaine de secondes.

Ou dans une pièce sans fenêtres, comme celle dans laquelle il se trouvait. D'autant plus qu'il ne s'agissait pas d'une de ces gigantesques salles de conférence auxquelles il était habitué, mais d'un espace restreint, pouvant à peine accueillir une table et deux chaises. Son léger malaise était accentué par un éclairage blafard, qui semblait supprimer toute sensation de perspective pour ne laisser place qu'à un espace aseptisé. Même le bruit de sa conversation semblait assourdi, comme si l'environnement de la pièce s'efforçait de lisser tout ce qui risquait de présenter le moindre éclat.

En face de lui, l'homme se fondait parfaitement dans ce décor sinistre : son uniforme gris donnait la réplique à son visage fermé, et son regard vide ne quittait pas ses mains posées sur la table.

Il fut subitement saisi par le contraste entre ce personnage et lui-même, physiquement séparés par une simple table en Formica jaune clair. Un homme éteint et délavé en face d'un autre, vivant et habité par une flamme vive. Se pourrait-il qu'un jour lui aussi devienne une telle épave ? Lui, directeur opérationnel depuis quelques mois du Club Irsac, une association dont la puissance n'avait d'égale que la discrétion ? En réalité, pensa-t-il, la disparité existait non pas entre les deux hommes se faisant face, mais entre l'homme aujourd'hui atone et le même homme autrefois flamboyant. Entre le Martin Reichmann actuel et celui d'un passé récent. Il n'y a pas loin du Capitole à la roche Tarpéienne...

Il avait patiemment reconstitué les évènements incroyables dont très peu de personnes étaient au courant, et totalement ignorés du grand public et de la presse. Cela lui avait pris un certain temps, mais, à présent qu'il disposait de toutes les pièces du puzzle, tout pouvait se résumer de manière très succincte : l'homme en face de lui, Reichmann, était il y a peu un puissant industriel. Il s'était lié d'amitié avec Peterson, un journaliste spécialisé dans les matières liées à l'écologie. Pris de panique face à l'augmentation rapide de la population mondiale et aux dégâts écologiques irrémédiables qui en étaient la conséquence, ils avaient mis au point un plan destiné à supprimer 80 % de la population mondiale, ne gardant qu'une élite sélectionnée sur base d'un logiciel développé par une scientifique surdouée, Louise Griffin. Leur conspiration avait été déjouée et les protagonistes placés en détention dans des quartiers pénitentiaires de haute sécurité. Louise Griffin, quant à elle, avait été victime d'un grave accident de la circulation en Suisse et végétait dans un coma profond[4].

C'était cette femme qui l'intéressait. À peine nommé directeur des opérations du Club Irsac, il avait été contacté par une des membres de son conseil scientifique. Entre la jeune chercheuse en intelligence artificielle et lui, le courant passa immédiatement à merveille. Son esprit était vif et brillant, sa capacité de synthèse éblouissante. Il se souvenait quasiment mot pour mot d'un passage de leur conversation, gravé au fer rouge dans sa mémoire :

« *Monsieur le directeur, l'ADN de notre organisation réside dans le déterminisme, cher à nos pères fondateurs. Simon de Laplace*[5] *l'avait merveilleusement exprimé : si on connaît dans les moindres détails l'état actuel d'un système ainsi que les lois qui le gouvernent, on peut déduire son état futur. Lumineux, n'est-ce pas ? Et cela a fonctionné ! Mais uniquement dans des systèmes régis par des lois simples, et que l'on peut décrire avec relativement peu de données : le système solaire, certains phénomènes biologiques ou chimiques, des mécanismes pas trop complexes. Mais décrire le futur de l'humanité, par exemple, ce serait une autre paire de manches : les lois sont infiniment*

---

[4] Voir *La Liste Alpha.*

[5] Pierre-Simon de Laplace ou Pierre-Simon Laplace, comte Laplace, puis 1er marquis de Laplace, né le 23 mars 1749 à Beaumont-en-Auge et mort le 5 mars 1827 à Paris, est un mathématicien, astronome, physicien et homme politique français. Laplace est l'un des principaux scientifiques de la période napoléonienne.

plus complexes, et ne parlons pas de la quantité de données nécessaires pour décrire son état actuel. En outre, il faudrait une puissance de calcul extraordinaire pour appliquer ces lois.

– En effet, cela semble largement hors de notre portée.

– C'était hors de portée.

– Pardon ?

– Vous m'avez bien entendue : c'était. Ça ne l'est plus.

– Comment cela ?

– Nous avons à présent les trois ingrédients à notre disposition. Tout d'abord, les données : à l'heure des big data, *celles-ci sont créées à un rythme inimaginable, des milliards de milliards de fois supérieur à ce qui a existé jusqu'à présent au cours de l'histoire humaine. Ensuite, la puissance de calcul : il en va de même, nous avons d'ores et déjà atteint un niveau qui, pour l'homme de la rue, confinerait à de la science-fiction. Et, finalement, la compréhension des lois gérant nos vies et notre environnement. Là aussi, nous avons à présent l'outil permettant de comprendre ces lois avec une précision jamais atteinte : l'intelligence artificielle. »*

L'excitation ressentie à ce moment fut similaire à un violent orgasme intellectuel, un véritable déchaînement de sensations au sein de ses neurones, et encore aujourd'hui l'évocation de cette conversation lui procurait un délicieux frisson au creux des entrailles.

Enfin, après presque deux siècles, ils voyaient la

lumière au bout du tunnel. Ils allaient arriver à leurs fins, atteindre l'objectif tant de fois rêvé.

La conseillère scientifique avait cependant dû tempérer son euphorie : les ingrédients étaient disponibles, certes, surtout avec la puissance de frappe financière du Club, mais il manquait quelqu'un capable de les cuisiner. C'était la raison de son entrevue : elle pensait connaître la seule personne adéquate, la perle rare. Une étudiante exceptionnellement brillante, côtoyée lors de son cursus à la fois au Massachussetts Institute of Technology à Boston et à l'Université de Californie à Los Angeles. Elle se souvenait de son nom, Louise Griffin, mais avait depuis lors perdu sa trace.

Fébrilement, il s'était alors lancé à sa recherche. C'était comme se trouver face à une pelote de laine emmêlée : impossible de tout dénouer d'un coup. Il fallait procéder par étapes, nœud après nœud. Pour en arriver à une terrible douche froide lorsqu'il apprit son état comateux.

Après cette brève bouffée d'intense excitation, la vie reprit son cours. Jusqu'à cette matinée, il y a environ deux semaines, où il lut dans un entrefilet de son journal quotidien qu'une patiente d'une clinique privée du canton de Vaud était miraculeusement sortie d'un état de coma prolongé. L'article précisait que les médecins ne s'expliquaient pas encore comment un tel phénomène pouvait se produire. Quant à l'identité de la patiente, elle ne pouvait pas être communiquée, le secret médical étant d'application.

Se pouvait-il que ce soit Louise Griffin ? Le seul

moyen d'en être sûr, c'était de rencontrer la dernière personne avec qui elle avait été en contact régulier : Martin Reichmann. Le capitaine d'industrie déchu, à présent sous les verrous dans le quartier de haute sécurité de la prison de Kriens, en Suisse.

Le silence régnait dans la pièce. Presque à regret, quittant sa rêverie, le président du Club prit la parole. Son ton se voulait doux, comme s'il craignait de voir son interlocuteur se briser en morceaux devant lui, comme du cristal, s'il parlait trop brusquement.

— Comme je vous l'ai dit, monsieur Reichmann, j'ai obtenu la garantie que notre entretien se passe dans le secret le plus complet. Pas de témoins, pas de caméras, pas de micros. Vous pouvez me faire confiance et parler librement.

Le prisonnier se contenta de hocher lentement la tête, sans lever les yeux. Son interlocuteur se demanda brièvement s'il arriverait à tirer quoi que ce soit de ce qui ressemblait davantage à une méduse échouée sur une plage qu'à un ancien puissant magnat de l'industrie.

— Mon nom est Denis Ramirez. Je suis le directeur opérationnel d'une association dénommée le Club Irsac. Vous n'en avez sans doute jamais entendu parler, et c'est normal. Nous avons pour habitude de cultiver la discrétion. Disons que nous pratiquons l'adage « pour vivre heureux, vivons cachés », voyez-vous.

Toujours pas la moindre réaction. Il décida de continuer, en faisant toutefois l'impasse sur la longue introduction qu'il avait initialement prévue.

— Nous nous intéressons à une personne que vous avez bien connue. Louise Griffin.

À l'énoncé de ce nom, Reichmann releva lentement la tête. Pour la première fois, Ramirez put croiser son regard : c'était celui de quelqu'un qui semblait lutter pour émerger d'un brouillard intense. Il s'empressa de poursuivre, comme s'il redoutait que la faible lueur entrevue dans ses yeux ne s'éteigne à tout jamais :

— Il est important pour nous de pouvoir entrer en contact avec elle. Vous pouvez nous y aider.

Il redouta un bref instant d'avoir été trop brusque, d'avoir éteint définitivement une braise en ayant soufflé trop fort pour essayer de relancer un feu mourant. À son grand soulagement, Reichmann se mit à parler posément.

— Je l'ai bien connue, en effet. C'est une triste histoire...

Il s'était arrêté de parler, comme s'il attendait un signal pour continuer. Ramirez lui parla d'une voix douce.

— Racontez-la-moi, monsieur Reichmann.

∞

Au volant de sa Jaguar I-Pace, Ramirez se repassait mentalement l'entrevue avec Reichmann. Ainsi donc, ce dernier s'était pris d'affection pour cette Louise Griffin, au point de la considérer comme sa propre fille. Lorsqu'il avait appris son accident, il en avait été bouleversé. Il avait alors décidé de prendre en charge les frais d'hospitalisation de celle qui était désormais en coma profond, peut-être irréversible. Il avait donc transféré une importante somme d'argent, provenant des fonds secrets de sa holding, vers une fondation créée dans le but unique de financer les dépenses liées au suivi médical de la jeune femme dans une clinique privée du canton de Vaud. Après son arrestation, les fonctionnaires chargés de gérer son consortium de sociétés avaient retracé le mouvement d'argent, mais le montage juridique rendait la restitution des fonds impossible. De toute manière, d'après Reichmann, les fonctionnaires n'en avaient nullement l'intention, trouvant que le geste était noble et désintéressé. Et puis, de manière plus cynique, sans doute considéraient-ils que l'argent était plutôt bien utilisé, puisqu'il restait dans le périmètre de la confédération. À l'heure de l'évasion fiscale généralisée vers des paradis fiscaux exotiques, c'était toujours cela de pris sur l'ennemi. Et s'il permettait à une clinique privée helvétique de s'enrichir en toute honnêteté, pourquoi pas, après tout ?

À l'entrée du petit village, il ralentit. À sa sortie, il vit un panneau routier indiquant la clinique Bellevallée. Deux cents mètres plus loin, une autre indication lui fit prendre un joli chemin boisé, à l'issue duquel le splendide bâtiment s'offrit à sa vue. Ce dernier évoquait un hôtel de luxe pour stars en quête de ressourcement dans la campagne suisse, bien plus qu'une clinique privée.

L'entrée était à l'avenant : lumières tamisées, boiseries de luxe et personnel attentionné. On le fit patienter dans un salon, à côté d'une cheminée dans laquelle un feu de bois crépitait délicatement. Une gigantesque baie vitrée offrait une vue à couper le souffle sur le lac, en contrebas. Il s'attendait presque à ce qu'un barman en livrée vienne prendre sa commande.

Après quelques instants, une dame d'âge mûr, extraordinairement distinguée et élégante, entra et se dirigea vers lui.

– Monsieur Ramirez ? Gerda Bolliger, directrice de la clinique. Désolée de vous avoir fait attendre.

– Enchanté, madame Bolliger. Et rassurez-vous, patienter dans un tel environnement est plutôt un plaisir.

– Je suis ravie que cela vous plaise. Nous sommes très fiers de notre clinique, vous savez. Pas seulement à cause de la localisation et de l'environnement : nous avons atteint un standard de qualité de soins exceptionnellement élevé.

Durant le court trajet vers le bureau de la directrice, il fut abreuvé de quelques statistiques relatives au personnel soignant, aux résidents, aux soins aigus. Il les écouta poliment, sans trop y prêter attention.

Le bureau de la directrice était beaucoup plus sobre qu'attendu, son ambiance austère n'étant atténuée que par les tons colorés d'un gigantesque tableau d'art moderne évoquant soit de la lave en fusion dans un cratère volcanique, soit une coulée de haut fourneau en sidérurgie. Si c'était l'effet recherché, la réussite était au rendez-vous : on avait l'impression de sentir la chaleur irradier hors du cadre.

— Vous souhaitez donc avoir des renseignements sur une de nos patientes, c'est bien cela ?

— En effet.

— Vous n'ignorez pas que nous avons des contraintes de confidentialité liées au secret médical, n'est-ce pas ?

— Bien entendu. Mais vous devez comprendre la situation : je suis un des gestionnaires de la fondation qui finance le suivi médical d'une de vos résidentes, Louise Griffin. Nous avons appris par la presse qu'une patiente de votre clinique est miraculeusement sortie du coma prolongé dans lequel elle se trouvait depuis de nombreux mois. Il est de notre devoir de vérifier s'il s'agit d'elle ou pas. Le cas échéant, le financement en sera forcément affecté. Peut-être même stoppé définitivement.

La directrice encaissa visiblement le coup. La stratégie de Ramirez semblait fonctionner parfaitement : sous l'effet du choc, brusquement déstabilisée, elle ne pensa pas à demander une preuve quelconque qu'il était bien un gestionnaire de la fondation en question. L'idée de perdre une rentrée d'argent significative devait être sérieusement perturbante...

— Eh bien oui, il s'agit de Louise Griffin. Nous avions l'intention de vous prévenir, ne vous méprenez pas. Simplement, nous comptions le faire seulement après une période d'observation de quelques semaines, de manière à être certains de ne pas faire face à une rémission passagère. Vous savez, cela arrive parfois.

— Pourrais-je la voir ?

La directrice se leva.

— Oui, bien entendu. Veuillez me suivre. Mais je souhaite d'abord vous présenter le médecin spécialement chargé de son cas.

∞

À son accent, on devinait l'origine russe, ou à tout le moins slave, du spécialiste. Il parlait de manière posée, sans qu'il soit possible de distinguer si c'était son rythme naturel ou s'il faisait l'effort de l'adapter pour un interlocuteur moins instruit.

— Le cas de Louise Griffin nous a pris de court. Vous savez, nous avons développé une expertise de pointe en matière d'états comateux. Par exemple, nous avons eu récemment le cas d'un garçon de sept ans, victime d'un terrible traumatisme crânien après avoir été renversé par une voiture alors qu'il circulait à vélo. Il est resté quatre semaines dans le coma. Ses parents étaient désespérés. Je leur ai néanmoins assuré qu'il avait 90 % de chances de sortir de son état végétatif. Et il en est sorti ! Je ne suis pas devin, j'ai simplement développé un outil statistique permettant de prédire l'avenir des personnes plongées dans le coma. En plus des examens cliniques, après ce que nous appelons la période aiguë, c'est-à-dire les premières semaines de léthargie, le patient passe par une technique d'imagerie médicale très précise, utilisant des machines dernière génération, au cours de laquelle des dizaines de paramètres sont enregistrés. Les résultats sont comparés à une base de données et chaque malade est ensuite classé selon ses résultats. Moins la note est élevée, plus il a de chances de se réveiller sans séquelles. Sur l'IRM s'affichent également les zones abîmées du cerveau, ce qui permet d'évaluer les handicaps éventuels qui subsisteront après le réveil.

— Et dans le cas de Louise Griffin ?

— Son score était vraiment élevé, indiquant une chance quasiment nulle de sortir du coma. En outre, les lésions cérébrales étaient significatives, laissant présumer de très sérieuses séquelles si par hasard elle en sortait malgré tout.

Le médecin parla soudain plus rapidement, en écartant les bras de manière théâtrale. Peut-être avait-il senti instinctivement que le QI de son interlocuteur n'était finalement pas si bas.

— Mon modèle mathématique est très performant, je peux vous l'assurer. Mais malheureusement, la médecine n'est pas encore une science exacte, même si on s'en approche. Le métier de médecin est quasiment devenu celui d'analyste de données. D'ailleurs, il est probable que sous peu, des machines feront la majeure partie de notre boulot bien mieux que nous. Mais je m'égare... pour en revenir au cas Griffin, c'est très surprenant. Elle a déjoué toutes les prédictions et s'est réveillée un beau jour, sans aucun signe avant-coureur. Une sorte d'anomalie statistique, si vous voulez.

— Et les séquelles ?

— En ce qui concerne son visage, la chirurgie esthétique a beau faire des miracles, elle en gardera à tout jamais des traces.

— Et au niveau de ses facultés ?

— C'est là le plus étrange. À la suite des sérieux

dommages constatés dans la zone du cerveau qu'on appelle corne d'Ammon[6], elle semble souffrir d'une forme particulière d'amnésie rétrograde, entraînant une détérioration significative des mémoires sémantique et épisodique. Significative, mais sélective.

— C'est-à-dire ?

Le médecin esquissa un sourire, sans doute satisfait de constater que son interlocuteur avait été poussé dans ses derniers retranchements intellectuels. Denis Ramirez pouvait sentir son épouvantable haleine de tabac, particulièrement incongrue pour un professionnel de la santé.

— Pour faire simple, elle semble avoir tout oublié de son passé, jusqu'à son nom. La faculté de langage semble, par contre, parfaitement conservée. Nous lui avons fait passer une batterie de tests, et ceux-ci démontraient un esprit extrêmement logique et structuré. J'ai alors eu l'idée de la mettre devant un ordinateur, en présence de notre responsable informatique. Celui-ci a commencé par lui soumettre quelques problèmes simples, qu'elle a résolus sans la moindre hésitation. Ensuite, il a augmenté le niveau de complexité, jusqu'à lui soumettre des difficultés algorithmiques de très haut niveau.

— Et ?

— D'après notre expert, elle est d'un niveau exceptionnel, bien au-delà de ce qu'il a jamais vu.

---

[6] La corne d'Ammon constitue, avec le gyrus denté, la structure du cerveau impliquée dans la mémoire, nommée hippocampe.

Sans doute était-elle une pro dans le domaine, mais l'étonnant est qu'elle semble n'avoir rien oublié des techniques et des langages informatiques. Encore plus surprenant, c'est une des seules choses dont elle semble se souvenir. Et il n'est pas impossible que sa période de coma ait encore amélioré cette compétence particulière, au détriment des autres. Comme si, durant son coma, son cerveau avait continué à améliorer, « en arrière-plan », ces compétences particulières. Certains cas cliniques similaires ont été documentés. Vous savez, le domaine du cerveau est encore largement *terra incognita*...

Martinez se força à dissimuler la vague d'excitation qu'il sentait monter en lui.

— Docteur, pourrais-je la voir ?

2

Berlin, Allemagne : 21 décembre 2017

Il sortit de l'ascenseur panoramique. Durant le court trajet, son regard aiguisé avait déjà détecté dans l'atrium de l'hôtel deux personnes qui semblaient attendre, l'une en costume noir et l'autre en blouson de cuir. Celles-ci se dirigèrent vers lui, sans la moindre hésitation, et lui adressèrent la parole d'un ton froid.

— Zoran Filipović ?

Il acquiesça d'un léger mouvement de la tête, sans un mot.

— Nous allons vous prendre en charge. Veuillez nous suivre.

Ils sortirent de l'hôtel et le firent monter dans une limousine Mercedes AMG S 65. Les rues de la capitale allemande défilaient rapidement. Après une vingtaine de minutes, le véhicule aborda une banlieue reculée, peuplée de barres d'immeubles cafardeux héritées de l'ex-RDA. Brusquement, il bifurqua sur la droite et s'immobilisa au milieu d'un terrain vague jonché de déchets de chantiers de construction.

Sans un mot, on le fit sortir de la voiture et on lui posa un large bandeau sur les yeux. La température étant glaciale, on le fit remonter sur le siège arrière de la voiture. Après quelques minutes, il entendit un autre véhicule s'approcher puis stopper. On l'y transféra, toujours sans un seul mot.

La voiture démarra, mais cette fois le périple fut beaucoup plus long : Zoran l'estima à environ deux heures, durant lesquelles il s'efforça de pratiquer quelques exercices de relaxation.

Il sentit l'auto ralentir, puis s'immobiliser et finalement le moteur s'arrêter. Les yeux bandés, on le fit entrer dans un bâtiment. Il ne put s'empêcher de s'interroger sur le type de construction : maison, immeuble à appartements, école, entrepôt ? L'odeur, sans raison objective, le fit pencher pour une villa. Ils le guidèrent encore durant quelques mètres, dans ce qu'il imaginait être un couloir, puis ils bifurquèrent sur la droite. Une odeur de feu ouvert lui sauta au nez. Peut-être un chalet ? Il sentit qu'on le faisait s'assoir sur un siège.

Enfin, on lui enleva le bandeau. En clignant des yeux, la première chose qu'il vit fut un homme assis dans un fauteuil en face de lui, les jambes croisées. Il le scanna rapidement : d'un certain âge, sa chevelure grise était cependant encore épaisse, et un bouc soigneusement taillé équilibrait à merveille un visage austère mais serein. Instantanément, il se sentit mis en confiance par cet étrange individu dégageant un charisme palpable.

L'homme lui adressa la parole d'un ton calme :

— Monsieur Filipović, vous avez été en contact, jusqu'ici, uniquement avec des intermédiaires. Permettez-moi donc de me présenter : je m'appelle Denis Ramirez. Je suis le directeur opérationnel d'une association appelée le Club Irsac. En avez-vous déjà entendu parler ?

— Non.

— Cela ne m'étonne guère. Nous avons une politique de discrétion. Vous n'avez d'ailleurs pas besoin d'en savoir beaucoup sur nous pour envisager d'accepter de collaborer avec nous. Disons simplement que nous sommes une très ancienne association, fondée en France à la fin du XVIIIe siècle, et que nous disposons de moyens très importants. Malheureusement, je regrette de ne pas pouvoir vous en dire beaucoup plus. En tout cas, pour l'instant.

Un long silence avait suivi cette entrée en matière. Zoran ne réagit pas : il avait pris pour habitude de parler le moins possible et s'en tenait strictement à cette règle de conduite. Dans son métier, cette attitude représentait une véritable assurance-vie. Moins il parlait, mieux c'était. Il en résultait ces moments creux, au sein des conversations, qui étaient peut-être insupportables pour certains, mais dont lui s'accommodait parfaitement. De toute manière, il n'avait jamais été vraiment bavard, même si on ne pouvait pas vraiment le qualifier de taciturne. Il ne devait donc pas se faire violence pour limiter les conversations professionnelles au strict minimum. Il profita des quelques instants de silence pour parcourir du coin de l'œil la pièce : très dépouillée, elle comportait, outre deux fauteuils, une table basse et une bibliothèque murale remplie de volumes à reliure de cuir. Par pur réflexe professionnel, il chercha les fenêtres : il y en avait une seule, par laquelle on distinguait simplement que la nuit était tombée. Les hommes qui l'avaient accompagné avaient quitté les lieux.

Son interlocuteur se pencha vers la table basse, sur laquelle se trouvaient deux verres et une fiole remplie d'un liquide brunâtre.

— Puis-je vous servir quelque chose à boire ? J'ai ici un excellent cognac Martell Domaine Pierre de Bechillon Boraud. Vous m'en direz des nouvelles...

Il remplit consciencieusement les deux verres, avec des gestes cérémonieux. Après avoir servi son hôte, il se cala confortablement et sirota une gorgée. Le silence se prolongea encore quelques instants. Puis il se redressa un peu.

— Monsieur Filipović, nous vous avons contacté car vous êtes le meilleur dans votre domaine. Et de loin : quarante-sept contrats à votre actif, sans la moindre bavure. Des industriels, des politiciens, des juges, des policiers, des trafiquants de drogue, des chefs mafieux. Et vous n'apparaissez sur aucune liste de suspects : pour le monde judiciaire, vous n'existez même pas. On n'aurait guère plus de raisons de vous soupçonner que la reine d'Angleterre, George Clooney ou le patron du bistrot du coin.

Il fit mine de s'incliner légèrement.

— Respect !

Il temporisa quelques instants, guettant la réaction de son interlocuteur. L'immobilité parfaite de ce dernier lui suggéra immédiatement que c'était à lui d'aller de l'avant, sinon ils seraient encore là le lendemain matin.

— Vous imaginez sans doute avoir été contacté

pour un autre contrat. Eh bien, détrompez-vous.

Re-silence.

— Nous ne vous proposons pas une nouvelle affaire.

À nouveau, une pause prolongée. Derrière son visage de marbre, la situation commençait cependant à l'intriguer.

— Nous vous offrons un partenariat de longue durée.

Zoran bougea très légèrement la tête. Ramirez interpréta cela comme une demande de confirmation.

— Oui, vous m'avez bien entendu. Un partenariat de longue durée. Pour parler clairement, nous souhaitons vous avoir exclusivement à notre service. D'après mes renseignements, vous demandez cent mille euros par contrat. Je vous en offre le double. Pour un nombre de contrats qui oscillera entre quarante et cinquante par an. Je vous laisse faire le calcul.

Après un moment de surprise, Zoran lui sourit.

— Je crains que vous ne connaissiez mal le métier, monsieur Ramirez. Il est impossible, pour un vrai professionnel, de traiter plus d'une dizaine de contrats par an.

— Puis-je vous demander pourquoi ?

— Chaque contrat doit être soigneusement préparé. Cela prend plusieurs semaines : il faut collecter des renseignements sur la cible, l'observer sur le terrain, noter ses déplacements, ses lieux de vie, ses habitudes, ses fréquentations. L'analyse de tous ces éléments débouche sur un premier scénario possible, qu'il faut ensuite mettre au point en détail et tester « à blanc ». Et tout cela en totale discrétion, bien entendu, ce qui ne facilite guère les choses. Il faut ensuite envisager tous les risques, toutes les possibilités d'échec. Il faut arriver à connaître sur le bout des doigts toutes les protections dont bénéficie le sujet. Souvent, le premier scénario n'est pas retenu, et il faut en élaborer un autre, plus solide. Ou un troisième. Croyez-moi, cela prend vraiment beaucoup de temps.

Il s'attendait à ce que Ramirez montre une forme de déception. À son grand étonnement, ce dernier l'avait écouté sans cesser de sourire.

— Monsieur Filipović, puis-je vous demander quel est l'élément critique qui fait que cela prend tellement de temps ? De tout ce que vous m'avez cité, qu'est-ce qui est réellement la cause d'une durée aussi élevée ?

Pour la première fois, Zoran se sentit déstabilisé. Il marqua un temps d'hésitation.

— Je vous avoue ne pas très bien comprendre la question.

— Si je vous propose un contrat sur l'amant de la femme du boulanger d'un petit village, cela vous prendra-t-il beaucoup de temps pour l'honorer ? Je parle du contrat, bien entendu, pas de la femme...

Zoran ne nota guère la tentative d'humour et répondit instantanément :

— Non, bien entendu. Une telle cible n'a pas de protections. Mais la plupart de mes activités concernent des personnalités hautement protégées.

Vous les avez vous-même mentionnées tout à l'heure : politiciens, juges, chefs mafieux. C'est autre chose que l'amant d'une bouseuse, vous en conviendrez.

Ramirez éclata d'un petit rire.

— J'en conviens. Voilà pourquoi je pense que mon offre est non seulement intéressante, mais pleinement réalisable. Je vous propose ni plus ni moins que le rêve absolu de tout professionnel de votre secteur : rien que des cibles peu ou pas connues, donc peu ou pas protégées. Et en grande, en très grande quantité. Vous ne connaîtrez vraiment pas de moments creux : aucun chômage technique, une activité stable et soutenue, selon un planning que vous pourrez élaborer à votre convenance, soumis à très peu de contraintes. Ce que je vous propose, monsieur Filipović, c'est le beurre, l'argent du beurre et le sourire de la crémière.

Zoran luttait de toutes ses forces afin d'essayer de ne rien laisser paraître, mais il était à présent vraiment perturbé. Une foule de questions lui venaient à l'esprit, saturant dangereusement ses neurones. Afin de ne pas perdre la main, il en prit une au hasard.

— Pouvez-vous m'en dire plus sur les cibles ?

Ramirez se recala dans son fauteuil.

— Comme je vous l'ai dit, ce sont des personnes peu connues. C'est le seul élément pertinent susceptible d'influencer votre décision de collaborer avec nous ou pas, outre les aspects financiers, bien entendu. Il y aura des hommes, des femmes, et cela sur les cinq continents. Des jeunes, parfois des moins jeunes. Divers métiers, races, origines. Un peu de tout... avec comme caractéristique commune le fait qu'aucun ne sera une vraie célébrité.

— Et pourquoi souhaitez-vous les éliminer ?

— Tout simplement parce qu'elles présentent un risque de nuire à notre organisation.

— Et vous n'avez aucun autre moyen d'éviter qu'ils ne vous portent préjudice ?

Ramirez s'était lui-même maintes fois posé la question. Une interrogation fondamentale, presque métaphysique. Son esprit évacua rapidement le sujet : ce n'était ni le moment ni l'endroit pour aborder sereinement ce sujet.

— On peut toujours perdre du temps à philosopher sur la possibilité qu'il existe un moyen moins radical. Sachez simplement que nous ne souhaitons prendre aucun risque.

Au ton utilisé, Zoran comprit que ce sujet était clos. Il avait préparé une autre question, destinée à lui faire gagner du temps plutôt qu'à l'éclaircir.

— Et pourquoi m'avoir choisi pour cette tâche ?

— Je vous l'ai dit, vous êtes le meilleur. Mais je vais être franc avec vous : pas seulement.

Il sirota lentement une gorgée de cognac avant de poursuivre :

— C'est également dû à votre manière de procéder. D'après mes renseignements, vous travaillez de manière extrêmement « propre ». C'est un aspect des choses auquel je tiens énormément.

Zoran porta le verre à ses lèvres, se contentant de les humecter sans boire. L'odeur lui plut. Il redéposa son verre en regardant son vis-à-vis droit dans les yeux.

— Comment voyez-vous, de manière concrète, la suite des évènements ?

Ramirez sourit légèrement. De manière codée, le tueur venait de lui signifier son accord.

— Vous allez opérer de manière totalement autonome. Nous ne nous reverrons plus jamais. Vous recevrez à intervalles réguliers une liste, sous forme de papier. Vous la faire parvenir sous forme électronique serait bien trop risqué : les grandes oreilles fonctionnent dangereusement bien. Cette liste contiendra simplement les noms, coordonnées et descriptions des cibles. Nous l'appellerons « La Liste Delta ».

— Comment ?

— La Liste Delta. Comme la quatrième lettre de l'alphabet grec.

Il n'estima pas nécessaire de fournir plus d'explications, malgré l'importance de ce symbole pour son organisation. Le triangle représentait en effet au mieux leur philosophie : ils se voyaient au sommet d'une pyramide, dominant le monde. En outre, la lettre majuscule Δ était souvent utilisée en sciences et mathématiques pour décrire une différence entre deux grandeurs, delta étant l'initiale du mot grec *diaphorá*, signifiant « différence ». Cela reflétait bien leur idéal : marquer la disparité entre eux, l'élite, et le reste du monde. Quant à la chimie, Δ était souvent rencontré pour indiquer qu'une réaction chimique est menée à chaud... suggérant ainsi de manière plaisante que son organisation ne manquait guère d'énergie.

— Bref, ce document contiendra les noms de ceux que vous allez envoyer *ad patres*. Il sera régulièrement mis à jour, sans doute une fois par an. Nous ne vous ferons parvenir une nouvelle liste que lorsqu'il y aura des changements : nouvelles priorités, nouveaux noms, ou noms à supprimer. Par supprimer, je veux dire « enlever de la liste », et pas supprimer au sens où vous l'entendez habituellement...

À nouveau, Zoran ne souhaita pas réagir à la tentative pathétique d'insérer un trait d'humour.

— Qui me fournira cette liste ?

— Peu importe. Elle vous sera remise à votre domicile.

— Mon domicile ?

— Eh oui, cher monsieur Filipović, vous devrez avoir un domicile fixe.

Zoran ne put réprimer un léger mouvement de recul. Son interlocuteur leva légèrement les mains en signe d'apaisement :

— Oui, bien entendu, ce n'est pas dans vos habitudes, et cela ne correspond pas aux pratiques du métier. Mais nous devrons pouvoir vous contacter rapidement afin de vous fournir de nouvelles listes. Opérer « en terre brûlée » ne serait donc guère pratique, d'autant plus que certaines nouvelles cibles devront probablement être traitées dans l'urgence. Cela dit, rassurez-vous, nous vous avons préparé une couverture idéale : vous allez endosser le rôle de conseiller commercial international d'une société multinationale appartenant à un de nos membres. Personne ne s'étonnera de vous voir voyager régulièrement aux quatre coins du monde, parfois pour des périodes prolongées. Vous aurez un contrat de travail en bonne et due forme, un salaire vous sera versé chaque mois, vous aurez un plan d'épargne-retraite, et vous paierez vos impôts. Le parfait cadre supérieur, en somme. Votre vrai salaire, celui lié aux contrats se trouvant dans la Liste Delta, sera versé sur un compte offshore de la fédération de Saint-André-des-Templiers, dans les Petites Antilles. Ce minuscule État des Caraïbes offre une parfaite garantie d'anonymat. Tous les détails seront réglés par nos meilleurs experts fiscaux. À présent, si je peux me permettre...

Ramirez sembla hésiter.

— Allez-y...

— Pour parfaire la couverture, ce serait vraiment bien que vous viviez avec une femme. Un couple paraît toujours moins suspect qu'une personne isolée, vous comprenez...

Zoran étouffa un petit rire.

— Et là aussi, vous avez prévu quelque chose ?

— Non. Mais pensez-y. Il va de soi que vous pouvez également décider de vivre avec un homme. Votre domicile sera établi à Zürich et les Suisses sont devenus très tolérants en la matière. Cela n'attirerait pas l'attention.

— Voilà qui me rassure...

Ramirez ne sut pas comment il devait interpréter cette dernière remarque. Peut-être de l'humour slave ? Le Croate enchaîna :

— Et quand recevrai-je la première Liste Delta ?

Ramirez se redressa et sortit de la poche intérieure de son veston une enveloppe frappée d'un Δ.

— La voici...

3

Belgrade, Serbie : 28 décembre 2017

L'homme éclata de rire.

— *Reci, prijatelju*[7]... On dirait que ça fait longtemps que tu n'as pas mis les pieds dans notre belle Serbie !...

Zoran resta de marbre.

— Un certain temps, en effet.

— Alors je vais t'apprendre que la situation a changé, ici. Le gouvernement a de nouveau lancé une opération antimafia, encore plus importante que la précédente. Beaucoup d'entre nous ont été arrêtés, ou éliminés. D'autres ont émigré. Il te sera très difficile de rencontrer Darko Šarić, toutes les forces spéciales sont à ses trousses, surtout depuis que ses liens avec les mafias albanaise, russe et bulgare ont été découverts. Non, crois-moi, même s'il continue à gérer ses affaires dans la clandestinité, tu n'arriveras pas à entrer en contact avec lui. Mais moi, par contre, je pourrais peut-être t'aider. De quoi as-tu besoin ?

Zoran dévisagea son vis-à-vis. Plutôt replet, sans être obèse, la graisse semblait répartie équitablement sur toutes les parties de son corps, comme pour qu'aucune ne soit jalouse de l'autre : ventre,

---

[7] « Dis donc, mon ami »

bras, cou, cuisses, visage, mains, doigts. Tout était joufflu, et l'ensemble était couronné de courts cheveux gris, taillés en brosse.

– Est-ce qu'il est toujours actif dans le trafic d'êtres humains ?

– Bien entendu. Qu'est-ce que tu crois ? Quand on a une telle activité lucrative dans son portefeuille, on ne la lâche pas. En outre, ce segment de son business a été boosté par les différentes vagues migratoires. Ils ont bien su prendre la balle au bond, les frères Šarić ! Et, malins comme des diables, ils en ont profité pour se diversifier vers le trafic d'organes. Surtout les reins et les cœurs. Ah, tu n'imagines pas la demande au marché noir ! C'est à croire que l'Occident est rempli de riches petits vieux espérant retrouver de la vitalité en se faisant transplanter des organes divers provenant de jeunes migrants pleins d'énergie. Et je ne te dis pas la marge bénéficiaire : un rein, tu le paies au maximum 5 000 euros à un migrant qui a besoin de ce fric pour faire venir sa famille, et tu le revends au minimum 250 000 euros. Imbattable comme rendement !

Durant un court instant, Zoran eut le sentiment de se trouver face à un banquier lui vantant les mérites d'un placement financier. Sauf qu'un homme de la finance aurait sans doute porté autre chose que l'horrible blouson dont son interlocuteur était affublé : en cuir brun foncé, muni de fourrure à l'extrémité des manches et au col, il surmontait un pantalon de jogging à trois bandes qui avaient dû être blanches à une lointaine époque... Ce dernier continuait, de plus en plus fébrile :

— Et tu ne sais pas tout ! Ils sont vraiment habiles, les frères Šarić ! Ils avaient passé un accord avec l'Armée de libération du Kosovo, qui organisait régulièrement des rafles. Après prélèvement d'organes, les corps étaient enterrés dans une mine privée près du village de Zilivoda. Une filière d'approvisionnement fantastique !

Il alluma une nouvelle cigarette au mégot de l'ancienne, avant de poursuivre :

— Bon, maintenant c'est un peu plus difficile, il y a quelques pressions internationales et des ONG qui nous posent de petits problèmes, mais il y a encore du beurre à se faire...

Il s'interrompit pour boire une gorgée de café brûlant, puis s'essuya la bouche du revers de la main. L'odeur sucrée et crémeuse du breuvage avait envahi tout l'espace du minuscule appartement du bloc 66A du boulevard Crvene Armije.

— Bon, revenons à nos moutons, Zoran. Pourquoi t'intéresses-tu au trafic d'êtres humains ?

— J'aurais besoin d'une femme.

— Pas de soucis, mon ami. Pour l'instant, les plus prisées, ce sont les Nigérianes. Les proxénètes italiens ne s'y trompent pas, ils les adorent. Très productives et bien soumises. Excellente marchandise, mais un peu chère : compte entre 30 000 et 60 000 euros. Mais selon moi, le meilleur rapport qualité-prix, pour l'instant, ce sont celles de Corée du Nord : rends-toi compte, tu peux avoir une fille de vingt ans pour 20 000 euros. Avec tout le raffinement asiatique en prime ! Sinon, le moins cher nous vient du Pakistan : tu peux en trouver à moins de 5 000 euros. Ou alors...

Zoran fit un geste de la main en vue de l'interrompre.

— Non, Branko, tu ne m'as pas compris : je cherche une femme pour moi.

Le mafieux éclata d'un rire joyeux.

— Ah ! Tu veux t'offrir un cadeau de Nouvel An ! Très bien, mais pourquoi tu ne vas pas simplement louer une escort girl ? On est au XXIe siècle, tu sais, il y a des sites internet très bien faits pour cela.

Zoran secoua la tête en souriant légèrement.

— Tu ne m'as toujours pas compris. Je voudrais une femme pour vivre avec moi.

Branko écarquilla les yeux.

— Une femme pour vivre avec toi ? Mais pourquoi tu ne vas pas simplement dans une agence matrimoniale ? Ou un site de rencontre ?

Zoran soupira profondément. L'idée de vivre avec une femme lui avait d'abord semblé étrange, puis cela avait commencé à lui travailler l'esprit et les entrailles. Quelque chose de lointain semblait remonter à la surface, comme un besoin trop longtemps refoulé. Au début, il mit cela sur le compte des stéréotypes de son éducation : combien de fois lui avait-on fait entendre qu'un homme est fait pour vivre avec une femme et fonder une famille. Mais l'idée, insidieusement, semblait se frayer de multiples chemins à travers les méandres de sa conscience, comme de la végétation parvenant à s'immiscer entre les briques d'un mur, jusqu'à faire céder celui-ci. Finalement, pourquoi pas ? Le risque principal était facile à cerner : vivre avec quelqu'un démultipliait les chances que l'on découvre sa vraie activité, tout simplement. Donc, il lui faudrait une femme discrète, soumise, fidèle. Et, à l'évidence, jolie. En analysant ces critères, il estima que le plus difficile était celui relatif à la loyauté : il lui fallait une allégeance absolue. Pour lui, c'était quasiment une question de survie. Bien entendu, elle ne saurait rien de son vrai métier, mais il ne pouvait pas se permettre le moindre risque. Elle devrait donc être peu curieuse, et totalement dévouée. Plus, même : à sa botte. Pas facile à trouver... Sauf si la femme lui était vraiment redevable, au plus profond d'elle-même, de quelque chose de vital. Voilà la solution ! C'était limpide : il allait extraire une femme de l'enfer, pour qu'elle lui en soit à jamais reconnaissante. Bien entendu, l'idée de vivre avec une ancienne prostituée ayant été salie et abîmée par toutes les ignominies dont certains hommes sont capables, cela le révulsait. C'est alors qu'il eut un autre déclic...

— Écoute, Branko, je vais être franc avec toi. Je vais changer de vie, et il faut que je m'installe avec une femme. N'essaye pas de comprendre, c'est comme ça. Je souhaite en acheter une lors d'une vente privée.

Le Serbe se raidit.

— Comment es-tu au courant de nos ventes privées ?

— Ce sont les frères Šarić eux-mêmes qui m'en ont parlé : un des derniers contrats que j'ai exécutés pour eux était un flic qui avait réussi à se faire passer pour un acheteur en vue d'une infiltration.

Branko sortit une nouvelle cigarette noire à bout doré.

— Tu ne te refuses rien, hein... Tu en veux une belle, vierge, soumise... Tu sais jusqu'à combien cela peut monter, ce genre de marchandise ? On ne solde pas, nous, et on n'organise pas de Black Friday...

— Oui, je sais...

Il aspira une longue bouffée, qu'il recracha lentement en fixant Zoran droit dans les yeux.

— Bon, nous avons une vente spéciale de fin d'année après-demain. Si j'obtiens l'autorisation de t'y amener, je viendrai te prendre à ton hôtel à 14 heures.

∞

L'Audi 4x4 semblait survoler la route enneigée. On se serait cru dans un cocon : la température intérieure était idéale, les sièges confortables et la musique agréable. Tout cela rendait la campagne environnante encore plus éclatante de blancheur. En définitive, seul le conducteur dénotait : il avait des cheveux mi-longs vraiment très gras, et un faciès taillé à la serpe dont le côté gauche était orné d'une monumentale balafre. Heureusement, de son siège arrière, Zoran ne distinguait que le bon côté du visage.

À côté de lui, Branko terminait d'envoyer un texto.

— Bien, on nous attend. Cela ne sera plus très long, il y a encore une trentaine de kilomètres.

— Pourquoi faut-il organiser cela dans la cambrousse ? Ce serait tout aussi bien dans un entrepôt en ville, non ?

— Nous faisons cela pour des raisons de sécurité. Le fermier est grassement rémunéré, et on installe un solide périmètre de sécurité autour de la grange où a lieu la vente. En outre, le site n'est pas trop éloigné de l'endroit où nous accueillons et gardons les filles. Moins de transport, moins de risques. Question de bon sens, finalement.

Zoran nota qu'il avait mentionné « accueillir les filles » plutôt que « stocker la marchandise ». Ça le changeait...

Il éprouva le sentiment, plutôt agréable, qu'il allait faire d'une pierre deux coups. Ou trois, même. Un : renforcer son identité de couverture. Deux : profiter régulièrement d'une présence féminine à sa totale et exclusive disposition. Trois : extraire une femme d'un destin funeste, c'était faire une bonne action, il ne fallait quand même pas l'oublier...

Branko lui avait expliqué plus en détail le processus. C'était assez simple, en définitive : les filles étaient sélectionnées dans certains internats, la plupart du temps avec la complicité de la direction de ces établissements. À ce stade, uniquement sur base de critères physiques. Donc, on ciblait une jolie élève. Quelques jours avant le kidnapping, le conseiller d'éducation envoyait une lettre aux parents en mentionnant que leur fille semblait perturbée, rebelle, ce genre de choses. Puis on enlevait la fille, et il n'était dès lors vraiment pas difficile pour les parents d'imaginer une fugue. Ensuite, c'était aux flics à expliquer à la famille que s'il n'y avait pas de nouvelles, c'est que la fugue avait peut-être mal tourné, comme cela pouvait malheureusement arriver. Mais le problème n'était plus celui de l'internat. Il fallait une certaine rotation, pour que les soupçons ne pèsent pas trop sur les établissements complices. Mais la base était suffisante pour assurer un tel roulement. En outre, tout le monde semblait persuadé que la jeunesse était de plus en plus névrosée, donc de telles fugues ne surprenaient guère le grand public qui préférait de loin s'intéresser à la téléréalité et aux matches de foot. Évidemment, pour les parents, le monde s'effondrait... Mais on ne faisait pas d'omelettes sans casser d'œufs, n'est-ce pas... !

— Dis-moi, Branko, il y aura beaucoup d'acheteurs présents ?

— Non, on limite à cinq. Pour toi, on a fait une exception, vous serez six. Tout d'abord, pour une question évidente de sécurité : il faut être trié sur le volet pour être admis à ce type d'évènement. Ensuite, il y a très peu de filles à vendre. On doit rester prudent, tu vois. C'est comme pour les champs que tu vois autour de toi : si on récolte trop, on épuise le sol. Pour nous, c'est la même chose : si on rafle trop de filles, cela risque de porter préjudice à nos établissements complices. On tuerait la poule aux œufs d'or. Et puis, on est dans le business, ne l'oublie pas. Les règles de l'économie s'appliquent. La loi de l'offre et de la demande, tout ce qui est rare est cher, etc.

Zoran écoutait distraitement, en regardant le paysage défiler. Il n'y avait quasiment aucun trafic sur la petite route.

— Et quel type de personnes vais-je y voir ?

— Tu veux dire les acheteurs ?

— Oui.

— Oh, principalement de riches frustrés sexuels.

Zoran eut un très léger mouvement de recul, presque imperceptible, mais qui n'échappa pas à son voisin.

— Oh, oh, du calme. Je sais que dans ton cas, c'est différent. Je ne suis pas un idiot, et je sais que si tu veux changer de vie, tu dois te construire une nouvelle identité. À mon avis, tu as estimé qu'avec une femme ce serait plus crédible de vivre dans une quelconque banlieue bourgeoise, mais alors avec une gonzesse qui te soit totalement soumise, discrète, qui ne pose pas trop de questions, ce genre de chose. Je me trompe ?

Zoran ne répondit pas.

— Tu vois, ceux que tu rencontreras cherchent la même chose, mais pas pour la même raison : eux, ce sont des pervers. Ils cherchent un objet sexuel qui soit leur chose à eux, qu'ils puissent dominer et posséder à leur guise. Cela les excite, sans doute.

Après quelques secondes de silence, Zoran se tourna vers Branko.

— Dis-moi, comment peux-tu garantir à tes clients qu'elles seront soumises et qu'elles n'essayeront pas de s'enfuir pour retrouver leur famille ?

Le Serbe regardait distraitement par la fenêtre.

— Ça, tu sais, c'est une affaire de conditionnement. De lavage de cerveau, si tu veux. Là aussi, on a mis au point un procédé qui a fait ses preuves. On endort chaque fille, et on leur injecte sous la peau une puce GPS, à leur insu. En général, dans le haut d'une fesse. Chaque propriétaire peut donc les localiser en permanence. Il y en avait toujours l'une ou l'autre qui tentait de fuir. Hop, un signal d'alarme se déclenchait dès qu'elle sortait d'un périmètre défini, et on la récupérait vite fait. Cela fait partie du service après-vente, d'une certaine manière. Bon, à cela tu me rétorqueras que ça n'empêche pas les tentatives répétées, et qu'il y a toujours un risque. C'est ce qu'on s'est dit aussi. Alors, on a eu une idée géniale : chaque fois qu'une fille vendue avait la mauvaise idée de fuir, on l'amenait devant celles qui étaient en attente d'être vendues, et on la torturait à mort devant elles. Bien entendu, le propriétaire perdait son bien, mais on le dédommageait largement. Crois-moi, cela fonctionne, elles apprennent vraiment vite - et pour de bon - que ce n'est pas dans leur intérêt de se barrer. D'ailleurs, la velléité de ficher le camp a vraiment été en chute libre. Plus aucune n'a envie de tenter le coup. Heureusement, on avait filmé quelques séances de « repentir », car il n'y en a vraiment plus aucune que l'idée de foutre le camp effleure. Alors, à présent, on leur montre quelques vidéos avant la vente, durant la phase de conditionnement. C'est moins bien que le *live*, et encore moins bien que si c'est une de celles qu'elles ont côtoyées en captivité qui y passe, mais cela semble quand même fonctionner. Elles savent que si elles tentent le coup, comme elles ont une ou plusieurs puces GPS quelque part dans le corps, à des endroits qu'elles ignorent, on les chopera vite fait bien fait, et que la suite ne sera *vraiment* pas agréable pour elles...

Il se pencha vers le dossier du siège avant et rabattit un écran encastré, qu'il alluma, puis il pianota sur quelques touches de l'écran tactile.

— Tiens, mate-moi la dernière séance qu'on a eu l'occasion de filmer. Du grand art, tu verras...

Sur l'écran haute définition, deux hommes cagoulés traînaient une jeune fille, portant des chaînes aux pieds et aux mains, vers un brasero entouré de scies, de couteaux et de pinces coupantes. La jeune fille sanglotait convulsivement. En demi-cercle, six autres femmes se tenaient à genoux, les mains liées dans le dos, le regard terrifié.

Côtoyer la mafia serbo-croate avait beau avoir endurci Zoran, il lui fut malgré tout pénible de voir la victime hurler à pleins poumons lorsqu'on lui apposait sur un sein un tisonnier chauffé à blanc, ou lorsque la mèche d'une foreuse électrique s'enfonçait en vrillant dans ses parties intimes.

Branko, lui, semblait y prendre une certaine forme de plaisir ; en tout cas, il paraissait fier de montrer l'enregistrement. Il poussa sur le bouton « avance rapide ».

— Attends, tu vas voir la fin. C'est le meilleur.

Le défilement rapide s'arrêta au moment où un des hommes s'approchait de la jeune femme. Cette dernière, couverte de sang, parvenait encore à se tenir à genoux, mais paraissait à deux doigts de s'évanouir. Un de ses yeux pendait hors de son orbite. Épuisée, elle ne hurlait plus, mais on entendait un léger râle sortir de sa gorge. L'homme, théâtral, montra lentement aux six filles agenouillées le couteau qu'il tenait en main : la lame était épaisse mais très courte, évoquant un couteau à huître.

Ensuite, il s'attela à la tâche : il s'attaqua consciencieusement au cou, comme on fait le tour d'une pomme de terre qu'on épluche. Un peu de sang gicla sur lui. Il fit deux fois le tour, jusqu'au moment où il arriva aux os du cou. Il prit alors un meilleur appui afin de pouvoir insérer la lame entre deux vertèbres cervicales. Après deux autres tours complets, il essaya de séparer la tête du tronc en la tirant par les cheveux. Celle-ci résistait encore... Il fit donc un tour supplémentaire en appuyant encore plus fort sur le couteau. Concentré, il lui imprimait le même mouvement que lorsqu'on ouvre une huître récalcitrante. Un sourire triomphal éclaira son visage lorsque la tête se désolidarisa du tronc.

Il l'empoigna et se tourna vers les filles. Il leur mit la tête sous le nez et les força chacune à regarder le trophée durant quelques longues secondes. Une terreur indicible se lisait dans leurs regards, filmés en gros plan.

— Tu comprends pourquoi elles n'essaient plus de se faire la malle ?

Zoran acquiesça, sans un mot.

La voiture ralentit et s'engagea dans un chemin campagnard. Après trois cents mètres, elle stoppa. Un homme en uniforme noir, au logo d'une société de sécurité, se pencha vers le conducteur, puis s'éloigna de quelques pas et marmonna quelque chose dans son talkie-walkie. La voiture redémarra et roula durant quelques centaines de mètres, avant de s'immobiliser devant une imposante grange, à côté de cinq berlines de luxe. Un homme avec une Kalachnikov en bandoulière les escorta jusqu'à la porte d'entrée.

L'intérieur était immense, et la température agréable surprenait, en comparaison du froid pinçant de l'extérieur. Zoran avisa un nombre imposant de chaufferettes disposées régulièrement sur le pourtour de la pièce dont le volume lui évoqua celui d'une cathédrale.

Tout semblait se passer à l'autre extrémité, vers laquelle ils se dirigèrent : plusieurs personnes élégamment habillées y bavardaient calmement, une coupe de champagne à la main. On se serait cru à un cocktail mondain, si ce n'était le décor surréaliste : des bottes de foin, certaines recouvertes de couvertures colorées, avaient été disposées de part et d'autre d'une charrette, au milieu de tonneaux en bois et de divers ustensiles agricoles. On aurait juré une reconstitution soignée, destinée à un parc d'attractions. Sauf que dans ce cas, on n'aurait certainement pas disposé dans le décor plusieurs filles entièrement nues. Là aussi, la mise en scène était soignée : deux étaient allongées sur les bottes de paille, l'une emboîtée dans l'autre, son bras recouvrant l'épaule de sa voisine. Deux étaient disposées dans la charrette, contre les parois, et on en distinguait deux autres de part et d'autre d'un tonneau.

La dernière avait été placée contre la roue de la carriole et une pelle avait été glissée entre ses mains. À l'évidence, on avait recherché un effet bucolique...

Il s'approcha de la première femme : celle-ci, une jolie rousse, était immobile, les yeux grands ouverts, vitreux.

— Elles sont droguées ?

— Non, répondit Branko. Hors de question de leur faire toucher de la saloperie, tu sembles oublier qu'on ne fournit ici que de la marchandise haut de gamme : vierge, *clean*, bien éduquée. Les droguer risquerait d'abîmer le matériel. Non, on leur a simplement injecté un calmant, celui que le vétérinaire utilise pour le gros bétail avant une opération. Et à même dose.

Zoran avança de quelques pas, puis s'arrêta devant une autre fille, aux cheveux blonds, dont le visage était tourné de l'autre côté.

— Tu veux voir celle-ci ? demanda le Serbe.

Il empoigna le bras de la fille et la souleva vigoureusement, sans prêter le moins du monde attention au risque de lui déboîter l'épaule. Il dut la tenir fermement contre lui : totalement inerte, elle était incapable de rester debout.

— Alors, c'est pas du beau châssis, ça ?

À la vue du visage, Zoran ressentit un choc. Il se sentit comme brutalement aspiré dans le temps, se retrouvant, sonné, à la fin des années 1990.

Tanja !

Ce visage était une réplique quasiment parfaite de celui de Tanja, la fille d'une des fermes de son village de Draškovec. La première femme à lui avoir fait connaître l'amour...

Ce ne pouvait pas être elle, bien entendu, l'âge ne correspondant pas. Il laissa ses yeux parcourir lentement le corps, comme pour le comparer à celui qui était imprimé dans sa mémoire. La confrontation était inégale, il le savait : un mâle avait tendance à idéaliser ses premières expériences sexuelles, c'était sans doute le résultat de l'impact sur le cerveau de certains phénomènes biochimiques liés aux hormones... Il n'en restait pas moins que l'anatomie se trouvant devant lui était sublime : une peau parfaite et des formes superbes, le tout bien proportionné.

D'un seul coup, le spectacle de cette belle femme, entièrement nue et maintenue par un homme de main miteux, lui apparut insupportable.

— Combien, pour elle ?

4

São Paulo, Brésil : 19 janvier 2018

Zoran ferma doucement la porte, puis s'assura qu'elle était bien verrouillée.

Il se dirigea ensuite vers une petite table ronde, près de l'unique fenêtre de la pièce et y déposa délicatement la mallette grise. Plus large que le meuble, celle-ci semblait déborder de part et d'autre.

Deux cliquetis parfaitement synchronisés résonnèrent brièvement lorsqu'il libéra les deux serrures.

Il ouvrit la fine valise et contempla le contenu.

Un rayon de soleil faisait élégamment reluire la surface en aluminium foncé de l'objet.

Une sacrée belle chose, pensa-t-il.

Sans quitter des yeux l'instrument, il laissait à présent vagabonder ses pensées.

Qu'est-ce qui conférait à certains objets un tel sentiment d'esthétique, une telle émotion à leur vue ? Peut-être le fait que les lois de la nature déterminent en définitive leur forme ?

Avec un léger sourire, il secoua légèrement la tête.

Non, pas seulement. Certes, cela expliquerait à merveille la beauté du fuselage aérodynamique d'un avion supersonique ou d'une Ferrari. Mais, après tout, la forme d'une lessiveuse ou d'un bloc d'air conditionné répondaient également à des contraintes techniques et naturelles. Ce n'étaient cependant pas de beaux objets... Ceci, en revanche !...

Zoran effleura la crosse du DAN.338 : le contact avec le métal parfaitement lisse lui procura un délicieux frisson. Il laissa ensuite ses doigts parcourir langoureusement les différents composants du fusil de précision, comme un amant s'attardant sur les zones érogènes de sa maîtresse.

C'était la première fois qu'il éprouvait un tel sentiment, et il réalisait pleinement pourquoi : il voyait se profiler devant lui une nouvelle étape de sa carrière professionnelle...

Ses doigts arrivaient à présent à l'extrémité du canon. Il les passa lentement le long des quatre petits orifices usinés avec précision à cet endroit.

Il se dirigea ensuite vers la fenêtre entrouverte et laissa son regard errer à l'extérieur : la rue Coronel Oscar Porto était calme, pour autant qu'une chaussée puisse l'être à São Paulo à cette heure de la journée. Un bref effluve de poulet grillé lui parvint, transporté par un léger vent tiède.

Il regarda sa montre : comme à son habitude, il était largement en avance sur l'horaire prévu. Il s'affala dans un large canapé vert, une jambe posée sur le rebord recouvert de cuir. Il inspira profondément et son esprit reprit l'agréable séance de vagabondage.

Il allait se faire beaucoup d'argent, *vraiment* beaucoup. De quoi faire saliver n'importe quel Harpagon... largement de quoi lui assurer de manière anticipée, d'ici deux ou trois ans peut-être, une retraite dorée, s'il le souhaitait. Mais serait-ce le cas ? Il aimait tellement son métier...

Il mesurait le fossé abyssal qui existait entre l'amour de son activité et le sentiment de répulsion que cette dernière suscitait chez la majorité des gens. Cette aversion s'exprimait d'ailleurs par le terme, incroyablement péjoratif, utilisé pour qualifier sa profession.

Tueur à gages.

Une expression dédaigneuse, dont même la sonorité était désagréable à l'oreille.

Aimer ce métier était cependant possible, tout comme un garagiste ou un dentiste peut apprécier le sien. Il suffisait de cultiver l'amour du travail bien fait. Un évènement fondateur bien précis avait catalysé chez lui cette passion pour les ouvrages nets et irréprochables : cela remontait à son adolescence, au milieu des années 1990, lorsqu'il crapahutait avec ses copains dans les forêts des environs de Draškovec, au nord de la Croatie. Les zones de conflits de la guerre de Yougoslavie se déplaçaient graduellement de l'ouest vers l'est et le sud, laissant son village dans un calme relatif. Dans ce contexte particulier, voir une bande de gosses jouer dans les bois avec des carabines à plomb n'était guère surprenant. C'était même considéré comme mignon : au moins, ils ne se baladaient pas avec des Kalachnikovs ou des armes antichars, comme dans le reste de l'ex-Yougoslavie.

Dans les futaies, tout ce qui bougeait constituait une cible : oiseaux, écureuils, lièvres, musaraignes.

Il fallait cependant se limiter au petit gibier : une carabine à plomb ne permet guère d'abattre un sanglier de 100 kilos…

Un jour, il était parti en vadrouille avec son ami Tomislav. Pour la première fois, ils avaient eux aussi déniché un fusil à plomb. Un seul pour deux, pas de première jeunesse, et avec seulement dix munitions. Qu'importe ! L'excitation était à son comble…

Le long d'une petite clairière, ils avaient aperçu, à moins de 10 mètres, un beau martinet, perché sereinement sur une branche basse d'un hêtre. Son ventre et sa gorge, immaculés, étaient séparés par un délicat collier brun. Ses ailes et son dos brun-gris reluisaient dans la lumière de fin d'après-midi. Il semblait profiter de la caresse du soleil.

Sans hésiter, son ami empoigna l'arme, prit une ou deux secondes pour viser et tira.

Un léger claquement sec résonna. Zoran vit distinctement l'oiseau chuter de sa branche, comme une pierre, sans le moindre battement d'ailes.

Ils s'approchèrent. Le martinet bougeait légèrement. Il le prit doucement dans ses mains. Le projectile avait sectionné une partie superficielle de la nuque : un segment du collier brun était désormais remplacé par une vilaine crevasse rouge vif. Pas de quoi tuer le volatile, mais ce dernier n'arrivait simplement plus à soutenir sa tête. L'animal était condamné à une mort lente… À cet instant, son regard croisa celui de l'oiseau. Il ressentit comme un coup de couteau dans la poitrine : cet être vivant souffrait. Résigné, il semblait l'implorer d'abréger ses souffrances.

Il en voulut autant à son ami Tomislav qu'à lui-même. Mais à cet âge, au beau milieu de l'adolescence, un mâle en devenir ne peut pas montrer ses faiblesses. Il jeta nonchalamment le volatile dans un buisson et ils reprirent leur expédition.

Il avait déjà entendu parler d'une espèce de code d'honneur de chasseurs : on ne tue pas pour le plaisir. On tue pour perpétuer une tradition, pour réguler des populations, ou par nécessité. Le corollaire constituait une règle concrète : il faut toujours attendre le moment où l'on est sûr de pouvoir abattre l'animal d'une seule balle. Et il doit mourir sur le coup, sans souffrances inutiles.

Ce jour-là, cette norme lui parut tellement évidente ! Et il était d'autant plus dégoûté de ne pas l'avoir appliquée...

Les difficultés de la vie dans l'ex-Yougoslavie l'amenèrent par la suite à certaines dérives, assez classiques en définitive : petits braquages, extorsions, chantages, enlèvements. Et cela jusqu'au moment où ses fréquentations du milieu de la mafia serbo-croate lui proposèrent un premier contrat : un caïd du milieu de la drogue avait refusé de payer une livraison, prétendant ne rien avoir reçu. Un de ses lieutenants avait alors été enlevé. Sous la torture, après avoir eu les dix doigts des deux mains sectionnés les uns après les autres et une tige de métal chauffée à blanc profondément enfoncée dans l'anus, il avait lâché le morceau : la marchandise avait bien été réceptionnée, le livreur liquidé, et son cadavre dissous dans de l'acide, son chef espérant ainsi faire croire que ce dernier s'était envolé avec la cargaison sans l'avoir livrée. Il comptait de la sorte s'offrir une belle quantité de poudre gratuitement. Dans ce monde-là, une telle attitude équivalait à une condamnation à mort sans appel.

Zoran avait pris un bref temps de réflexion. De toute manière, ce type était condamné. Que ce soit lui en charge de la besogne ou un autre, cela n'y changerait rien : c'est comme si le gars bouffait déjà les pissenlits par la racine. Alors, autant que ce soit lui qui s'en occupe. Sans raison apparente, à ce moment précis, l'image de l'oiseau agonisant s'imposa à son esprit. Il eut un déclic : oui, il honorerait ce contrat. Avec une motivation supplémentaire : faire les choses proprement. Appliquer le code d'honneur des vrais chasseurs : tuer sans faire souffrir, d'une seule balle.

Ce premier contrat fut un succès, tout comme les suivants, lui permettant d'assoir sa réputation et de développer son business au-delà des frontières de l'ex-Yougoslavie. Finalement, ce n'était guère différent d'un commerce classique : si on fournit un service de qualité et qu'on est connu, les commandes affluent. Il disposait dorénavant de ces deux ingrédients.

Le premier : la qualité des services fournis. En effet, au fil du temps, il avait appris à maîtriser les différentes techniques nécessaires à faire un boulot clair, net et sans bavures. Un excellent fusil de précision, beaucoup d'entraînement, des balles constituées d'un alliage de sa composition, mais également d'autres techniques : cyanure et parapluie bulgare, entre autres. Mais son outil de prédilection demeurait sans conteste son fusil de précision DAN.338.

Le deuxième ingrédient du succès était plus délicat : il faut une réputation, certes, mais pas pour n'importe qui. Être connu des policiers n'était pas une bonne idée. Internet arriva au bon moment et boosta considérablement ses affaires. Il était passé maître dans l'utilisation des *darknets*, ces réseaux secrets utilisant l'Internet public mais seulement accessibles *via* des logiciels, des configurations ou des autorisations spécifiques. Le Web obscur, paradis des marchands d'armes, trafiquants divers et fournisseurs de services illégaux, garantissait un anonymat absolu.

Aujourd'hui, il était parfaitement inconnu de tout ce qui existe comme services de police sur terre, et pourtant des commandes arrivaient régulièrement, pour des contrats aux quatre coins de la planète. Que demander de plus ?

Il interrompit sa rêverie et regarda sa montre : l'heure approchait. Une légère fébrilité s'empara de lui.

Inhabituel, pensa-t-il.

Surtout après quarante-sept contrats, et d'autant plus que celui-ci serait particulièrement aisé.

Il réalisa que cette excitation ne relevait en rien d'une appréhension ou d'un stress, mais bien du sentiment d'entamer résolument une nouvelle phase dans sa carrière.

Un partenariat de longue durée...

Il avait bien essayé d'en savoir plus sur l'organisation lui proposant ce deal, mais sans succès. On lui avait juste mentionné qu'elle était très ancienne : elle avait été fondée à la fin du XVIIIe siècle, en France. Rien de plus. De quoi rendre fou de curiosité n'importe qui, mais Zoran avait développé au fil du temps une insensibilité totale à ce type de sentiment. Une seule chose comptait dorénavant : le travail bien fait, le bel ouvrage, la réalisation parfaite. Il en avait fait un sacerdoce : chaque contrat devait relever de la perfection. Il considérait que c'était sa mission sur Terre. À quarante-sept reprises, il s'était répété la même chose : de toute manière, sa cible était condamnée. Autant que ce soit lui l'auteur du boulot, au moins ce serait fait proprement, sans accroc et sans souffrance.

Il sortit d'un dossier une feuille et l'observa longuement, bien qu'il en connût le contenu par cœur : la description de la cible du premier contrat, celui marquant le début du partenariat de longue durée. Comme dans bien des domaines, la phase de préparation prenait largement plus de temps que la réalisation. Il connaissait donc parfaitement l'objectif : une jeune femme de trente-sept ans, écologiste, totalement inconnue des médias et ennemie jurée des groupes de pression forestiers et agroalimentaires. Ses commanditaires lui avaient facilité le travail en lui fournissant maints détails à propos de ses habitudes, ses horaires, ses manies et ses lubies. Ils avaient analysé son entourage, ses relations, l'agenda de ses activités publiques. Lorsqu'elle était dans sa province de São Paulo, elle venait manger chaque samedi chez ses parents, au 1187 de la rue Coronel Oscar Porto. Elle en sortait toujours vers la même heure, pour ensuite participer à une réunion au centre d'études du petit parti politique récemment créé par elle, à quelques blocs de là.

Il sortit quelques photos du dossier. La jeune femme était plutôt séduisante, sans être cependant une reine de beauté. Un visage assez maigre, des traits relativement marqués, de beaux cheveux blond vénitien légèrement bouclés, un joli nez en trompette. Zoran n'aurait aucune difficulté à distinguer un tel visage dans sa lunette de tir Hawke Frontier.

Il regarda une nouvelle fois sa montre, se dirigea vers la mallette, en sortit délicatement le fusil puis s'approcha prudemment de la fenêtre. Sous un nom d'emprunt, il avait loué un appartement au dernier étage d'un immeuble à 400 mètres de l'entrée du numéro 1187, avec vue plongeante sur celle-ci. Chaque immeuble dans un rayon de 200 mètres avait au minimum deux étages en moins que le sien. Impossible donc pour quiconque de voir l'extrémité du canon dépassant légèrement du chambranle de la fenêtre. Un genou à terre, le canon posé sur le rebord de la fenêtre, la crosse bien calée contre son épaule droite, l'œil rivé dans le viseur, il était prêt pour l'attente.

Celle-ci ne fut pas longue : après dix minutes, la porte du numéro 1187 s'ouvrit et trois personnages sortirent sur le trottoir.

Le système optique de sa lunette de tir, composé

de vingt et une couches de traitement, lui assurait une netteté d'image exceptionnelle, même dans le voile de pollution de São Paulo. Le zoom X6, quant à lui, permettait sans problème de distinguer les différents visages. Il les passa en revue l'un après l'autre : une femme d'âge mûr, un homme chauve et barbu, et puis... Elle.

Aucun doute possible.

Il ajusta légèrement sa position, de manière à disposer d'une meilleure assise.

Sur le trottoir, les trois personnes parlaient avec animation et leur conversation était émaillée de grands éclats de rire. Puis la jeune femme se lança dans un long monologue, comme si elle donnait des instructions précises aux deux autres. Ceux-ci l'écoutaient attentivement, souriants.

Soudain, leur interlocutrice s'effondra sur le sol. Après un court moment de flottement, ils esquissèrent un mouvement vers elle, avant de se figer, tétanisés.

Le corps n'avait quasiment plus de tête...

Sidérés, ils étaient incapables du moindre mouvement. Un cri strident s'échappa d'un groupe de passants.

Dans son viseur, Zoran contempla la scène durant quelques secondes avant de se lever, satisfait, et d'entamer quelques mouvements d'élongation.

Sa technique était désormais bien au point : entre la sortie du canon et la cible, la balle restait parfaitement stable. L'impact avec le crâne la déstabilisait, et elle se mettait à tourner sur elle-même au lieu de traverser la cible en ligne droite, causant ainsi des dommages spectaculaires et irréversibles. Une belle prouesse, au regard de la distance de tir. Et le résultat était impressionnant : la tête de la jeune femme était là, bien visible dans sa lunette, et puis plus rien, elle avait simplement explosé.

Il remballa calmement son matériel, sortit en refermant la porte à clé, descendit à son aise les escaliers et émergea dans la rue au moment où une ambulance passait, toutes sirènes hurlantes.

Il héla un taxi, donna au chauffeur l'adresse de son hôtel puis se cala confortablement dans la banquette arrière.

Il inspira profondément, puis esquissa un léger sourire, en repensant à son avenir.

Un partenariat de longue durée...

5

Zürich, Suisse : 1er mars 2018

Alexander sortit de chez lui et s'engagea dans la Höschgasse, en direction du lac. Après trois heures passées à se concentrer pour essayer de comprendre certaines subtilités de la mécanique des milieux continus, il avait décidé de délaisser temporairement ses cours de l'École polytechnique fédérale de Zürich pour une promenade le long des berges. Un peu d'air frais grappillé à cette splendide journée lui ferait le plus grand bien.

Après quelques mètres, son regard fut attiré comme un aimant vers la belle maison sur sa droite, la dernière avant le lac. Comme d'habitude, il espérait entrevoir la jolie blonde qui le fascinait depuis plusieurs semaines, depuis l'emménagement de ce couple particulier. La belle demeure occupée par un vieux médecin veuf avait été louée très rapidement après son décès, pour un montant mensuel probablement stratosphérique. Une jolie bicoque avec jardin, dans le 8e arrondissement, quasiment en bord du lac de Zürich, ce n'était pas à la portée du premier venu.

Le couple qui avait pris possession de la demeure, à deux maisons de chez lui, était du genre discret. Ils n'organisèrent pas de rencontres avec les voisins en vue de faire connaissance, ce qui aurait été considéré comme de l'impolitesse dans le Tessin mais était finalement chose courante en Suisse alémanique. L'homme semblait avoir une petite quarantaine d'années. Sa femme, elle, était beaucoup plus jeune, peut-être vingt ans.

Il se souvenait avec une précision cristalline de la première fois qu'il la vit. Elle sortait de chez elle pour venir relever le courrier. Ce fut comme une apparition. Ce genre de moment, pour une raison mystérieuse, s'imprime de manière plus nette dans la mémoire que n'importe quel autre. C'était la deuxième fois de sa vie que cela lui arrivait : voir une femme et sentir son cerveau se vider de tout ce qu'il contient, pour ne plus laisser place qu'à une obsession. La première fois, c'était deux ans auparavant, dans un couloir d'aéroport, à Milan. Il était sur un trottoir roulant, et sur celui en sens opposé se hâtait une femme qui ne pouvait, c'était une évidence, qu'être mannequin. Italienne, sans aucun doute : peau hâlée, longs cheveux noirs, regard vert émeraude. Malgré une éducation austère plaçant le contrôle de soi et de ses émotions comme valeur suprême, il fit demi-tour à l'extrémité du tapis roulant pour tenter de la retrouver et de l'aborder, chose qu'il n'aurait jamais imaginé faire un jour dans sa vie. C'était de l'instinct animal, brut. Malheureusement, il l'avait perdue de vue. Dépité, il alla jusqu'à se dire qu'il aurait dû sauter au-dessus de la rambarde au lieu d'attendre d'arriver à l'extrémité du long convoyeur avant de faire demi-tour. Mais quand on a été éduqué à suivre les règles établies, ce n'est pas facile de prendre ce type de décision. Cela lui avait peut-être coûté la rencontre de sa vie...

Ici, la situation était différente : certes, le déferlement de sensations avait été aussi violent, mais avant de se vider totalement, son cerveau avait réussi, par miracle, à lui faire passer un ultime message.

Pas de panique, elle ne va pas s'envoler. C'est une de tes voisines, tu n'as pas besoin de te jeter sur elle, il n'y a pas urgence. Tu auras d'autres occasions, meilleures, d'établir le contact.

Message reçu ! Le fléau de la balance mentale se rééquilibrait, après avoir dangereusement quitté la zone du contrôle cérébral pour pencher un peu trop vers le cerveau reptilien, celui des réactions primitives.

Cependant, l'obsession était bien là. Elle semblait avoir pris possession de chacune des cellules de son corps, comme un virus sournois les ayant irrémédiablement contaminées. Cette situation ne lui plaisait guère et le faisait même souffrir. Sa cage thoracique lui semblait en permanence comprimée, et il éprouvait à présent d'extrêmes difficultés à se concentrer sur ses cours de la fac.

Cela l'énervait : l'idée du coup de foudre lui avait toujours semblé être une fable, un conte de fées, ou au pire une marque de faiblesse. Cela ne risquait pas de lui arriver, à lui, qui gardait en permanence un esprit rationnel, froid, logique.

Son état n'était décidément pas normal. Pour la deuxième fois de sa vie, il réalisait que forcer ses neurones à prendre l'ascendant sur ses hormones n'était pas si évident... La première fois n'était donc peut-être pas un accident.

Plus il se débattait pour essayer de sortir de ce qu'il considérait comme une anomalie, plus il avait le sentiment de s'enfoncer dans quelque chose de gluant, à la fois douloureux et enivrant. Son appétit et son sommeil commençaient à s'en ressentir et il s'efforçait de donner le change à ses parents. Son père, ingénieur en chef des chemins de fer suisses, semblait ne rien remarquer. Sa mère, en revanche, s'enquérait de plus en plus souvent de savoir si tout allait bien.

Il y avait au moins un avantage à cette situation : il sortait plus souvent pour se promener et cela lui permettait de s'aérer. En passant et repassant devant la maison, il avait pu observer certaines choses : l'homme ne se montrait quasiment jamais. Il l'avait aperçu quelquefois, souvent lorsqu'il sortait de sa maison pour fourrer une valise dans le coffre de sa Mercedes avant de démarrer. Quelquefois, il put suivre le manège inverse : il se garait, sortait ses bagages et se dirigeait vers la porte d'entrée. Il voyageait beaucoup, ce qui ne lui parut guère étonnant : le quartier chic était rempli de cadres supérieurs de haut vol et d'entrepreneurs à succès.

Sa femme, elle, ne l'accompagnait jamais. Elle sortait de temps en temps, mais uniquement dans le jardin, pour prendre le soleil. Un jour pourtant, il eut l'occasion de la voir parcourir les cinquante mètres séparant sa demeure du chemin de promenade au bord du lac, et y marcher quelques pas. D'abord tétanisé, il se força à se secouer et se diriger vers elle, juste au moment où elle faisait demi-tour. Au fur et à mesure que la distance entre eux se réduisait, il sentait son rythme cardiaque monter en flèche. Dix mètres. Il essayait de garder la même cadence de marche, mais il sentait ses jambes devenir cotonneuses. Cinq mètres. La jeune fille leva les yeux vers lui. Ses poumons avaient brutalement entamé une grève sauvage. Deux mètres. Miraculeusement, il parvint à lui esquisser un sourire, en hochant légèrement la tête. Un mètre. L'impossible se produisit. Elle lui rendit son sourire, timidement. Au moment de se croiser, son système respiratoire reprit du service, juste à temps pour capter un délicieux effluve de parfum floral, provocant et sensuel. Il dut se faire violence pour ne pas se retourner.

Il se passa et repassa mentalement cette scène. Quelque chose d'indéfinissable s'était dégagé du joli visage. Le sourire avait semblé exprimer une forme de tristesse refoulée, comme un regret.

L'obsession le poussa ensuite à trouver plusieurs endroits d'où il pouvait discrètement observer la jeune femme. Ravissante était un faible mot : elle avait un visage d'ange, et une prestance naturelle éblouissante. Mais en permanence, une ombre semblait flotter en filigrane : elle ne rayonnait pas, comme on aurait pu s'y attendre de la part d'une telle beauté.

Cela titilla encore davantage Alexander, s'il était

possible de l'être encore plus. Ce n'était plus une simple attirance physique : il y avait une sorte de mystère. Pourquoi cette femme ne sortait-elle pas en ville, pourquoi traînait-elle en permanence ce voile de tristesse ? Elle ne paraissait pas se laisser aller, comme le ferait sans doute une épouse délaissée ou une personne malheureuse. Si son couple était mort, elle aurait sans doute une autre attitude : elle sortirait, verrait des gens, des amies. Elle ne recevait jamais personne : était-ce normal ? Elle n'avait pas l'air de souffrir du moindre handicap. Quelque chose ne collait pas.

Il marchait à présent le long de la maison, se forçant à ne pas regarder trop ostensiblement. La Mercedes était absente, l'homme n'était donc pas encore rentré de voyage. Alexander l'avait vu partir il y quatre jours. Quand il rentrait, il restait rarement plus de deux ou trois jours. Sa femme n'était probablement pas battue : dans le calme typiquement suisse du quartier, on n'entendait jamais de cris et de toute manière elle ne portait jamais les stigmates typiques de ce genre de mauvais traitement. Il n'avait jamais distingué le moindre œil au beurre noir ou lèvre fendue, même s'il était au courant que beaucoup d'hommes savaient où frapper pour ne pas laisser de marques visibles. Et puis, il ne fallait pas oublier la possibilité d'une violence psychologique...

Il laissa la belle demeure sur sa droite et s'engagea sur la promenade au bord du lac en direction du petit port de plaisance, à deux cents mètres de là.

Après quelques mètres, il aperçut une silhouette assise sur un banc. Il ne distingua d'abord que les cheveux blond vénitien, mais en une fraction de seconde il sut intuitivement que c'était elle.

Il dut lutter afin de décoller ses semelles qui semblaient soudain scotchées au sol. Et faire un effort encore plus dantesque pour s'assoir à côté d'elle.

Elle leva la tête, interrompant sa rêverie.

Alexander, l'espace d'un instant, entrevit une lueur particulière dans ses yeux noisette. L'aurait-elle reconnue ? Elle lui adressa un léger sourire, auquel il répondit aussitôt. C'était le moment, il ne fallait plus tergiverser. Maintenant ou jamais. Le grand plongeon. Il eut peur que ses cordes vocales refusent de se mettre en mouvement mais, à son grand soulagement, il constata que son cerveau avait encore un peu d'emprise sur le reste de son corps.

— Vous habitez le numéro 6, n'est-ce pas ? J'habite le numéro 2. Alexander Wigler, enchanté.

Il lui tendit la main, mortifié à l'idée d'avoir fait une entrée en matière trop brusque.

Son stress retomba tout aussi vite lorsqu'elle lui serra doucement la main.

— Jovana Filipović, enchantée.

Son cerveau fonctionnait à une allure frénétique, analysant de manière simultanée une quantité de paramètres. Son accent à couper au couteau, d'abord, cohérent avec l'origine exotique du nom mentionné. Bon, il devrait parler à une allure raisonnable. Elle avait répondu avec un sourire, certes, mais qui semblait forcé. Si c'était le cas, il valait mieux y aller doucement, peut-être la dérangeait-il...

Il fallait enchaîner, et sans traîner. Continuer sur sa lancée, sinon, il craignait de ne jamais pouvoir trouver assez de ressources pour relancer la machine. Qu'allait-il pouvoir lui dire ? Pour cette fois, il fallait sans doute en rester au niveau des banalités.

— J'espère que vous appréciez le quartier. Il y a une très bonne ambiance, vous savez. Même si les gens sont assez réservés. En tout cas, si jamais vous avez besoin de quoi que ce soit, n'hésitez pas à venir sonner chez moi, au numéro 2.

Elle lui adressa un sourire gêné, mais qui lui sembla légèrement plus chaleureux que le précédent. Immédiatement, il se rendit compte qu'emporté par la griserie d'avoir enfin osé l'aborder, il se faisait peut-être des idées... Il n'avait pas perdu toute faculté d'analyse, c'était encourageant.

— Je vous remercie.

Le silence s'installa.

Bordel, il faut meubler. Sans tarder.

— Vous êtes Suisse ?

Immédiatement, il regretta la lourdeur de sa question. Sa stupidité, aussi. Avec de tels prénom, nom et accent, la probabilité d'être Suisse était aussi élevée que celle d'avoir une chute de météorite sur Zürich. En outre, il y aurait eu tant d'autres questions plus intéressantes.

Néanmoins, elle répondit doucement :

— Non, nous sommes Serbes. Mon mari est expert commercial pour une grande société de cosmétiques.

Après un bref silence, elle ajouta :

— Il voyage beaucoup.

L'euphorie d'Alexander atteignait des sommets : elle mentionnait des choses n'ayant pas fait l'objet de questions, cela ne pouvait qu'être bon signe.

— Moi, je suis étudiant en troisième année à l'École polytechnique fédérale de Zürich. Mon père est ingénieur en chef des chemins de fer suisses, c'est lui qui m'a poussé à entamer ces études.

— Et vous aimez ?

— Oui, c'est passionnant. Et vous-même ?

Elle fixa le sol.

— Je... j'ai interrompu mes études pour me marier.

Elle regarda rapidement sa montre, puis se leva.

— Veuillez m'excuser, il faut que je rentre.

Elle tendit la main.

— Au revoir, monsieur...

Il se leva et lui serra la main.

— Wigler. Alexander Wigler.

Le contact avec la main délicate lui procura une étrange sensation.

— Au revoir, monsieur Wigler.

— À bientôt, j'espère, madame Filipović. Et n'oubliez pas, je reste à votre disposition si vous avez besoin de quoi que ce soit.

— Merci.

Il la regarda s'éloigner, à la fois exalté et perplexe. D'un côté, il avait osé l'aborder, un vrai tour de force tant il s'était graduellement senti devenir amoureux transi. D'un autre côté, que penser de cette première conversation ? Pas trop mal, *a priori*, mais il avait malgré tout le sentiment d'avoir été maladroit. Surtout avec cette histoire d'études interrompues. Avait-il retourné le couteau dans une plaie ? Merde, il ne pouvait pas savoir !...

Bon, il fallait tirer les leçons de tout cela. Rester positif. Analyser et utiliser à son profit toute bribe d'information collectée lors de ce premier contact. Bref, avoir une approche d'ingénieur : baliser, analyser, planifier. Il avait des atouts en main, et même si cette histoire d'études interrompues lui avait fait mal, il pourrait en faire bon usage à l'avenir. Ses rêves prenaient soudain une ampleur démesurée : il pourrait devenir son confident, l'aider dans des démarches pour reprendre des études ici à Zürich, par exemple.

Ragaillardi, il reprit sa promenade. En définitive, les choses ne se présentaient pas mal.

6

Bophut, Thaïlande : 25 mars 2018

Le plagiste déposa les deux cocktails vivement colorés puis s'éloigna, non sans un regard lancé à la dérobade sur les deux corps luisants de crème solaire.

Les deux formes se retournèrent, sans se presser, comme pour laisser aux quelques voyeurs le temps de profiter davantage du spectacle.

La première des jeunes femmes prit son verre et commença à le siroter langoureusement, tandis que la deuxième fixait l'horizon azur. La mer, d'un joli bleu turquoise marbré de vert, était parsemée de quelques bateaux de pêcheurs typiques. Seuls quelques excités en jet-ski gâchaient le spectacle reposant et idyllique.

— En tout cas, c'est vachement sympa de m'avoir invitée à vous rejoindre ici quelques jours. Je connais des endroits plus moches que ça...

— Bah, tu as vu la taille de la villa ? Il y a largement de quoi loger deux familles nombreuses, là-dedans. En outre...

Elle s'interrompit, comme si elle regrettait d'en avoir trop dit.

— Quoi, tu t'ennuies avec ton mec ?

— Ben, c'est-à-dire que...

Elle se tut, le temps de laisser passer un jeune

bellâtre dont chaque épaule était tatouée d'un immense tigre, tous crocs et griffes dehors, les deux fauves se faisant face au niveau de la colonne vertébrale. En approche, le playboy avait fortement ralenti le rythme de sa marche. Il n'essayait même pas de camoufler un tant soit peu son regard tentant de deviner ce que cachaient les deux bikinis. En passant devant elles, il leur décocha un sourire entendu, tout en continuant l'évaluation de ce qu'il avait sous les yeux. Il s'éloigna nonchalamment, ayant décidé intérieurement que la plus sexy des deux était la brune, celle qui suçait la paille de son cocktail avec une bouche à se damner.

— Allez, lâche le morceau. C'est pas la joie au lit, c'est ça ?

Son amie lâcha un long soupir.

— Il y a des hauts et des bas, mais pour le moment, c'est vrai, ce n'est pas le nirvana.

Elle se prépara à faire face à la série de questions habituellement posées dans ces circonstances : depuis combien de temps ils étaient ensemble, ce qui l'attirait chez lui, s'il bandait parfois mou, si elle avait des soupçons quant à une relation avec une autre, s'il avait eu une mère castratrice ou un père dominateur, s'il avait une tendance homo et hésitait peut-être à faire son *coming out*, bref un condensé d'interrogatoire basé sur de la psychologie de bas étage. C'était au-delà de ses forces...

La réalité était cependant simple, car basée sur une évidence : la perfection n'est pas de ce monde. Elle endurait les mauvais côtés de ce qui l'avait initialement attirée chez cet homme : il semblait en permanence projeté vers l'avenir, porté par quelque feu sacré, le regard rivé vers un objectif lointain. Cela la fascinait, elle la petite blonde pulpeuse qui ne pensait qu'à vivre au jour le jour des choses simples et superficielles. Réciproquement, il avait été conquis par la légèreté de cette créature fraîche et spontanée, contrastant avec les problématiques que son cerveau infatigable semblait prendre plaisir à lui soumettre à feu continu.

L'alchimie basée sur cette complémentarité avait fort bien fonctionné durant plus d'une année. Graduellement, cependant, les différences de personnalités avaient creusé un fossé entre eux, comme si les choses reprenaient leur place naturelle après un aveuglement passager : sa frivolité était exaspérante, son incapacité à profiter du moment présent était pesante.

Bref, rien de spectaculaire. Au contraire, c'était terriblement banal : une relation ayant démarré sur un feu d'artifice s'étiolait, se fanait et agonisait lentement.

Mélancolique, son regard se porta vers les belles villas en surplomb de la plage. Parfaitement intégrées dans la nature luxuriante, chacune était unique, sans que l'ensemble paraisse disparate. Certaines disposaient de terrasses dont la taille devait avoisiner celle d'un terrain de tennis, d'autres avaient des toits majestueusement incurvés, d'autres encore offraient d'extraordinaires baies vitrées dans lesquelles se reflétait le soleil de fin d'après-midi.

L'une de ces demeures de rêve était peut-être le

théâtre d'une relation réussie, telle qu'elle l'avait maintes fois imaginé : un départ réussi, suivi d'une montée en puissance sans fin, chaque partenaire découvrant sans cesse de nouveaux attraits chez l'autre, où le physique et l'intellectuel se nourrissaient mutuellement.

— Est-ce que tu as déjà essayé des positions différentes ? Varie un peu, et prends l'initiative. Les hommes adorent ça.

La phrase de son amie la ramena brutalement à la réalité. Non, en définitive, ces villas devaient simplement abriter des histoires de cul plus banales les unes que les autres.

— Et puis, il y a aussi des produits stimulants. Sans blague, il paraît que ça marche ! Une copine m'a raconté avoir fait prendre à son mec, à son insu, un mélange de pollen de pin et de racine de maca[8]. La combinaison des deux produits donne un formidable coup de poing : son gars lui a déclaré que pendant deux jours, il avait le sentiment d'avoir une centrale nucléaire dans le slip...

Elle écoutait d'une oreille distraite le cours particulier de sexualité avancée. Un autre monsieur muscle passait devant elles, en les matant comme un client détaillant des morceaux de viande sur un étal de marché. Il tenait la main de sa copine, qui ne semblait pas le moins du monde gênée par les regards lubriques portés par son conjoint aux deux

---

[8] La maca, *Lepidium meyenii*, est une plante à racine pivotante de la famille des *Brassicaceae*. Elle est cultivée comme aliment et pour ses vertus médicinales depuis le Néolithique dans les hautes Andes péruviennes, à l'altitude de 3 500 à 4 200 mètres.

filles.

Puis il apparut.

Maigre, blafard, il semblait flotter dans un bermuda vert sombre trop large pour lui. Il s'approcha d'elles.

— Bon, je vais nager. Vous m'accompagnez ?

Sa petite amie blonde secoua la tête :

— Non, on vient juste de prendre un cocktail. On ne veut pas qu'il se réchauffe.

La brune ajouta :

— En plus, j'ai horreur de nager dans la mer. Je me sens poisseuse, après.

Il esquissa un sourire, qui relevait cependant davantage de la grimace.

— OK, je n'insiste pas.

Il se dirigea vers la mer, d'une démarche de canard peu élégante.

La brune se tourna vers son amie.

— Il est sportif ton mec ?

— Tu rigoles ? Il dit qu'il va nager, mais il va simplement faire la planche durant une dizaine de minutes, et basta.

— Ah bon. Un intello, quoi...

— C'est peu de le dire.

— Et il phosphore dans quel domaine, encore ?

— Il fait des recherches. Je crois qu'il bosse sur des bactéries capables de produire une espèce de plastique nouvelle génération, ou quelque chose du style. Tout ça m'a l'air compliqué mais lui, ça le *speede* à fond.

Elle se retourna sur le ventre et remonta la culotte de son bikini de manière à maximiser la surface de peau exposée au soleil. Sa voisine, elle, restait assise, écartant les bonnets de son soutien afin de juger du contraste entre le ton de la peau exposée et celle qui était cachée. Satisfaite, elle dirigea son regard vers la mer.

— En effet, tu as raison : il fait la planche.

— Je te l'ai dit : il adore cela. Dix minutes, puis il revient. C'est tout à fait lui : sa vie est réglée comme du papier à musique.

— C'est peut-être cela qui te pèse : le manque d'imprévu, d'originalité.

Et nous voilà reparties pour une séance de psychologie, pensa-t-elle en soupirant.

Cela dit, elle n'avait pas tort : il avait un côté légèrement autiste, centré sur ses points d'intérêt, constamment décalé par rapport à la réalité ambiante. Cela faisait partie des choses qui l'avaient émue, au début de leur relation. Mais à présent...

Sa confidente continuait inlassablement à pérorer sur les différentes manières de raviver une flamme vacillante. Tout y passait : depuis des recettes sexuelles exotiques jusqu'à la prise d'un amant, en passant par diverses techniques de manipulation mentale.

— Tiens, il me semble que le papier à musique est déréglé.

— Hein, qu'est-ce que tu racontes ?

— Ben oui, tu m'avais dit qu'il se laissait flotter dix minutes puis revenait. Or, cela fait bien vingt-cinq minutes, maintenant.

Elle se redressa et dirigea son regard vers la mer

et le corps se laissant bercer par les vagues.

— En effet, c'est inhabituel.

Un faible mot, pensa-t-elle. Ce type ne sortait *jamais* de son train-train. Une sourde angoisse montait dans ses tripes. Elle se redressa vivement.

— Il a peut-être fait un malaise. Il faut faire quelque chose.

Elle se dirigea rapidement vers un garde de sécurité du *condominium*, qui ratissait consciencieusement la plage. Elle pointa du doigt la forme ballotée par les vagues :

— L'homme, là-bas. Il a peut-être un problème. Faites quelque chose, s'il vous plaît.

L'homme aboya quelques phrases à deux gamins qui jouaient à proximité : ceux-ci plongèrent immédiatement, comme s'ils avaient reçu le signal d'un jeu, et se mirent à nager avec souplesse vers le large.

Les deux filles suivaient attentivement le fil des évènements : à environ cinquante mètres du rivage, les deux garçons arrivèrent près de l'homme et furent soudain pris d'une espèce de frénésie. Ils faisaient de grands moulinets avec leurs bras, tout en criant vers la plage.

À cette distance, le garde était incapable de comprendre le sens de leurs appels. Il leur fit signe de revenir vers lui. Ils se mirent en route, tractant le nageur par les pieds.

— Merde, je te l'avais dit, il a fait un malaise. J'espère que ce n'est pas trop grave.

À dix mètres du rivage, elles distinguèrent une légère trace rouge dans le sillage du corps.

À cinq mètres, figées, elles se mirent à hurler de manière stridente : le corps n'avait plus de tête.

La brune entendit quelqu'un crier « Des requins ! » avant de sentir sa vue se brouiller et de tomber en syncope.

∞

Le commissaire Prakit Deeporm prit le médecin légiste à part.

— Docteur, nous sommes bien d'accord, n'est-ce pas ? Ce n'est pas une attaque de requin, hein ? Il n'y a *jamais* eu d'attaques de squale ici, du plus loin que je me souvienne.

Il temporisa un court instant, avant de poursuivre :

— C'est vraiment important pour moi de pouvoir rapidement confirmer la cause du décès. Vous comprenez, l'île vit essentiellement du tourisme, et nous devons sans tarder pouvoir rassurer les vacanciers.

Le médecin se frotta le menton.

— Commissaire, je vous confirme qu'il ne s'agit pas d'une attaque de requin. Il n'y a aucune des blessures caractéristiques observables dans le cas d'un arrachement d'une partie du corps par une gueule munie de dents.

Prakit Deeporm poussa un soupir de soulagement. Sa vie était plutôt tranquille, ici, et il ne voyait pas d'un bon œil cette affaire. Cela ne pouvait lui apporter que des emmerdements. Bon, avec les requins hors des pattes, il se sentait déjà moins stressé, mais c'était quand même pas la joie. C'était vraiment autre chose que le business habituel, les

Russes enivrés ou les plaintes de touristes plumés par des prostituées.

Il soupira, regrettant durant un instant sa vie d'il y a quelques années, lorsqu'il n'était qu'un sous-fifre dont le boulot consistait essentiellement à arrêter les vacanciers roulant en scooter sans casque, et à encaisser quelques billets afin de ne pas verbaliser.

— Donc, c'est quoi alors la cause du décès ?

Le médecin légiste continuait à s'astiquer frénétiquement le menton.

— Eh bien, c'est cela le problème. Je ne vois pas.

— Comment, vous ne voyez pas ?

— Comme je vous le dis : je ne comprends pas la cause du décès.

— Vous vous foutez de moi ? Ce type n'a plus de tête.

— Oui, bien entendu, il est décédé à la suite d'un choc spinal aigu ayant entraîné une discontinuité entre le crâne et la colonne vertébrale, ainsi que la section de la moelle épinière. La question est : comment est-ce arrivé ?

Le frottement de ses doigts sur sa mâchoire avait repris de plus belle, faisant craindre pour l'intégrité de la peau malmenée.

— C'est vraiment bizarre, commissaire. Je ne dirais pas que la tête a été arrachée. Elle a plutôt explosé.

— Explosé ?

— Oui, c'est comme si elle avait éclaté de l'intérieur.

— Mais c'est impossible ! Ce type n'avait quand

même pas une grenade à retardement dans le ciboulot...

— Bien entendu. Mais j'ai déjà entendu parler de morts par balle ayant ces caractéristiques : le projectile, spécialement conçu, pénètre dans le crâne, fait tout péter autour de lui en transférant brutalement son énergie cinétique et puis ressort gentiment, presque à l'arrêt, mission accomplie.

— Eh ben merde, alors. Ce serait une mort par balle ?

— Cela me semble l'hypothèse la plus réaliste, en tout cas si on procède par élimination : il ne s'agit pas d'une décapitation, je n'en vois pas les lésions caractéristiques. Pas d'arrachement non plus, pour les mêmes raisons. Regardez attentivement...

Il pointa le doigt vers la bouillie de sang, d'os et de tissus qui, il y a peu, composait la base du crâne d'un être vivant.

Prakit Deeporm se força à regarder, réprimant son dégoût.

— On distingue clairement, enchâssés dans la zone de la clavicule, quelques fragments osseux ne provenant pas de cette dernière, intacte. À l'évidence, de petits morceaux de boîte crânienne. Coincés entre ceux-ci, des bribes de tissus spongieux m'ayant tout l'air d'être des morceaux de cervelle. Bref, tout semble indiquer que la boîte crânienne a explosé, et que certains fragments ont été projetés vers le bas pour se retrouver dans cette zone. Ce ne serait pas arrivé si ce type s'était fait bouffer la tête par un requin, décapiter par un terroriste ou arracher le crâne par King Kong...

Le médecin soupira.

– En tout état de cause, ce ne sera pas évident de reconstituer proprement les choses, avec des morceaux de tête emportés au large par les courants. Bon, commissaire, pour quand voulez-vous le rapport d'autopsie ?

7

La Haye, Pays-Bas : 10 mai 2018

À l'issue de son stage de formation, Christian Debruyne commençait à s'habituer à sa nouvelle vie au sein d'Europol. Le début de sa période d'instruction n'avait pas été spécialement excitant : cela avait consisté en une suite de séminaires formatés, couvrant les différents domaines d'activité de l'agence européenne spécialisée dans la répression de la criminalité. Beaucoup d'infos assommantes sur les organigrammes fonctionnels, les procédures de gestion et de contrôle, les règles de gouvernance et les aspects juridiques.

Et puis, petit à petit, les formations s'orientaient davantage vers les aspects opérationnels : trafic de stupéfiants, traite des êtres humains, aide à l'immigration clandestine, cybercriminalité, atteintes à la propriété intellectuelle, contrebande de cigarettes, contrefaçon de l'euro, fraude à la TVA, blanchiment d'argent et dépistage d'avoirs, groupes criminels organisés mobiles, mise hors-la-loi de gangs de motards, terrorisme... Là au moins, il commençait à revivre. À se sentir à nouveau dans la peau du flic qu'il avait été à Bruxelles.

Il avait d'abord redouté l'idée de s'installer à La Haye. Probablement une conséquence subliminale de la rivalité ancestrale existant entre les Belges et les Hollandais, car à présent il appréciait vraiment la vie dans cette ville : les transports publics fonctionnaient à merveille, les quartiers étaient propres et les gens plutôt sympas. La mer était à moins d'un kilomètre de son appartement, et à peine plus distante des bureaux de l'agence. Ceux-ci étaient constitués de quatre bâtiments modernes ultra-sécurisés, parallèles entre eux, de hauteurs différentes et à l'architecture neutre. Ils étaient superbement situés : le tram passait juste devant et à l'arrière s'étendait un vaste parc boisé.

Le stage de formation complet avait pris trois mois. Depuis son arrivée, il savait qu'il allait rejoindre les services opérationnels horizontaux, ce qu'il considérait comme la Rolls-Royce des affectations : comme le nom l'indiquait, il s'agissait de traiter des affaires transversales, leur complexité ne permettant pas de les faire rentrer dans une case bien précise comme le terrorisme ou la cybercriminalité. Il s'estima donc heureux, même si la conséquence de cette affectation était un stage initial bien plus long et intense que les autres affectations.

Aujourd'hui, il avait une entrevue avec la nouvelle directrice générale, Catherine De Bolle. L'objectif était de clôturer officiellement sa période de formation, « d'induction » comme on disait ici. Sans doute était-ce la tradition de marquer le coup, en vue de motiver les nouvelles recrues. Il passa par un atrium lumineux, grimpa des escaliers à claire-voie s'enroulant autour d'un ascenseur, longea un couloir aseptisé puis arriva devant le bureau. La porte était ouverte, et la directrice était en discussion avec une autre femme. Elles se levèrent lorsqu'il frappa légèrement contre le vantail en bois.

— Entrez, Christian.

Elle lui serra chaleureusement la main et se tourna vers l'autre femme pour faire les présentations.

Il avait déjà côtoyé la nouvelle directrice d'Europol en Belgique, lorsque cette dernière était commissaire générale de la Police fédérale. Le courant passait bien entre les deux citoyens du plat pays. Quant à Paulina Leidan, responsable des services opérationnels horizontaux, il l'avait déjà rencontrée lors de son stage initial.

Ils s'installèrent autour d'une petite table de réunion, et la directrice servit du café.

— Christian, je tenais à être présente lors de votre prise de fonction. Votre nouvelle responsable, Paulina, est au courant de vos brillants états de service. Je me suis donc mise d'accord avec elle pour vous mettre sur des dossiers compliqués.

Il fit une moue, volontairement exagérée.

— C'est gentil, je vous remercie.

Les deux femmes, de concert, eurent un petit rire. Paulina répondit :

— Ce n'est pas pour vous pénaliser, rassurez-vous. Mais j'ai cru comprendre que seuls les vrais défis vous motivent réellement. Je me trompe ?

— Non, mais j'imagine que c'est le cas de beaucoup de personnes. Vous savez, la paperasserie...

Enfin, c’est une manière de parler, dans cet environnement ultra-informatisé. Je ne dois pas être le seul flic à être rébarbatif au travail administratif.

Elles s’échangèrent un bref regard, avant que Paulina n’enchaîne :

— Assurément. Nous avons donc décidé de vous mettre sur des dossiers…

— Compliqués, vous l’avez dit.

— En effet. Habituellement, nous immergeons graduellement nos recrues. Dans votre cas, nous allons vous plonger directement dans le bain. Je pense que cela vous stimulera, mais n’hésitez surtout pas à venir me trouver si cela vous pose trop de problèmes.

La directrice prit la parole :

— Nous pensons que ce sera gagnant-gagnant. Vous serez motivé, et nous… Cela nous aidera. À l’issue de votre stage de formation, vous avez une vue d’ensemble de la situation : Europol, c'est un effectif de plus de 1 000 personnes, avec 220 officiers de liaison et une centaine d’analystes qui fournissent leur appui à plus de 40 000 enquêtes internationales par an. Sur ces 40 000, certaines semblent sans issue, malgré notre concentré de matière grise et de puces en silicium. C’est une de celles-là que nous allons vous confier…

∞

Christian rêvassait en regardant par la fenêtre de son bureau, pestant contre l’orientation des bâtiments d’Europol : celle-ci rendait impossibles les vues vers la mer ou l’espace vert à l’arrière. À la place, il avait le nez rivé sur la façade d'un autre bâtiment de l'agence. Cela lui donnait l'impression d'une prison moderne.

Il s'assit devant son écran d'ordinateur, poursuivant sa rêverie. Son bureau était immaculé, et merveilleusement bien éclairé. Moquette profonde, meubles clinquants, spots encastrés, tout respirait l'ordre, la propreté et l'efficacité. Et pourtant, il se prit à regretter l'ambiance vieillotte des bureaux du commissariat de la rue du Collège, à Bruxelles. L'odeur des vieilles boiseries, les relents d'humidité, les vieilles machines à café, l'ambiance « 36, quai des Orfèvres ». En comparaison, il avait aujourd'hui l'impression de se trouver dans une unité stérile d'un hôpital moderne.

Le personnel était à l'avenant : pas vraiment des allures de flics, malgré quelques-uns en tenue dont la couleur hésitait entre le bleu foncé et le gris, bardé d'un sobre écusson « Europol » sur la poitrine. On n'y voyait personne déambulant avec un revolver à la ceinture, comme il en avait l'habitude dans sa vie antérieure.

Ce qui l'exaspérait le plus, c'était la manie des badges électroniques. Il en fallait même presque pour ouvrir la porte des toilettes. Il fallait les utiliser tellement souvent lors d'une journée normale de travail que la plupart des membres du personnel les portaient en permanence bien en évidence sur leur poitrine, accrochés à un tour de cou au logo de l'institution, leur donnant l'apparence d'hommes-sandwichs.

Des guignols, pensa-t-il.

Par esprit de contradiction, il refusait obstinément ce code professionnel et gardait son badge dans sa poche ou son portefeuille. Ce refus permanent de se couler dans le moule, de suivre la meute, cela devait avoir des origines génétiques : son frère réagissait de la même manière. Ayant émigré depuis plus de vingt ans au Québec, ce dernier avait toujours mis un point d'honneur à ne pas prendre l'accent local. Pas par snobisme ou parce qu'il le jugeait moche, non, simplement il refusait l'esprit de troupeau.

Il se repencha sur son dossier, qu'il potassait à présent depuis deux jours, et en repassa en revue les éléments clés. Il compilait cinq meurtres : chacun d'eux ayant comme seules caractéristiques communes d'avoir été commis sur le territoire de l'Union européenne et de ne pas avoir été résolu par les polices nationales. Donc le bébé avait été refilé à Europol, en désespoir de cause. Il avait passé en revue les victimes, et tout avait été passé au crible : caractéristiques, parcours, psychologie, âge, entourage, statut social, historique judiciaire, scolarité... Une montagne de données, dont rien ne semblait ressortir.

Il l'avait déjà remarqué : c'est en se plongeant dans les données que son esprit s'affûtait, que son intuition lui faisait entrevoir des corrélations que les ordinateurs n'avaient pas encore détectées, même si ces derniers atteignaient à présent des niveaux de puissance insoupçonnés.

C'était une des raisons pour lesquelles on faisait

remonter des dossiers à l'agence : la puissance informatique, bien entendu, mais également la possibilité de croiser des bases de données au niveau européen plutôt que national, démultipliant ainsi la probabilité de détecter des liens pertinents entre certains éléments.

Il passa ensuite au mode opératoire : un meurtre par arme blanche, un empoisonnement, trois par balles.

Ensuite les mobiles possibles : relations extra-conjugales, dettes d'argent ou d'honneur...

Soudain, son esprit sembla le forcer à revenir au point précédent, les méthodes utilisées. Trois meurtres par balles, dont deux d'une balle dans le crâne. Il se plongea dans les rapports d'autopsie. Les deux meurtres par projectile tiré dans la tête mentionnaient des éléments étonnamment proches : chaque fois, la tête avait littéralement explosé. Une fois en Espagne, à Saragosse, un étudiant de vingt et un ans. L'autre fois au Danemark, une jeune assistante sociale de vingt-cinq ans.

Il replongea dans les dossiers des deux victimes, sans pouvoir en retirer quoi que ce soit de tangible. Mais il semblait y avoir un point commun, peut-être dû au hasard. Ou peut-être pas...

L'avantage d'Europol, c'est qu'on a facilement tout type d'expert dans la maison, se dit-il en décrochant son téléphone pour appeler un balisticien.

Dix minutes plus tard, ce dernier lui avait confirmé que cette coïncidence était plutôt étonnante, mais que pour en savoir plus il faudrait pouvoir analyser les projectiles.

Christian sentit une délicieuse énergie lui parcourir le corps, comme un fauve ayant flairé une odeur intéressante.

∞

Deux jours plus tard, la police danoise avait envoyé la balle utilisée pour le meurtre commis dans la ville de Silkeborg, et le lendemain il reçut celle d'Espagne.

Trois jours plus tard, l'expert balistique entra, souriant, dans le bureau de Christian.

— On dirait que tu as eu du flair... Les deux projectiles sont constitués d'un alliage de plomb, de cuivre et de tellure introuvable dans le commerce. Et identique dans les deux cas.

Christian ressentit une agréable petite décharge d'adrénaline.

— Bon, je crois que j'ai besoin d'un café. Je t'en offre un ?

Ils continuèrent leur discussion en se dirigeant vers la salle de pause.

— Cela semble indiquer que les deux meurtres ont été commis par la même personne, non ? demanda Christian.

— Pas nécessairement. Cela peut être deux personnes différentes, mais s'étant approvisionnées chez le même fournisseur.

— Mais tu m'as dit que cet alliage ne se trouvait pas dans le commerce...

— Pas dans le commerce répertorié. À côté de cela, il y a des « artisans » très prisés par certains tueurs professionnels, mais totalement hors des circuits traditionnels.

Christian ne put réprimer une moue de déception, que l'expert nota aussitôt.

— Il y a bien sûr moyen d'essayer de voir si ces balles ont été tirées du même fusil, en analysant les stries...

Il s'interrompit pour prendre le gobelet de café brûlant que Christian lui tendait.

— Mais dans ce cas, les balles sont fort endommagées. Le seul moyen, ce serait de scanner en ultra-haute définition la surface des projectiles, sous différents angles, et d'utiliser un logiciel de dernière génération capable de reproduire, à partir des données du scan, la surface d'origine. Un peu comme si je te donnais une feuille chiffonnée, et que tu prenais le temps de la déchiffonner soigneusement.

— Cela existe, ça ?

— Qu'est-ce que tu crois ? On est à Europol, mon vieux...

∞

Devant Christian, l'écran semblait s'animer.

— Enfin ! C'est normal qu'il faille autant de temps ?

Le balisticien le regarda comme s'il venait d'une autre planète, en haussant un sourcil.

— Tu rigoles ? Ce logiciel est plus puissant qu'un traitement de texte, certes, mais ce qu'on lui demande c'est également autre chose que de détecter des fautes d'orthographe.

Christian, déjà entièrement pris par l'image apparaissant graduellement sur l'écran, ne releva pas la pique. Le balisticien se pencha sur l'écran en plissant les yeux.

— Bien, on voit parfaitement les stries de chacune des balles. À moi de jouer.

Il s'assit, empoigna la souris et entama un ballet dans lequel on avait peine à suivre le pointeur.

— Tu fais quoi, là ?

Tout en cliquant frénétiquement, il expliqua :

— Je fais comparer les deux jeux de stries par un logiciel du même type que celui utilisé pour comparer les empreintes digitales. De la même manière, nous aurons un pourcentage de similitude. Au plus c'est proche de 100, au plus les stries sont identiques.

L'écran s'immobilisa. Dans le coin supérieur droit, le chiffre 94 % apparaissait en clignotant.

Christian se redressa.

— Nom de Dieu, elles sont quasiment identiques !

— En effet, répondit le balisticien. J'y mettrais ma main au feu. Les quelques pour cent d'écart proviennent sans doute d'approximations dans le rendu des stries, dues à l'état endommagé des balles.

Il se tourna vers Christian.

— Tu peux en être certain. Ces deux balles ont été tirées avec le même fusil.

∞

Paulina Leidan ferma le dossier et leva les yeux vers Christian.

— Donc, si je résume, nous avons deux meurtres dans deux pays différents sans aucun lien entre les deux, sinon qu'ils ont été commis avec la même arme.

— C'est cela. Absolument rien ne relie ces deux victimes, je peux vous l'assurer. En tout cas, rien de tangible.

— Et vous n'avez pas réussi à retracer l'arme ?

— Non, malheureusement. Les rayures du canon, leur nombre, l'orientation et leur largeur sont caractéristiques d'un modèle, mais d'autres sont de véritables signatures car elles sont uniques et proviennent d'un défaut apparu avec l'usure. C'est le cas ici.

Paulina reposa les yeux sur le dossier et croisa les mains, comme si elle se concentrait.

— Christian, voilà ce que nous allons faire. Nous allons mettre en place un protocole, à grande échelle, de *monitoring*. Chaque meurtre d'une balle dans la tête, lorsque l'autopsie montre que la boîte crânienne a explosé, doit nous être signalé. Où qu'il ait eu lieu dans le monde. La balle doit être récupérée et nous être envoyée. Nous analyserons systématiquement l'alliage, et reconstituerons les stries par traitement informatique de photos prises en ultra haute définition sous différents angles. Mettez-moi tout cela clairement sur papier, et lancez les procédures adéquates.

Elle se leva.

— Je vous l'avais dit, hein, que vous vous amuseriez...

8

New York, États-Unis : 24 novembre 2018

Mark Wegerzell regardait les gens autour de lui. La plupart avaient l'air de s'amuser, certains riaient même franchement.

Il secoua la tête, dépité.

Pathétique, se dit-il.

Le patron de sa boîte, habillé avec un jean et un col roulé noirs, portait des chaussettes jaune vif et des baskets rouge écarlate, bien mises en évidence, sans doute pour accentuer le contraste. Comme tout patron de société américaine branchée du XXIe siècle, il respectait à la lettre les codes d'application lors de ce genre de grand-messe : il était entré sur scène avec un mug de café à la main, histoire de faire cool.

À peine arrivé sur l'estrade, il entreprit un numéro de danse, se bougeant de manière hystérique comme l'aurait sans doute fait un junkie défoncé dans une boîte de nuit *underground*. La salle riait et applaudissait.

Puis il s'arrêta et prit la parole, encore essoufflé.

— Bon, si nous sommes réunis ici, ce n'est pas pour me voir faire le clown... Quoique !...

L'audience s'esclaffa. Il temporisa.

— Vous aimez me voir faire des choses dingues ?

Tous les participants lancèrent en cœur un « ouiiiii » tonitruant.

— Eh bien, voici : lorsque je suis arrivé à la tête de Rocksolid Investments, voici cinq ans, nos bénéfices étaient de 1,5 milliard de dollars. Aujourd'hui, ils s'élèvent à 8 milliards de dollars. C'est pas quelque chose de dingue, ça ?

La salle sembla crouler sous les applaudissements. Plusieurs membres du personnel criaient à pleins poumons.

— Je veux aller encore plus loin, bien plus loin. *The sky is the limit*. Mais, pour cela, il nous faudra relever des défis. Aimez-vous les challenges ?

« Ouiiiiiiii ! »

Mark avait le sentiment de se trouver au milieu de gens infantilisés, répondant à un saint Nicolas ou un père Noël déguisé animant un groupe d'enfants. Pourtant, au sein du fonds d'investissement, le personnel était normalement de haut niveau : maîtrises universitaires et doctorats, surtout en mathématiques ou en informatique, étaient la règle. Mais subitement, tous ces gens se mettaient, comme des gosses, à crier « ouiiiii » à un patron faisant le guignol.

Mark secoua la tête, de plus en plus déprimé. Son boss, lui, en rajoutait :

— Moi aussi, j'aime les défis. D'ailleurs, je vais vous montrer l'exemple. Je vais en relever un devant vous, maintenant.

Le silence s'installa.

Il se dirigea vers le côté de la scène, tandis que deux assistants plaçaient un petit tremplin en bois.

Il prit son élan, courut, prit appui sur le marchepied et entama un saut périlleux, soutenu dans son mouvement par les deux collaborateurs. Il valait mieux être prudent, il n'avait quand même plus vingt ans...

Nouvelle salve d'applaudissements, non pas pour la performance physique, en soi assez banale, mais parce qu'elle avait été effectuée par un presque sexagénaire que l'on imaginerait plutôt ankylosé à force d'être assis à un bureau ou dans des salles de réunion.

Comme une *rock star*, il revint vers le devant de la scène.

— Nous ne devrons reculer devant aucun défi. Je vais à présent vous décrire ce qui nous attend.

Mark écoutait attentivement les informations fournies à propos des investissements dans les logiciels boursiers, l'intelligence artificielle, les nouveaux produits financiers. Puis le dirigeant aborda le *trading* financier.

— Ce que j'attends de nos *traders*, c'est d'être des spécialistes de la fenêtre de tir, celle où il y a moyen de sucer le maximum d'argent du marché et de le faire venir dans nos poches, au détriment des gogos. Il y a toujours un moment optimal pour vendre ou acheter, en faisant le maximum de blé sur la transaction. Mais il faut le faire au bon moment. C'est comme quand on drague une nana : on l'emmène au resto, on la fait un peu boire, mais pas trop. C'est la fenêtre de tir : trop peu, elle n'est pas assez chaude. Trop, elle devient saoule, s'écroule et devient de la viande froide. En dehors de la fenêtre de tir, vous n'arrivez pas à la sauter !

La salle était en transe. Mark regarda autour de lui, et constata que les femmes présentes semblaient rire également de sa blague macho et lourdingue.

— Pour terminer, laissez-moi vous dire ceci : ne laissez pas passer les saloperies qu'on peut raconter sur nous. Réagissez, et fort. C'est comme moi : vous me connaissez, je suis un gars plutôt sympa et agréable, mais si quelqu'un a le malheur de dire du mal de Rocksolid devant moi, eh bien...

Il avait prononcé ces derniers mots sur un ton doux et suave, mais soudain il se métamorphosa brutalement, grimaçant de manière bestiale en hurlant :

— Je lui défonce la gueule, je lui arrache le cœur avec les mains et je le mets en charpie avec mes dents !...

Abasourdi, Mark constata à nouveau que la salle semblait hypnotisée, acquise à la cause d'un dingue.

En sortant, il écoutait les commentaires :

— Il est génial, tu ne trouves pas ?

— Un vrai leader...

— Il a raison, c'est en étant agressif qu'on réussit !

Il devait bien convenir que son patron avait un certain sens de la formule. De là à le qualifier de leader génial !...

Le milieu de la finance le décevait de plus en plus. Il y était arrivé tout naturellement, sans vraiment se poser de questions : le secteur était friand de docteurs en mathématiques, et, partant, les salaires vraiment attractifs.

Petit à petit, cependant, un malaise s'était installé, évoluant comme un cancer essaimant des métastases. À présent, il se sentait rongé par un trouble profond.

Au début, le manque d'éthique de ses supérieurs ne l'avait pas trop gêné. En réalité, il ne s'en préoccupait guère, aveuglé par l'intensité du travail et la beauté sublime des outils mathématiques qu'il développait. Chaque fois qu'un de ses bébés informatiques détectait le moment précis où il fallait faire une transaction de grande ampleur, ce n'étaient pas les millions de dollars de bénéfice sur l'opération qui le faisaient bander, même si un léger pourcentage de ceux-ci allait dans sa poche. Non, ce qui le faisait entrer en transe, c'était autre chose : avoir pu trouver l'optimum, l'unique, *la* solution parmi des millions d'autres possibilités. Et voir le résultat confirmé par la réalité.

Enfant, comme beaucoup d'autres, il était fasciné par les planètes et les comètes. Un jour, il découvrit l'histoire incroyable de Sir Edmund Halley, un astronome britannique, ami de Newton : en 1682, il avait observé une comète qui, dans un premier temps, ne lui avait pas paru extraordinaire. L'année précédente, l'astronome s'était rendu en

France où il avait rencontré Cassini Ier [9] à l'Observatoire de Paris. Ce dernier avait évoqué avec lui l'hypothèse d'un retour périodique des comètes. Halley se plongea alors dans les archives astronomiques où deux autres passages de comètes finirent par attirer son attention. L'une en 1531, et l'autre en 1607. Les comètes de 1531, 1607 et 1682 formaient deux intervalles identiques de 76 ans. Et si c'était la même ? En 1707, Halley prit le pari et annonça que la comète serait de retour en 1758.

Cinquante et un ans de suspense ! L'attente fut insoutenable et trépidante. D'autres savants en profitèrent pour affiner les calculs de Halley, et finalement prédire le passage de la comète au plus près du Soleil en avril 1759, avec une marge d'erreur possible d'un mois.

Et puis, l'incroyable se produisit. La comète fut au rendez-vous et le monde entier la vit tracer majestueusement dans le ciel le triomphe de Newton et Halley. Elle passa à côté du Soleil le 13 mars, dans l'intervalle calculé par les savants. Halley ne vécut malheureusement pas assez longtemps pour assister au retour de la comète à laquelle on donna son nom, mais quelque chose venait de faire la preuve éclatante de son incroyable pouvoir.

Le jeune Mark passa de longues soirées à contempler le ciel étoilé, imaginant l'apparition de la

---

[9] Giovanni Domenico Cassini, connu en France sous le nom Jean-Dominique Cassini, dit Cassini Ier, est un astronome et ingénieur savoisien, naturalisé français en 1673.

comète tant espérée, et l'extase vécue par les savants ayant pu prédire le phénomène avec une telle exactitude. Le résultat était là, devant leurs yeux émerveillés : ils avaient vu juste.

Tout comme lui, lorsqu'un de ses modèles mathématiques avait récemment prévu un mini krach boursier. Pas un séisme tel que celui de l'automne 2008, certes, mais suffisant à son employeur pour l'anticiper et faire un bénéfice de 287 millions de dollars en pariant à la baisse. Et lui laisser une aumône d'un million de dollars pour services rendus à la patrie...

De manière incongrue, il restait insensible à tous les symboles de réussite : il roulait dans une vieille Coccinelle et continuait à loger dans un quartier occupé majoritairement par la classe moyenne inférieure.

Arrivé dans sa rue, il ralentit sa voiture : à l'entrée de son immeuble, deux voitures de police stationnaient en épi, entourant une ambulance. Il était hypnotisé par les flashs émis par les gyrophares.

Il se gara en double file et marcha quelques mètres d'un pas rapide, avant de se faire arrêter par un énorme policier.

— Circulez, y a rien à voir.

Le côté incongru de la phrase, prononcée sur une scène illuminée comme une fête foraine et bourdonnant comme une ruche, effleura à peine Mark. Il sentait une boule se former au creux de son estomac.

— J'habite dans ce bâtiment, voici mes papiers.

Le flic jeta un œil négligent sur les documents,

puis le laissa passer.

Mark entrevit un brancard qu'on faisait glisser dans l'ambulance et, sur le trottoir, une énorme tache brune, entourée de morceaux épars de masse gélatineuse.

Taraudé par un terrible pressentiment, il monta quatre à quatre les escaliers vers son appartement du 7e étage, persuadé que cela lui prendrait moins de temps qu'en ascenseur.

Il entra comme un forcené dans le hall d'entrée, en soufflant comme un bœuf, tentant de reprendre sa respiration.

— Amanda !

Celle-ci se tenait droit devant lui, l'air à la fois surprise et hébétée. Il se jeta sur elle et la serra brutalement dans ses bras.

— Putain, qu'est-ce que j'ai eu peur ! Que s'est-il passé, bordel ?

— C'est notre voisine, Patricia.

— Pat ?

— Oui. Elle s'est jetée par la fenêtre.

Le stress laissa place à un grand vide. Il relâcha son étreinte, la prit par les épaules et la dirigea vers le canapé. Il ne savait pas trop par quel bout prendre les choses.

— Raconte-moi calmement.

— Il y a deux heures environ, j'ai entendu un cri strident provenant de la rue. J'ai regardé par la fenêtre, et j'ai vu une personne qui se tenait la tête en regardant un corps étendu par terre. Je suis descendue, et...

Elle se mit à sangloter frénétiquement.

— C'était horrible, Mark. Son visage était à peine reconnaissable. J'ai appelé les secours, puis je suis remontée...

Elle se frotta les yeux avec le dos de la main.

— Mais il y a autre chose.

Il sentit la boule se reformer dans son ventre avec insistance.

— Quoi donc ?

Elle se leva et se dirigea vers une table basse, sur laquelle se trouvaient deux magazines de décoration. Posée sur eux, il distingua une feuille pliée en deux.

Amanda parut hésiter un instant, puis elle prit la feuille et se retourna vers Mark. Son regard affichait un mélange d'appréhension et de tristesse, décuplant l'énergie du nœud qui s'en donnait à présent à cœur joie dans les entrailles du *trader*.

— En sortant de l'appartement, sous le coup du stress, je ne l'avais pas remarqué. Je ne l'ai vu qu'en revenant : ce mot avait été glissé sous la porte.

Elle le lui tendit. Son ton de voix avait changé.

— Il n'était pas sous enveloppe, et n'avait pas de destinataire mentionné. Donc je l'ai lu.

Elle temporisa un instant.

— Je suis désolée, Mark.

Il contempla un long moment la feuille de papier, sans oser l'ouvrir, comme si un serpent ou une araignée venimeuse risquait d'en sortir.

Il se sentit soudain sans force et dut puiser dans ses tréfonds pour trouver l'énergie nécessaire pour faire ces gestes simples : ouvrir une feuille de cellulose pliée en deux et la lire.

L'écriture était soignée et élégante, lui faisant remonter à la mémoire les exercices de calligraphie de sa petite enfance.

Mon cher Mark,

Quand vous lirez ces mots, j'aurai cessé de me battre en vain contre toutes les difficultés quotidiennes qui, accumulées, font que l'oxygène me manque en permanence.

Ma décision a été rationnelle, comme une analyse de bilan : les souffrances sont dorénavant largement supérieures aux bonheurs que je pourrais encore tirer de la vie.

Vous le comprendrez, j'en suis certaine. Amanda et vous connaissez la situation dans laquelle je me trouve. Depuis plusieurs années, j'ai l'impression de dévaler un toboggan sans fin vers de plus en plus de précarité. Tout semble avoir été si vite : le divorce prononcé à mes torts, la perte de mon emploi, les frais médicaux pour l'opération nécessitée par la maladie rare dont je souffre, les autres frais non couverts par des assurances que je n'arrive plus à payer… Un enchaînement pernicieux de ce que l'on appelle pudiquement des « accidents de la vie ».

C'est en rapport au dernier de ceux-ci que je tenais à vous adresser ce court message. Le mini krach boursier récent a achevé de me ruiner. Vous m'aviez conseillée pour le placement en bourse de mes dernières économies, sans doute vous en souvenez-vous. Malgré mon désespoir, je garde cependant toute ma lucidité. Sachez donc qu'en aucun cas je ne vous tenais responsable de cette dernière péripétie. Personne ne peut prévoir ce genre de retournement du marché. Ne vous mettez donc pas martel en tête, et n'allez surtout pas imaginer que votre conseil a contribué d'une manière ou l'autre à ma décision. Vous avez sincèrement essayé de m'aider, c'est cela que je retiens. Le reste n'est que le fruit d'un mauvais coup du hasard.

Profitez bien de la vie, Amanda et vous.

Amitiés

Mark n'arrivait plus à respirer. Il fixait le vide. Son immobilité physique était inversement proportionnelle au déferlement de pensées qui électrisaient son cerveau.

Merde ! J'ai oublié de la prévenir de l'imminence du crash que j'avais prévu...

J'aurais pu l'aider à en tirer profit également, comme mon fonds d'investissement. Au lieu de cela, elle a été ruinée...

Il se leva et se servit un verre de cognac, sans prêter la moindre attention à sa compagne qui le regardait, tétanisée.

Quelle ironie ! La lettre, dont l'intention évidente était de le disculper, avait l'effet exactement contraire : lui porter un terrible coup de couteau dans le dos...

Une première question le frappa de plein fouet : comment était-il possible d'être absorbé par son travail au point d'oublier une chose aussi essentielle que d'éviter la ruine à une amie proche ?

Il vida son verre d'un trait et s'en servit d'emblée

un autre.

Était-ce l'effet de l'alcool qui se frayait à présent un chemin dans ses vaisseaux sanguins ? Sa pensée suivante fut d'une lucidité tellement éclatante qu'elle sembla lui procurer une douleur fulgurante, comme lorsqu'on est ébloui par le soleil.

Tout ce *trading*, ce n'était pas un jeu abstrait... L'argent qu'on gagne dans la spéculation, on le prend à quelqu'un d'autre. Avec effroi, il réalisa qu'une petite partie des 287 millions de dollars qu'il avait fait gagner à son employeur provenait des maigres économies de Pat. Pour engraisser son employeur, il avait poussé une amie au suicide.

Il fut saisi d'une violente nausée.

Durant quelques instants, son esprit enfiévré chercha frénétiquement à voir les choses sous un autre angle. Sans succès. La conclusion demeurait implacable et incontournable.

Il s'assit sur un tabouret de bar.

Amanda n'osait toujours pas lui adresser la parole. De toute manière, elle savait que c'était inutile lorsque son intellect était en surchauffe, ce qui était à l'évidence le cas.

Deux longues minutes s'écoulèrent, dans un silence de plomb. Elle connaissait la capacité de concentration de son compagnon, et elle eut un léger vertige en imaginant la quantité astronomique de pensées pouvant être initiées, analysées et décortiquées par son cerveau surdoué durant ce laps de temps.

Il se leva et la regarda.

Elle eut un frisson : elle n'avait jamais vu dans

ses yeux une telle détermination. C'était le regard de quelqu'un qui avait un projet clair, une cible définie. Il semblait dorénavant avoir une guerre à mener.

9

Levubu, Afrique du Sud : 25 novembre 2018

Julius Balema grimpa sur une petite table branlante, aidé par deux assistants qui, ensuite, la tinrent fermement pour tenter de la stabiliser.

Il contempla quelques instants le spectacle s'offrant à sa vue : certains habitants du petit hameau se tenaient debout, malgré la chaleur. La majorité d'entre eux étaient assis, les bras croisés autour des genoux. Tous étaient prêts à l'écouter.

Son regard embrassa ensuite la campagne environnante et le vaste paysage parsemé d'arbres, de quelques épineux et de taudis à toits de tôle ondulée. Plus loin, on devinait quelques baobabs colossaux. Un vent léger se mit à souffler, apportant une délicieuse odeur de figuier.

– Mes amis ! Regardez autour de vous ! Cette terre n'est-elle pas celle de vos ancêtres ? Ne vous revient-elle pas de droit ? On vous a volé, on vous a spolié de tous vos biens. C'est le moment de réclamer votre dû !...

Un léger mouvement d'approbation, timide, parcourut l'assemblée. À ses côtés, Nkosazana Dlimana plissait les yeux : le soleil était éclatant en ce début d'après-midi. Elle s'épongea le front. Julius lui adressa un bref regard, comme pour s'assurer de son soutien avant de continuer. Elle lui adressa un léger sourire forcé.

L'entente entre eux s'était sensiblement dégradée durant les dernières semaines. Beaucoup de choses les séparaient : l'âge, d'abord. Elle avait vingt-sept ans, et lui quarante-sept, même s'il en paraissait dix de moins. L'éducation, ensuite : avant de se lancer en politique, elle était sortie major de promotion d'une des meilleures facultés de droit du pays. Lui était fils d'un mineur sous-payé et d'une femme de ménage, et n'était jamais allé à l'école.

De nombreux autres points de friction existaient : il était profondément misogyne, et avait tendance à s'échauffer rapidement alors que Nkosa, comme il la surnommait, gardait en permanence la tête froide.

En définitive, il semblait que leur seul point commun était l'appartenance au même parti politique, récemment créé par Julius : le FRJ, le Front pour le Rétablissement de la Justice. Un parti dont la simplicité du programme n'était concurrencée que par sa radicalité : exproprier les fermiers blancs, sans compensation, et redistribuer les terres aux Noirs.

Et cela semblait marcher : un récent sondage créditait le FRJ de presque 10 % des votes aux prochaines élections. Un début en fanfare pour un si jeune mouvement, ce qui laissait présager un avenir prometteur. Au grand dam des partis traditionnels, ANC[10] en tête. Du côté des fermiers blancs, la riposte politique se préparait également : un nouveau parti politique était en cours de constitution, dont le nom révélait la teneur : le PRL, le Parti de la Riposte Légitime.

La question de la redistribution foncière avait depuis toujours empoisonné les relations entre le pouvoir et la minorité blanche : 72 % des terres appartenaient aux Blancs, représentant 9 % de la population. Ces tensions se traduisaient malheureusement par des vagues de violence, notamment des meurtres de fermiers blancs : ces derniers avaient cinq à dix fois plus de risques de périr de mort violente que le reste de la population blanche. Et ils commençaient à s'organiser en milices d'autodéfense. Tout cela ressemblait fortement à un engrenage infernal...

Julius Balema haussait à présent le ton :

— Une injustice de plusieurs siècles a permis à une minorité d'accaparer la majorité des terres. Jusqu'à quand allez-vous accepter cela ?

Il suait à grosses gouttes sous son béret rouge qu'il ne quittait en aucune circonstance, car cela lui donnait un air de Che Guevara, reflétant bien son orientation marxiste, tendance révolutionnaire.

Il avait incontestablement des talents de tribun, pensa Nkosa. Mais était-ce suffisant pour faire ré-

---

10 L'ANC (African National Congress) est le parti politique dominant en Afrique du Sud depuis la libération de Nelson Mandela.

ellement changer les choses ? Elle en doutait. Durant ses études, elle avait eu l'occasion d'approfondir ses connaissances en sciences politiques et l'histoire montrait que peu de révolutions violentes avaient, à terme, délivré des résultats positifs. Et le meilleur exemple était sous leurs yeux, ici, en Afrique du Sud : Nelson Mandela avait été révolutionnaire et terroriste, mais cette période ne lui permit pas de changer les choses. C'est par d'autres moyens qu'il parvint finalement à modifier la situation. Une évolution, sans que ce soit cependant aux yeux de Nkosa un vrai changement...

À vingt-sept ans, elle n'avait jamais connu la chape de plomb du régime raciste de l'apartheid. Elle était une représentante de la nouvelle génération de Sud-Africains, celle à qui Nelson Mandela avait promis la nation arc-en-ciel. Mais comment se sentir libre dans une société post apartheid où tous les symptômes et les inégalités créées par le régime précédent étaient encore visibles ? Sandton, le quartier d'affaires ultramoderne en banlieue nord de Johannesburg, le quartier le plus riche d'Afrique, se trouvait à seulement un kilomètre d'Alexandra, le *township*[11] le plus pauvre et le plus dangereux de la province, celui où elle était née et avait passé sa jeunesse, les pieds nus dans la boue...

À l'université, elle apprit lors d'un cours d'économie que la nation arc-en-ciel était officiellement le « pays le plus inégal au monde », selon la Banque

[11] Bidonville.

Mondiale. Avec deux groupes particulièrement visés, les Noirs et les jeunes : plus d'un Noir sud-africain sur deux vivait dans un *township*, et plus d'un jeune sur deux était au chômage. Sur cent pauvres, quatre-vingt-treize étaient Noirs.

Ceci acheva de la convaincre : elle s'engagea dans un parti politique nouvellement crée, le FRJ. Elle fut rapidement remarquée, jusqu'à devenir l'étoile montante du mouvement. Au fond d'elle-même, elle s'était donné comme mission de parachever l'œuvre de Mandela. La méthode de ce dernier était globalement bonne, mais son but n'était que partiellement atteint : certes, il avait réussi à donner la majorité politique aux Noirs, mais il leur manquait les leviers économiques. Le vieux leader avait été trop timoré lorsqu'il avait déclaré aux Blancs qu'il ne les rejetterait pas à la mer. À présent, il fallait le faire, sinon les choses ne changeraient jamais. En clair : non pas mettre les Blancs dans des bateaux, mais exproprier les grands propriétaires terriens *boers* et nationaliser les mines.

À présent, Julius prenait un ton plus confidentiel, comme s'il ne souhaitait pas que ses propos puissent s'entendre au-delà du petit *township*. Il pointa le doigt vers l'horizon :

— Je vais vous faire une confidence : mon arrière-arrière-grand-père vivait dans ces collines. Le pouvoir blanc lui a fait signer un acte de vente des terres dont il était propriétaire, alors qu'il ne savait ni lire ni écrire. Ils lui ont échangé ces magnifiques terres fertiles contre de la verroterie !...

Nkosa esquissa un sourire. Quel que soit l'endroit où il se trouvait, Julius ressortait l'histoire d'un de ses ancêtres possédant des terres locales et spoliées par les méchants colons profitant de l'ignorance des autochtones. Cela pouvait être dans la province du Limpopo, celle du Cap, dans le Kwazulu-Natal, peu importe... Il ressortait toujours la même histoire. À croire que ses ancêtres récents occupaient le moindre kilomètre carré de cet immense pays.

Il devrait quand même se montrer un peu plus prudent, se dit-elle, en imaginant que tôt ou tard quelqu'un soulèverait le lièvre.

Cependant, elle reconnaissait l'efficacité de la technique : les spectateurs étaient subjugués par le récit. Le tribun simulait à présent des trémolos dans sa voix, ce qui amena des larmes aux yeux de certains dans l'assemblée. Au fil du récit, une onde de colère froide semblait se matérialiser dans l'atmosphère, comme si un sentiment d'injustice profondément enfoui refaisait surface et se cristallisait lentement.

Le leader du FRJ était un excellent orateur, se dit-elle. Mais elle réalisait également que cela ne suffisait pas. Il fallait également développer des moyens légaux, des systèmes, des organigrammes, des procédures. Or, tout cela dépassait de loin les compétences de Julius. À présent, les choses étaient claires : à terme, elle devait absolument prendre la place du chef révolutionnaire pour donner une nouvelle impulsion au mouvement. Et au plus vite, au mieux... Les grandes étapes de cette prise de pouvoir commençaient à se dessiner dans son esprit.

∞

Le pick-up blanc, orné de l'inscription « TAU Patrol », s'arrêta en bordure de la piste poussiéreuse. Pistolet automatique bien calé sur son short, Fritz Coestsee en descendit lentement, ajustant la radio qui grésillait à sa ceinture.

Il marcha quelques mètres, avant de s'arrêter à son poste d'observation. À la vue des collines verdoyantes baignées d'une lumière cristalline, il inspira profondément. Une bouffée de mélancolie l'envahit. Il refusait d'admettre la fin d'un rêve. Bien que Sud-Africain de la deuxième génération – son père avait émigré d'Allemagne –, Fritz parlait lui aussi de « mission divine », évoquant « la Bible et le fusil » et le « Grand Trek », le mythe fondateur des Afrikaners. En 1835, plus de 15 000 d'entre eux, des Hollandais, des Allemands et des Français avaient quitté la colonie britannique du Cap dans des chariots bâchés. Animés par une lecture sélective de la Bible, ils ne comprenaient guère que les Anglais de l'époque accordent des droits aux Africains. Au fil du temps, le principal intérêt de ces *Boers*, mot hollandais signifiant « paysan », était devenu une obsession : acquérir des territoires, en repousser les limites. Ils s'installèrent graduellement sur les terres les plus fertiles. Celles qu'il contemplait en ce moment même...

Il prit sa paire de jumelles et entama son observation, concentré. Au cours de sa ronde, on lui avait signalé par radio la tenue d'un meeting du FRJ dans un petit *township* de Levubu. En tant que fermier et syndicaliste agricole blanc, qui plus est membre du TAU, le « *Transvaal Agricultural Union* », il était bien entendu hors de question de se mêler aux participants d'un tel rassemblement : autant se passer directement un pneu autour du cou et y mettre le feu soi-même...

Il connaissait la sempiternelle teneur de ces assemblées : « on nous a volé nos terres », etc. Il en ressentit une brusque poussée de colère. Selon lui, ses ancêtres ne les avaient pas prises aux Noirs : les gens d'ici étaient des semi-nomades. Ils utilisaient une terre vide. Dans cette vallée fertile du Levubu, la culture moderne n'avait débuté réellement qu'en 1936, avec l'irrigation et l'éradication de la malaria. C'étaient bien eux, les Afrikaners, qui avaient façonné ce coin de paradis, et personne d'autre.

Son regard suivit lentement le cours de la rivière, serpentant au milieu de vallons verdoyants et de petites forêts denses, à la végétation luxuriante. Puis il remonta vers le nord, longeant une piste bordée de baobabs et de marulas[12], avant de localiser les premiers taudis, puis une petite foule de Noirs rassemblés devant un groupe de militants habillés en tee-shirts rouges. Il effectua une mise au point sur le visage de celui qui haranguait les participants, et le reconnut immédiatement : Julius Balema. Il observa quelques instants le leader du FRJ. Il émanait de ce personnage des ondes d'énergie qu'il lui sembla percevoir distinctement jusqu'à

---

[12] Le marula est un arbre dioïque de taille moyenne.

son poste d'observation, situé à 1500 mètres du meeting. Il pivota légèrement vers la droite et analysa la jeune fille à ses côtés, affublée elle aussi d'un béret rouge vif. Elle regardait au loin, immobile.

Pas une garde du corps, se dit Fritz. *Plutôt une militante.*

Il zooma davantage sur ses yeux : le regard était vif et déterminé.

Il déposa ses jumelles, prit sa gourde d'eau et but une longue gorgée. La situation semblait calme, pour l'instant, mais avec cet excité de Balema, elle pouvait tout aussi bien dégénérer. Il y a quelques semaines, un tel rassemblement *a priori* anodin avait échauffé les esprits des participants, qui s'étaient ensuite dirigés vers la ferme la plus proche en vociférant des slogans anti-Blancs. Le propriétaire était parti inspecter une parcelle éloignée, laissant sa femme seule. En revenant, il l'avait trouvée allongée, face contre terre, dans une mare de sang, l'œil gauche et le front enfoncés. Près du corps, des marteaux et des barres de fer.

Un bref éclat lumineux attira soudain son attention, dans la gauche de son champ de vision. Il empoigna sa paire de jumelles et parcourut du regard la zone d'où provenait la furtive lueur. Dans un buisson, il entrevit un porc-épic africain, et un peu plus loin un mamba noir se faufilant entre les herbes hautes. Et puis, il l'aperçut : un homme couché au bord d'un petit promontoire naturel. Un nouveau reflet vint frapper sa rétine. Le soleil se reflétait par intermittence sur le cadran de sa montre. Une violente décharge d'adrénaline le secoua : le personnage, habillé dans un treillis se confondant parfaitement avec la végétation environnante, tenait un fusil en position de tir, parfaitement immobile, l'œil rivé sur un viseur. La scène lui parut irréelle. Instinctivement, il bougea ses jumelles dans la direction que semblait indiquer le canon noir de l'arme. Le meeting électoral...

Son cerveau fonctionnait à plein régime. Il fit une mise au point serrée sur le visage de l'homme. Un Blanc. Durant quelques instants, tétanisé, il hésita, face à la panoplie d'options possibles : remonter dans son pick-up et foncer vers le lieu du rassemblement, ou alors vers l'endroit où se trouvait le tireur, donner l'alerte par radio, faire feu pour attirer l'attention...

∞

Au-delà du *township*, à quelques dizaines de mètres du rassemblement, Nkosa observait une grappe d'enfants qui jouaient au bord de la rivière, simulant des combats avec des bâtons. L'un d'entre eux s'éloigna en riant et se dirigea vers une vache qui paissait calmement au bord de l'eau. Il se mit à boire directement au pis de l'animal.

Charmée par la scène, Nkosa esquissa un sourire. C'était un condensé de l'avenir envisagé pour son peuple : pouvoir occuper ses propres terres à sa guise. Elle se sentit subitement exaltée. Son regard croisa celui d'une jeune femme dans l'assemblée, qui lui sourit également, comme si elle comprenait et partageait son enthousiasme.

Julius Balema continuait à vociférer frénétiquement, lorsqu'il perçut un mouvement sur sa gauche : Nkosa n'apparaissait plus dans son champ de vision. Il ne voulut pas interrompre son discours, se disant qu'elle avait dû aller chercher à boire. La chaleur était accablante. Durant un bref instant, il ressentit comme un flottement dans l'assemblée. Un moment particulier, où le temps paraissait comme suspendu. Puis un cri strident le fit sursauter. Il s'interrompit, et plusieurs autres clameurs s'élevèrent soudain dans l'air parfumé de la vallée.

Il se tourna et vit Nkosa couchée par terre. Il lui fallut plusieurs secondes avant de comprendre la réalité de ce qu'il voyait, comme si le chemin entre sa rétine et son cerveau était embouteillé, ralentissant à outrance le flux d'informations : elle n'avait plus de tête...

10

La Haye, Pays-Bas : 28 novembre 2018

Christian Debruyne savait que la réunion lui demanderait beaucoup de concentration, et décida de prendre quelques minutes de détente avant le début de celle-ci, en sirotant un café. Son gobelet en carton recyclable en main, il flânait autour de la cafétéria, arpentant au hasard quelques couloirs lumineux.

Il arriva à hauteur d'une salle de réunion vitrée. Son attention fut attirée par les occupants de celle-ci : seulement deux personnes, un homme et une femme, assis côte à côte, un ordinateur portable devant eux. Aucun papier sur la table immaculée, ni par terre.

Il les observa quelques instants, avec discrétion : immobiles, ils avaient les yeux rivés sur l'écran. L'angle de vue ne permettait pas à Christian de voir le contenu du moniteur, mais il pouvait en revanche distinguer parfaitement leurs visages, et il ne décelait aucun mouvement de lèvres : ces deux personnages se contentaient de fixer la même chose, sans parler, les yeux légèrement plissés, avec une expression totalement neutre. Soudain, la femme pointa le doigt vers un endroit précis de l'écran, en disant quelque chose que Christian n'entendit pas, la porte de la salle étant fermée et ne laissant passer aucun son. L'homme sembla approuver, en hochant légèrement la tête. À son tour, il montra quelque chose sur le moniteur, et ils esquissèrent à l'unisson un léger sourire. Ensuite, la contemplation reprit, et ils retrouvèrent leurs visages de marbre. Le manège se répéta plusieurs fois : contemplation silencieuse, parfois interrompue par l'encodage d'une instruction sur le clavier, ou par un mouvement avec la souris, un bref échange de quelques paroles, parfois un léger sourire à l'unisson, trahissant probablement une forme de satisfaction de se sentir avancer dans un dossier délicat.

Il laissait à présent son esprit flâner : il avait sous les yeux un instantané de la manière dont fonctionnait Europol. Le contraste avec ce qu'il vivait il y a peu était saisissant : à Bruxelles, son commissariat était sous-équipé par manque de moyens budgétaires, et une réunion telle que celle-ci se serait déroulée dans une salle miteuse, sentant le moisi, au milieu de piles de papiers crasseux contenant les informations relatives à l'affaire traitée. Et pourtant, Dieu sait s'il avait aimé cette période !

En se dirigeant vers le bureau dans lequel devait se tenir sa réunion, il se força à relativiser. Après tout, la perfection n'était pas de ce monde. Son environnement de travail actuel était aussi chaleureux qu'une chambre d'hôpital, et le contact avec les petites frappes de Bruxelles lui manquait parfois. En revanche, le dossier dont il était en charge n'avait plus rien à voir avec une banale affaire de trafic de drogue ou de vol de voiture. Dans les plus fous de ses rêves, il n'aurait jamais osé imaginer être en charge d'un dossier d'une telle ampleur. Il sentit un frisson le parcourir en réalisant que c'était peut-être la plus grande affaire de tueur en série des annales policières. Mais son excitation retomba brutalement alors qu'il approchait du bureau de sa supérieure hiérarchique, Paulina Leidan : une réunion de suivi lorsqu'on n'a rien à montrer comme progrès dans l'enquête, c'était pour le moins déprimant...

La porte du bureau était fermée. Il frappa deux coups et attendit. Paulina vint lui ouvrir, le salua brièvement et le fit entrer. Il sentit son stress augmenter de quelques crans en constatant que Catherine De Bolle, la patronne de l'agence, était présente, assise à la table de la petite salle de réunion attenante au bureau, plongée dans la lecture d'un mémo. Elle releva la tête et se leva pour le saluer, en esquissant un léger sourire.

Tous les trois s'assirent.

Paulina prit d'emblée la parole :

— Christian, j'ai demandé à Catherine d'être présente à ce briefing car cette affaire est en train de grimper très haut sur l'échelle de nos priorités, et à un rythme tel qu'elle en crèvera bientôt le plafond. Pouvez-vous nous résumer la situation ?

Il déglutit brièvement avant de se lancer, en s'efforçant d'adopter un ton neutre et professionnel :

— Depuis le premier meurtre attribuable à coup sûr à La Bête, nous en sommes à 23.

— La Bête ? l'interrompit Catherine.

— C'est le surnom que nous lui avons donné, répondit-il. En référence à un Colombien nommé Luis Alfredo Garavito Cubillos qui était surnommé « *La Bestia* ». Il est considéré comme l'un des tueurs en série les plus prolifiques : il a reconnu les meurtres et les viols de cent quarante-sept jeunes garçons, mais le nombre de ses victimes, déduit des restes de squelettes retrouvés grâce à des cartes que Garavito avait faites en prison, pourrait dépasser les trois cents. Une vraie star…

Elle lui jeta un regard froid.

— Tant qu'on y est, pourquoi ne pas lui donner un maillot jaune, comme au Tour de France ? Ou plutôt un maillot rouge sang, ce serait plus approprié pour le leader d'une telle compétition…

Christian se sentit rougir, pris en défaut de mauvais goût…

— Veuillez m'excuser.

— J'espère simplement que vous arriverez à la stopper avant que le compteur n'arrive à trois cents ! Cela dit, continuez votre briefing…

— Oui, oui, bien sûr. Donc, comme je le disais, le premier meurtre attribuable de manière certaine à… notre client, a eu lieu à São Paulo le 19 janvier 2018. Depuis lors, nous en avons identifié 23.

— Sans le moindre doute ?

— En effet. Nous sommes certains à 100 % que ces meurtres ont été commis par la même personne.

— La Bête…

— Oui. Le dernier date d'il y a trois jours, en Afrique du Sud. La victime est une jeune militante d'un parti politique d'extrême gauche, le Front pour le Rétablissement de la Justice. La police locale soupçonne un Afrikaner, membre d'une milice privée d'autodéfense, un certain Fritz Coestsee. Mais le protocole de *monitoring* au niveau international a parfaitement fonctionné, et j'ai déjà reçu toutes les informations nécessaires : croyez-moi, ce type n'y est pour rien. C'est bien La Bête qui est derrière ce meurtre.

— Le 23e...

— En effet.

— Et toujours aucune piste ?

Christian sentit la chape de plomb se déposer sur ses épaules.

— Non, rien. Il y a eu des meurtres sur les cinq continents, et nous n'avons aucun fil conducteur. Je dis bien : aucun. Tout au plus pourrions-nous dire que les personnes ciblées sont plutôt jeunes. Mais tout est relatif : disons plutôt qu'il n'y a pas de vieux parmi les victimes. Les âges s'échelonnent de seize à trente-neuf ans. Pour le reste...

— Continuez.

— Eh bien, comme je l'ai dit : rien. Aucun dénominateur commun.

— Aucun signal faible ?

— Nos ordinateurs n'en ont détecté aucun. Nous avons fait une simulation : avec les données relatives à Luis Alfredo Garavito Cubillos, nous aurions été capables de déceler des corrélations significatives dès la cinquième victime. Et sans doute de coffrer le salopard avant la sixième. Mais je le répète, ici, rien, *nada*. Nous avons fait appel aux meilleurs spécialistes mondiaux en matière de tueurs en série, aux psychologues les plus pointus. Aucun d'entre eux n'a été capable de déceler la moindre logique dans cette série de 23 meurtres. Aucun fil conducteur de nature sexuelle, politique, raciale, ou quoi que ce soit. Tous ces experts sont incapables de dénicher la moindre piste. La seule chose dont ils sont sûrs, c'est que ce fils de pute est une vraie anguille...

Catherine De Bolle ôta ses lunettes, se leva et se dirigea lentement vers la fenêtre. Il put voir distinctement sa mâchoire se crisper légèrement. Elle contempla l'extérieur durant quelques secondes, pensive. Puis elle se tourna vers Christian et Paulina.

— Et qu'en est-il du côté d'Interpol ?

Paulina Leidan répondit :

— Même topo. Ils sont autant dans la panade que nous. Christian fait équipe avec Marina Pinelli, une de leurs meilleures analystes. Toutes les bases de données ont été partagées, et les meilleurs logiciels d'analyse mis à contribution des deux côtés. Une collaboration exemplaire. Mais toujours rien...

La patronne d'Europol revint s'assoir à la petite table de réunion. Elle se frotta longuement les yeux avant de reprendre la parole :

— Vous savez que notre agence a beaucoup de ressources. Je vous donne carte blanche pour les utiliser au maximum. Je vous donne également le feu vert pour utiliser les procédures spéciales, mais nom de Dieu, mettez-moi La Bête hors circuit.

Christian l'observait : elle ne jouait pas de rôle

de composition. Elle était visiblement stressée par la situation explosive que représentait cette affaire. Pour l'instant, ils avaient réussi à la garder confidentielle : aucune fuite n'était à déplorer. Mais ils avaient le sentiment d'être comme des gardes forestiers sur la Côte d'Azur en pleine canicule d'août, le moindre mégot de cigarette pouvant déclencher une situation catastrophique contre laquelle ils ne pourraient rien faire. La presse se déchaînerait, la panique gagnerait la population, des têtes tomberaient sans pour autant améliorer la situation, et des innocents en feraient peut-être même les frais en étant injustement accusés, victimes d'une chasse aux sorcières tous azimuts...

Un silence pesant s'installa durant quelques instants. Christian estima le moment opportun pour exposer l'idée qui lui trottait en tête depuis plusieurs jours.

— Au vu de la situation dans laquelle nous sommes, nous devons mettre toutes les chances de notre côté.

Paulina Leidan sourit amèrement.

— Merci du conseil, Christian.

Il ignora la pique et enchaîna :

— Ce que je veux dire, c'est que ce serait une erreur de mettre de côté des approches plus... originales.

— Que voulez-vous dire exactement ? demanda Catherine De Bolle.

— Vous êtes au courant de l'affaire dans laquelle j'ai été impliqué, l'Arche de Noé.

Les deux femmes acquiescèrent, connaissant cet

élément déterminant du dossier de Christian Debruyne.

— La NSA se trouvait dans une situation similaire à la nôtre, lorsqu'il leur a fallu mettre la main sur Wen Zuhang : aucune piste, pas le moindre indice ni trace, et des ordinateurs de dernière génération impuissants à trouver quoi que ce soit. Eh bien, en désespoir de cause, ils ont demandé l'aide à la société Terastar, celle qui avait développé le logiciel à l'origine de toute cette sombre histoire.

— Cela semble plutôt logique, non ?

— Pas vraiment : ce logiciel n'avait plus rien à voir avec la situation à laquelle ils devaient faire face. Ils étaient simplement paumés, et n'avaient rien à perdre à essayer des solutions alternatives.

— Dans ce cas, pourquoi Terastar et pas une autre société ?

— Parce que celle-là est vraiment au top dans le développement de logiciels de recherche.

— Des moteurs de recherche ? demanda Paulina.

— Si vous voulez, mais en beaucoup plus performant.

Catherine De Bolle intervint :

— Attendez. Êtes-vous en train de nous dire qu'on devrait sous-traiter nos recherches informatiques à cette société ? Ont-ils de meilleurs ordinateurs que les nôtres ?

— De meilleurs ordinateurs, je ne pense pas. De meilleurs logiciels de recherche, sans aucun doute : dans ce domaine, ils sont à la pointe.

— De toute manière, nos procédures interdisent

ce genre de sous-traitance informatique, dois-je vous le rappeler ?

Christian la regarda droit dans les yeux.

— Dois-je vous rappeler qu'il y a quelques instants, vous nous donniez le feu vert pour utiliser les procédures spéciales ?

La responsable de l'agence baissa les yeux, avant d'enchaîner :

— Continuez, je vous prie.

Christian regretta brièvement cet affrontement à fleurets mouchetés, mais l'issue le renforça dans sa conviction d'aller de l'avant.

— La situation, comme je vous l'ai dit, était désespérée. Ils ont collecté toutes les données sur la fugitive, ont fourré cette montagne de données dans un disque dur, et ils l'ont fourni à cette société.

— Ce n'était pas risqué ? demanda Paulina.

— Non, pourquoi ? Il ne s'agissait pas de secrets militaires ou de fabrication, de données politiques sensibles ou de filons diplomatiques délicats. Simplement des informations sur une personne en cavale.

Catherine De Bolle réfléchissait tout haut.

— Vu comme cela, évidemment... Mais dans notre cas, il s'agirait de données sur des meurtres en série. Déjà, une simple fuite, ça n'arrangerait pas la réputation d'Europol, mais si en plus ça risque de déclencher une forme de panique...

— Alors bétonnons tout cela dans des clauses de confidentialité, répondit Christian. Lâchez nos juristes là-dessus, ils vont se délecter...

La patronne d'Europol réfléchissait avec intensité. Christian l'observa. Il se souvenait de la saga ayant débouché sur sa nomination comme directrice générale de l'agence européenne de coopération policière et criminelle. La Belge était ressortie la mieux classée de l'évaluation qui avait été menée par le conseil d'administration d'Europol. Mais elle était fortement concurrencée par le candidat tchèque Oldrich Martinu, qui était alors directeur général adjoint d'Europol. Lors du vote au Comité des Représentants, toutefois, aucun des trois candidats présentés n'obtint la majorité qualifiée. Selon un accord préalable pris entre les États membres pour cet éventuel cas de figure, les ambassadeurs étaient donc passés à un vote simple par élimination successive. C'est ainsi qu'au second tour, Catherine De Bolle obtint les voix de dix-huit pays.

Christian la fixa : elle semblait toujours plongée dans une intense réflexion. Il pouvait sans difficulté imaginer qu'elle devait peser le pour et le contre, envisager tous les aspects de sa proposition, considérer les risques pour l'agence, pour sa carrière aussi, sans doute.

Elle leva les yeux vers Paulina et Christian.

— Comment comptez-vous procéder pour la suite ?

Soulagé, Christian interpréta la question comme une forme de feu vert.

— Nous comptons entrer en contact avec le patron de Terastar, Serguei Klimov, mais c'est surtout sur un de ses chefs de projets que nous allons nous appuyer. Lors de l'affaire de l'Arche de Noé, il a fait preuve d'une intuition remarquable.

Catherine De Bolle se leva.

— Bien. Contactez ce monsieur...

Paulina et Christian se levèrent également.

— Doyle. Patrick Doyle.

11

New York, États-Unis : 6 décembre 2018

Mark Wegerzell détaillait son interlocuteur. S'il avait dû le décrire d'une seule expression, cela aurait été : « gris sale ». De la tête aux pieds, rien ne semblait net. Une épouvantable odeur de cendrier froid sortait de sa bouche chaque fois qu'il ouvrait celle-ci et sa voix rauque et rocailleuse semblait sortir d'outre-tombe. Le personnage ne respirait guère la joie de vivre, et c'était mieux ainsi, car un sourire n'aurait fait apercevoir qu'une dentition ravagée par le tabac.

Par intermittence, cependant, une lueur dans ses yeux paraissait apporter une forme de couleur à ce tableau sombre : sous un aspect extérieur peu engageant, l'homme avait un esprit vif et curieux.

— Veuillez m'excuser de ne pas vous recevoir chez moi, mais je préfère les endroits anonymes.

Comme pour lui signifier qu'il avait bien compris sa phrase, Mark parcourut rapidement des yeux le bistrot. Anonyme, certes, mais également glauque. Les murs verdâtres étaient tapissés de vieilles coupures de banques venant de tous les pays du monde, et les tubes néon éclairaient une dizaine de tables crasseuses. Sur l'une d'elles, un poivrot somnolait, le menton posé sur la poitrine. Un filet de bave coulait lentement depuis la commissure de ses lèvres. Une petite estrade comportait du matériel de karaoké datant sans doute des années 80. À son grand soulagement, personne ne semblait intéressé par l'exercice. Pour le moment...

— Vous ne m'en avez pas dit beaucoup au téléphone, mais assez pour me convaincre de vous rencontrer. Puis-je d'abord vous demander comment vous m'avez trouvé ?

Encore quelqu'un qui ne mesure pas la puissance d'une recherche poussée sur Internet, se dit Mark avec condescendance. Il a beau être journaliste, a-t-il déjà entré son nom dans un moteur de recherche et observé les résultats ? L'exercice est toujours intéressant à faire, même s'il est parfois fastidieux, par exemple lorsqu'on s'appelle Kennedy et qu'il faut zapper les quelques premiers milliers d'occurrences...

— Trouver un journaliste spécialiste du Club Irsac n'est pas vraiment difficile, il n'y a que vous, ou à peu près... C'est d'ailleurs étonnant, je me serais imaginé que le public était friand de ce type de sujet. Pensez donc, un club de puissants cultivant la discrétion... C'est la porte ouverte aux rumeurs et aux théories du complot. La demande en la matière étant forte, l'offre aurait normalement dû exploser. Or, c'est plutôt le désert.

— Bien observé. Et vous vous demandez pourquoi ?

— En effet.

— Il me semble pourtant que se poser la question, c'est y répondre...

Une lueur d'incompréhension passa furtivement dans les yeux de Mark. Elle n'échappa pas au journaliste, qui enchaîna :

— Je vois que vous n'êtes pas familier avec ce club. Pouvez-vous m'en citer quelques membres connus, actuels ou passés ?

— Euh... Non.

— Alors, je vais vous en citer quelques-uns, en vrac.

Il entama une hallucinante énumération, dont chaque nom était comme un uppercut. Mark se sentit sonné. La fine fleur de l'élite occidentale s'y retrouvait : financiers, industriels, banquiers, politiques, patrons de multinationales, présidents, Premiers ministres, ministres des Finances, secrétaires d'État, représentants de la Banque Mondiale, de l'OMC et du FMI, hauts gradés militaires... Un tel panel évoquait irrémédiablement une confrérie formée par quelques-unes des personnalités les plus riches, les plus puissantes et influentes du monde occidental, se réunissant secrètement pour planifier des évènements mondiaux...

Mark était estomaqué.

— Mais pourquoi n'en parle-t-on pas davantage ?

— J'ai oublié de vous mentionner que tous les grands magnats de la presse font également partie du Club.

— Hein ?

— Oui, ces membres contrôlent environ 80 %

des informations au niveau mondial : journaux, télévisions, médias électroniques. Vous comprenez, à présent ?

Son vis-à-vis restait sans voix.

— J'ai fait partie d'un de ces conglomérats des médias. J'y étais d'ailleurs plutôt bien intégré et j'avais une bonne réputation. Lorsque j'ai proposé de lancer une enquête sur le club, on a commencé par m'en dissuader. Comme j'insistais, cela m'a finalement été refusé, sans justification claire. Peu après, j'ai été licencié. C'est ainsi que je suis devenu journaliste indépendant. J'ai alors effectué un long travail de recherche sur ce club, et à un certain moment, j'ai estimé disposer d'assez d'informations pour publier un livre. Bizarrement, aucune maison d'édition ayant pignon sur rue n'a montré d'intérêt. Je me suis alors tourné vers un éditeur plus confidentiel, un idéaliste, qui n'a pas reculé devant les pressions de toutes sortes. Le livre est finalement sorti, mais bien entendu, il n'a bénéficié d'aucune publicité ni de critique favorable. Bien au contraire...

Le journaliste parlait en regardant ses mains, qui tremblaient légèrement.

— Depuis lors, j'ai le sentiment de vivre une longue descente aux enfers. Toutes les portes semblent se refermer, j'ai l'impression d'être devenu un pestiféré. Tous mes anciens contacts m'évitent, et je suis sans arrêt victime de diffamation sur les réseaux sociaux et professionnels. Dire que ma carrière est au point mort serait un euphémisme...

Mark décodait mieux l'aspect gris et triste du

journaliste : cela reflétait parfaitement son état d'esprit. Rétrospectivement, il comprenait également l'impression étrange ressentie lors de la recherche, sur la Toile, d'informations sur le personnage. Ce dernier voyait ses compétences professionnelles systématiquement remises en question, et il était régulièrement traîné dans la boue. Son image était tellement négative qu'il avait failli laisser tomber l'idée de le rencontrer. Néanmoins, il avait découvert que l'homme avait publié un livre sur le club, et malgré les critiques incendiaires, il s'était procuré une version électronique de l'ouvrage. Une lecture rapide lui avait donné l'impression d'un honnête travail journalistique, mené avec objectivité et sans oublier de mentionner les sources. Cela l'avait décidé à aller de l'avant, ce dont il se félicitait à présent.

Il le regarda prendre nerveusement une cigarette et l'allumer d'un air triste, le regard perdu dans le vide. Mark ressentit soudain une forte bouffée d'empathie. C'était la deuxième fois en peu de temps qu'il ressentait un sentiment profondément humain, lui dont la seule passion jusqu'à présent était la recherche froide et mécanique des points culminants de courbes mathématiques et financières. Instinctivement, il sut qu'il pouvait se confier à cet homme. Il se lança :

— Je me suis adressé à vous car j'ai été amené à être en contact avec le Club.

— Ah bon ? répondit le journaliste en levant un sourcil. Et comment ?

— Pour bien comprendre les circonstances, il

faut savoir que je suis *trader* pour un gros fonds d'investissement appelé Rocksolid. Je devrais d'ailleurs plutôt parler de fonds de spéculation.

— *Trader* ? Vous êtes un de ces gars que l'on voit hurler comme des hystériques dans une salle de marché en agitant des bouts de papier ?

— Ça, c'était l'ancienne version des acteurs du métier. Aujourd'hui, nous sommes plutôt rivés en silence devant des écrans d'ordinateur.

— On n'arrête pas le progrès...

— Comme vous dites. Je suis graduellement devenu spécialiste dans un domaine bien particulier, celui qui consiste en gros à déceler le moment où il y a moyen de plumer des naïfs en vue d'enrichir des gens peu scrupuleux.

Le journaliste écarquilla les yeux.

— Comme vous y allez... Je vais commencer à m'en faire pour mon maigre bas de laine !

— Si vous « jouez » en bourse, vous devriez, car il existe des joueurs professionnels bien plus doués que vous qui ne manqueront pas de vous déshabiller dès qu'ils en auront l'occasion. Si en revanche vous avez investi en bon père de famille, vous n'avez aucun souci à vous faire. Mais je ne suis pas ici pour vous donner un cours de gestion de patrimoine, ce sera pour une autre fois.

Il s'interrompit pour boire une gorgée de Budweiser.

— Ma réputation de *trader* à succès commence sans doute à être assez bien établie, car de temps en temps des banques ou des sociétés financières cherchent à me débaucher. Mais cela me laisse plutôt de marbre, car l'expérience de collègues ayant cédé aux chants des sirènes n'est guère convaincante. Mais récemment, j'ai eu un appel plutôt surprenant : il provenait d'une organisation non financière. Cet appel m'est parvenu à un moment particulier : je venais de décider de quitter le monde de la spéculation. Pas rien que la société qui m'employait : c'est le métier de *trader* que je ne voulais plus pratiquer.

— Pourquoi ?

— C'est personnel, je ne vous en dirai pas plus.

Il aurait été au-dessus des forces de Mark d'expliquer qu'il avait provoqué le suicide d'une amie sans le savoir, par le simple fait d'avoir exercé son métier de prédateur financier. Il ne voulait pas revivre en détail le choc d'avoir brutalement réalisé qu'il avait peut-être ruiné des centaines d'autres personnes, dans le seul but d'enrichir des gens déjà assis sur une montagne de fric. Il était peut-être, par conséquent, responsable d'une multitude d'autres morts, et c'était difficile de s'endormir paisiblement le soir avec une telle idée en tête...

Quitter ce monde de spéculation était devenu une nécessité. L'appel d'une organisation non financière souhaitant utiliser ses compétences financières tombait donc à pic. Mais il allait rapidement découvrir que ce n'était pas une association de bénévoles...

Chaque instant de l'entrevue était gravé dans sa mémoire avec une incroyable netteté. À commencer par l'allure de son interlocuteur, un certain Denis Ramirez. Un homme d'une grande classe, habillé de manière léchée, doté d'un charisme évident. Charmeur, il expliqua représenter un club très puissant, composé de personnalités de premier plan dans les domaines politiques, industriels, et médiatiques. Bien entendu, Mark avait essayé d'en savoir plus, mais il s'était heurté à un mur. En revanche, Ramirez s'était montré très volubile sur d'autres aspects : le club comprenait des gens parmi les plus riches du monde, qui souhaitaient non seulement protéger leur patrimoine, mais également le faire fructifier. Bien entendu, le salaire proposé était à l'avenant : un montant qui relèverait de la science-fiction pour l'homme de la rue...

À l'évidence, Ramirez avait soigneusement taillé son discours sur mesure pour un *trader* aux dents longues, sans savoir qu'en réalité il s'adressait à un homme venant de basculer dans une haine féroce pour ce métier de prédateur.

Mark avait cependant joué le jeu, dans le seul but d'en savoir davantage sur cette organisation, par curiosité. Mais il y avait autre chose...

Depuis le suicide de sa voisine et amie, une obsession le hantait : la venger. Et la cible désignée, c'était Rocksolid. Il ne restait dans la maison que pour trouver un moyen de ruiner cette boîte ayant causé le décès de Pat. En profitant de la confiance qu'on lui faisait, l'occasion se présenterait, tôt ou tard, de s'engager dans une transaction tellement désastreuse qu'elle ruinerait le fonds de spéculation. Et cela provoquerait, espérait-il, le suicide de quelques-uns des patrons. Œil pour œil, dent pour dent. La bonne vieille loi du talion.

À présent, il se demandait si ce ne serait pas une mission d'utilité publique que de donner également une bonne leçon à ce groupe de riches, qui semblaient eux aussi en vouloir toujours plus, sans doute au détriment de petits épargnants. Mais pour cela, il devait en savoir plus.

Il bombarda donc de questions Ramirez, qui faisait des efforts démesurés pour en dire le moins possible. Dans le feu de l'action, poussé dans ses derniers retranchements, il déclara sèchement que le Club Irsac avait une culture de discrétion absolue, et que cette valeur devait être respectée à tout prix.

Ainsi donc, ce club s'appelait « Irsac »...

Il avait sans doute mentionné ce nom par inadvertance, dans un moment d'énervement, car à aucun autre moment il ne l'avait utilisé. Il parlait du club, de l'organisation, de « nous », mais rien d'autre...

Rentré chez lui, il se mit en quête d'informations sur cette mystérieuse association. Le Web ne manquait pas de références sur le Club Irsac, mais les détails avérés manquaient cruellement. Un halo de mystère entourait cette organisation bien réelle, déclenchant un torrent de rumeurs, de légendes urbaines et de théories du complot. Difficile de se faire une opinion dans ce mélange de faits indiscutables et de délires paranoïaques.

Il fallait essayer de trouver un expert. Au cours de ses recherches, il nota qu'un seul livre avait été écrit sur le Club Irsac, par un journaliste nommé Dany Eslin. Retrouver ses coordonnées, à l'heure d'Internet, n'était guère plus difficile qu'un jeu de piste pour scouts.

Durant les explications fournies par Mark, le journaliste laissait errer son regard dans la salle. Un client tentait vainement de se lever de table, l'effet combiné de l'alcool et de la gravité le rappelant à l'ordre dès que ses fesses quittaient le siège de plus de quinze centimètres. Une vieille dame maquillée à outrance lisait un magazine posé sur sa table, avec une tasse de café noir dans une main et la laisse de son caniche dans l'autre. L'animal remuait convulsivement la truffe, incommodé par l'épouvantable odeur se dégageant du sol mal nettoyé. Un seul personnage dénotait dans ce décor sordide : assis à une table, un homme assez jeune, portant un jean propre et un pull à col roulé, pianotait sur son smartphone. Il but une gorgée de bière, et leurs regards se croisèrent furtivement lorsqu'il redéposa son verre.

Dany Eslin se tourna vers Mark :

— Je préfèrerais continuer cette conversation dehors, si cela ne vous gêne pas.

— Dehors ? Vous savez la température qu'il fait, à l'extérieur ?

— Oui, oui. Un peu d'air frais nous fera du bien.

Sans attendre, il prit son manteau et se dirigea vers la sortie. Mark le suivit.

Dans la rue, Eslin se retourna à plusieurs reprises.

— Je vous prie de m'excuser, mais quand on s'intéresse au Club Irsac, il faut vraiment être prudent. Un des clients du bar nous observait, j'en suis persuadé.

— Vous n'êtes pas un peu parano ?

Le journaliste s'arrêta et le fixa intensément.

— Croyez-moi, non ! Vous avez été en contact avec Denis Ramirez. Il s'agit de leur directeur opérationnel. Sur la base de ce qu'il vous a dit, d'après vous, quel est leur objectif ?

— S'enrichir davantage.

— Ça, c'est le message qu'il a voulu vous délivrer pour vous appâter, monsieur le *trader*. Il a voulu vous faire saliver avec cette idée, pensant que cela vous ferait bander. Mais ce n'est pas leur vrai objectif.

— Quel est alors leur vrai objectif ?

— Noyauter les principaux organes de décision au niveau mondial.

— Hein ?

— Oui. Ils tirent les ficelles dans l'ombre, afin d'assurer que le vrai pouvoir, et la richesse, restent entre leurs mains. Et ils y réussissent.

— Vous n'exagérez pas un peu ?

— Vous croyez ? Un homme politique français a un jour demandé à son Premier ministre pourquoi il avait reçu le comité directeur du Club Irsac à Matignon. Il lui a répondu : « Parce que nous n'avons pas le choix : ce sont ces gens-là qui nous gouvernent ! »

Ils se remirent en marche.

— Ils se réunissent une fois par an, en général en mai ou juin, durant trois jours. Toujours dans un lieu tenu secret jusqu'à la dernière minute, et totalement sécurisé. Tous les échanges sont soumis à la même règle de confidentialité absolue. Croyez-moi, c'est le cercle le plus select de l'élite, au plus haut niveau, du business et de la géopolitique. Et le plus efficace.

— Mais comment est-ce possible ? Comment y sont-ils arrivés ?

Le journaliste parut hésiter.

— C'est une très longue histoire.

— Vraiment ?

— Oui. Elle débute en France, en 1794.

12

Paris, France : 8 mai 1794

Malgré la température clémente de ce milieu d'après-midi, François-Pierre Saint Rideussac frissonnait dans sa petite pension de la rue Saint-Honoré.

Dieu, que les temps étaient durs !...

Ce climat d'instabilité était insupportable. Paris pourrait-elle encore à l'avenir connaître une certaine douceur de vivre, les Parisiens mener une vie normale, retrouver un semblant d'harmonie ? Sans parler du reste de la France !...

Imperceptiblement, son esprit semblait à présent se frayer un chemin vers sa Vendée natale, le château familial de Chambretaud et les paysages enchanteurs du haut bocage qui avaient bercé une enfance heureuse. Il se revoyait, jeune homme frétillant, parcourant à cheval le domaine familial en compagnie des métayers, saluant au passage les paysans et les artisans avec qui sa famille formait une sorte de communauté : rien ne semblait alors jamais pouvoir ébranler ce monde simple, ordonné, équilibré. Sa région était prospère, une province agricole alimentant Paris en blé et surtout en viande : près de six cents têtes de bétail par jour !

Il soupira longuement.

En quelques années, tout cela avait été balayé

par un vent de folie furieuse, ne laissant que désolation, cadavres et incertitudes. Tout semblait avoir débuté par la mauvaise récolte de 1788, suivie par un hiver d'une grande rigueur : les fleuves étaient gelés, les vignobles détruits, et les populations des villes et campagnes plongées dans la famine et la misère.

Le curé de sa paroisse, le père Boutardeau, se trouvait au centre d'un réseau de communication efficace, et le tenait au fur et à mesure au courant des évènements. Il apprit ainsi que le 14 juillet 1789, la foule en colère s'était emparée de la prison de la Bastille. Elle croyait, à tort, y trouver des réserves de blé.

L'hiver 1789-90 s'était avéré particulièrement rigoureux, le plus long et le plus froid depuis des dizaines d'années. Il fut suivi de deux autres, presque aussi rudes. Les paysans inquiets cachaient la farine. La Seine gelée laissait les moulins immobiles, et les routes impraticables empêchaient le cheminement des maigres vivres vers la capitale, où d'interminables queues se formaient devant des magasins désespérément vides. Seuls les plus nantis pouvaient acheter quelques pommes de terre, ce tubercule qu'un certain Antoine Parmentier[13] avait popularisé quelques années plus tôt. Mais même les pommes de terre gelaient...

---

[13] Antoine Augustin Parmentier, né le 12 août 1737 à Montdidier et mort le 17 décembre 1813 à Paris, est un pharmacien militaire, agronome, nutritionniste et hygiéniste français.

Sidérés, ils avaient alors suivi à distance l'enchaînement infernal des évènements politiques : la royauté renversée, la montée en puissance des Hébertistes, celle des Dantonistes, puis celle des Girondins, le transfert de la famille royale des Tuileries à la prison du Temple, l'exécution de Louis XVI et de Marie-Antoinette, et à l'extérieur, une coalition européenne contre la France...

Mais pour eux, le pire était en cours : la terrible répression des républicains contre les royalistes se soldait déjà, en Vendée militaire, par d'innombrables morts, dont son ami le père Boutardeau. Des hordes infernales lancées à l'ouest pillaient, tuaient, violaient, torturaient. Ces enragés s'en prenaient non seulement aux hommes et aux femmes, mais également aux enfants, et même aux nouveau-nés et aux vieillards sur leur grabat. Ils exterminaient les animaux de ferme, arrachaient et brûlaient les haies et récoltes.

Le château familial avait été mis à sac le 17 novembre 1793. Horrifié, il avait assisté, terré dans un buisson épais, à l'exécution de sa famille : ses parents furent égorgés, ses frères et sœurs écrasés sous les sabots des chevaux. L'ordre avait été donné d'économiser les munitions...

En état de choc, il parvint à survivre quelques jours, tant bien que mal, dans les bois environnants, avant d'être hébergé dans une cache secrète aménagée dans un recoin d'une grange par une fermière qui connaissait le père Boutardeau.

Ce dernier, un érudit passionné par le développement spectaculaire des nouvelles sciences, faisait partie d'une confrérie d'amateurs de progrès. L'homme d'Église l'avait ainsi initié aux avancées récentes dans les domaines de la chimie, de la physique et des mathématiques. Cette communauté d'enthousiastes lui permit d'atteindre clandestinement Paris et de s'y réfugier dans une pension de la rue Saint-Honoré. Un éminent membre de leur cercle d'amis accepta de pourvoir à ses besoins matériels.

Sa mélancolie fut brutalement interrompue : on tambourinait violemment à la porte de sa chambre.

— Maître, Maître, ouvrez, c'est moi, Jacques.

François-Pierre reconnut la voix fluette de son aide et lui ouvrit promptement la porte.

Il la referma aussitôt à double tour derrière lui.

— Alors, mon ami, as-tu des nouvelles ?

Le jeune garçon, essoufflé, peinait à reprendre sa respiration.

— Oui, Maître. J'ai réussi à rentrer dans le tribunal, grâce à Lydie-Rose-Bénigne Fleron, une tricoteuse de la Société patriotique et de bienfaisance des Amies de la Vérité. C'est une amie de ma mère.

— Et alors ? Que diable s'est-il passé ?

Le jeune garçon éclata en sanglots.

— Il a été condamné, Maître. Lui et vingt-six autres personnes. Tous des fermiers généraux, d'après ce que j'ai pu ouïr. Ils vont passer à la guillotine aujourd'hui même.

— Comment ? Doux Jésus, mais c'est impossible, pas lui. Pas un scientifique de cette valeur !

— Le juge a déclaré que la République n'avait pas besoin de savants...

François-Pierre crut sentir le monde s'effondrer autour de lui. Le chaos n'en finirait donc jamais ? Le monde était-il vraiment devenu irrémédiablement fou ?

Il s'assit pesamment sur une chaise.

Son aide continuait à sangloter.

— Que va-t-on faire, Maître, sans votre tuteur ?

Il ne répondit qu'après quelques longues secondes, d'une voix résignée :

— Je ne sais pas. Il nous reste à espérer un miracle.

À ce moment, des clameurs leur parvinrent de la rue, d'abord estompées, puis de plus en plus marquées.

Ils se dirigèrent vers la fenêtre : sous leurs yeux, en contrebas, trois charrettes avançaient en cahotant sur les ornières, précédées d'un détachement de gendarmes et suivies d'une escorte, au milieu des huées d'une petite foule hargneuse.

Soudain, François-Pierre pointa le doigt en s'écriant :

— Il est là, dans la première charrette. Je le vois, c'est lui !

Quatre hommes étaient assis sur une planche, et quatre autres s'efforçaient de rester debout en s'accrochant tant bien que mal aux ridelles de la carriole pour conserver leur équilibre.

Un des hommes assis, totalement indifférent aux crachats et aux cris de haine, paraissait plongé dans la lecture d'un livre.

— Allons-y, en vitesse. La foule n'est pas trop dense, on arrivera bien à suivre le cortège jusqu'à la place de la Révolution.

Ils dévalèrent l'escalier de la pension et débouchèrent dans la rue Saint-Honoré au moment où le sinistre cortège passait devant eux. Durant la Terreur, à force de voir passer les charrettes de condamnés en provenance de la Conciergerie pour se rendre à la place de la Révolution, les Parisiens blasés n'y attachaient guère plus d'importance qu'à un fait divers. Aujourd'hui, cependant, la foule de curieux était sensiblement plus importante qu'à l'accoutumée. Néanmoins, François-Pierre et Jacques parvinrent à suivre le convoi sans trop de difficultés.

À hauteur de l'église Saint-Paul, ils distinguèrent, au milieu de la foule qui s'accumulait sur les marches pour ne rien manquer du spectacle, l'abbé Gouraud, habillé de telle sorte que rien ne le distingue des curieux. Leurs regards se croisèrent. L'abbé leur fit un petit sourire, puis ferma les yeux. Ses lèvres remuaient légèrement, comme s'il récitait une psalmodie. François-Pierre comprit aussitôt : il donnait secrètement l'absolution aux condamnés défilant devant lui, au péril de sa vie...

Les deux hommes étaient parvenus à rester à proximité de la première charrette. Ils essayèrent, sans se faire démasquer, de transmettre à l'homme plongé dans sa lecture un signe de reconnaissance. En vain : celui-ci ne levait pas le nez de son ouvrage...

Le convoi déboucha sur la place de la Révolution. Lorsque le cocher immobilisa ses chevaux, l'homme était encore plongé dans son étude. Avant de se lever une ultime fois, il corna doucement le bord de la page où sa lecture s'était interrompue, referma calmement le livre et déposa celui-ci à sa place sur la banquette.

Les gendarmes faisaient dorénavant écran devant eux. Plusieurs personnes autour d'eux criaient des injures, d'autres réclamaient des pièces de vêtements aux condamnés, hurlant qu'ils n'en auraient désormais plus besoin.

François-Pierre était étourdi par l'ambiance délétère et se sentit défaillir. Il s'appuya brièvement sur son aide en inspirant profondément. L'air lui parut chargé de cendres et de scories, l'atmosphère semblait moite, saturée de haine et de fureur. Il regarda autour de lui : plus rien ni personne ne semblait contenir la moindre once de bonté ou d'humanité. C'était bel et bien l'enfer sur Terre...

Les condamnés descendirent des charrettes et on les aligna dos à la guillotine.

Un premier nom fut crié par un officier. Deux préposés empoignèrent la victime, étonnamment résignée, et la hissèrent sur la plate-forme. L'homme fut immédiatement étendu par le bourreau sur une planche, et l'instant d'après celle-ci bascula. François-Pierre n'eut pas le temps de voir la lunette tomber, mais il entendit distinctement le bruit sourd du couperet. Un murmure secoua la foule. Le corps et la tête, ruisselants de sang, furent aussitôt jetés dans une immense voiture assez basse, doublée de plomb et peinte en rouge. Sans doute pour éviter qu'on ne distingue trop clairement les taches sanglantes.

François-Pierre eut un haut-le-cœur, s'efforçant de contenir la bile remontant de son estomac.

Un deuxième nom était déjà vociféré. Deux hommes à sa gauche discutaient calmement entre eux, comme s'ils assistaient à une représentation de théâtre. Il entendit l'un d'eux raconter que, la semaine dernière, le couperet était tombé plus de soixante fois durant l'après-midi.

Le troisième nom résonna. Tout se passait tellement vite : moins de deux minutes, peut-être, entre chaque exécution. Sa poitrine l'oppressait, et le souffle vint à lui manquer.

Le quatrième nom le fit sursauter :

— Jacques Paulze[14] !

On empoigna un homme âgé, livide, qui n'opposa guère de résistance.

François-Pierre se mit sur la pointe des pieds. Jacques Paulze ? Se pourrait-il que... ?

Son regard scrutait fiévreusement la petite foule amassée au pied de l'échafaud. Soudain, il l'aperçut : Marie-Anne Pierrette Paulze[15] était au pied de l'estrade, et tenait une main devant sa bouche, les yeux rougis. Elle était pâle, les traits tirés. Elle

---

[14] Jacques Paulze, sieur de Chasteignolles, né le 8 mai 1723 à Montbrison, mort guillotiné le 8 mai 1794 à Paris, est un avocat, fermier général et conseiller-secrétaire du roi, maison, couronne de France et des finances près la Grande chancellerie de France.

[15] Marie-Anne Pierrette Paulze, épouse Lavoisier, puis Rumford, née à Montbrison le 20 janvier 1758 et morte à Paris le 10 février 1836, est une scientifique, une artiste peintre et une illustratrice française. Elle fut l'épouse et la collaboratrice du chimiste Antoine Lavoisier.

ferma les yeux au moment du bruit sec accompagnant la chute de la lame. Déjà, le condamné suivant était appelé :

— Antoine-Laurent Lavoisier[16] !

Il sentit ses jambes défaillir et dut à nouveau prendre appui sur son jeune aide. Il n'arrivait pas à détacher son regard de cette femme qui, en l'espace de deux minutes, voyait partir son père et son mari dans une boucherie sans nom. Elle se tenait immobile, les yeux fixés vers l'engin de mort sur lequel le bourreau installait son homme. Elle semblait se forcer à garder les yeux grands ouverts, comme pour imprimer dans sa mémoire, de manière indélébile, les dernières images de celui qu'elle avait profondément aimé et assisté durant plus de vingt ans.

La guillotine s'actionna.

Marie-Anne Pierrette ne ferma pas les yeux. Elle semblait déjà ailleurs, comme si l'horreur avait fait place à la détermination.

La vue de François-Pierre se brouillait, au fur et à mesure que les noms suivants s'égrenaient. À présent, il en était certain, c'était une odeur de sang qu'il respirait. Il se pencha vers son aide :

---

[16] Antoine Laurent Lavoisier, ci-devant de Lavoisier, né le 26 août 1743 à Paris et guillotiné le 8 mai 1794 à Paris, est un chimiste, philosophe et économiste français, souvent présenté comme le père de la chimie moderne, qui se développera à partir des bases et des notions qu'il a établies et d'une nouvelle exigence de précision offerte par les instruments qu'il a mis au point. Il a inauguré la méthode scientifique, à la fois expérimentale et mathématique, dans ce domaine qui, au contraire de la mécanique, semblait devoir y échapper.

— Partons d'ici.

∞

Des images de mort, de chaos et de haine s'entrechoquèrent dans son esprit durant toute la nuit, l'entraînant dans un abîme sans fond. Au petit matin, son aide Jacques le trouva prostré, incapable de la moindre réaction. En désespoir de cause, il décida de l'emmener chez celui qui, après Lavoisier, semblait manifester le plus d'affection pour son Maître.

Le trajet jusqu'au domicile de Pierre-Simon de Laplace[17] permit à François-Pierre, au grand soulagement de son aide, de sortir de sa torpeur. Peut-être était-ce le simple fait d'avoir mis son corps en mouvement, ou encore la vision de scènes de vie quotidienne dans les rues de la capitale, contrastant avec les images de mort encore présentes dans son esprit. Derrière chaque visage croisé, il devinait des occupations, les soucis habituels, sans doute, les plaisirs aussi. Aujourd'hui, Paris était calme, sans paraître en guerre ou en révolution. Ils passèrent près d'ouvriers occupés à travailler, de commerçants ouvrant leurs boutiques aux Halles, de petits vendeurs de pommes et d'eau-de-vie. Devant un café, quatre musiciens jouaient une charmante ritournelle avec violon, clarinette, flûte et basse.

Ils arrivèrent devant le numéro 108 de la rue du

---

[17] Pierre-Simon de Laplace ou Pierre-Simon Laplace, comte Laplace, puis 1er marquis de Laplace, né le 23 mars 1749 à Beaumont-en-Auge et mort le 5 mars 1827 à Paris, est un mathématicien, astronome, physicien et homme politique français. Laplace est l'un des principaux scientifiques de la période napoléonienne.

Bac. François-Pierre congédia son aide, puis frappa à la porte. Une servante, assez âgée, lui ouvrit. Il déclina son nom et la soubrette l'amena dans un petit salon en lui demandant de patienter.

Resté seul, François-Pierre retomba dans sa mélancolie. Un sentiment d'injustice lui plombait le cerveau : il avait vécu dans un monde beau et harmonieux, et en peu de temps cet univers avait été emporté comme un fétu de paille pour laisser place à la laideur et au fanatisme. Était-ce inéluctable, ou au contraire aurait-on pu éviter ce cataclysme ?

Ses pensées furent brutalement interrompues par l'irruption du maître de maison : Pierre-Simon de Laplace s'avança vers lui sans un mot et l'étreignit chaleureusement durant quelques longs instants.

— Cher ami, quels moments tristes pour nous tous.

Il se dirigea vers la porte, faisant signe à François-Pierre de le suivre.

— Suivez-moi dans le grand salon, j'ai réuni quelques amis. Je pense que vous en connaissez certains.

La pièce était sombre. Une douzaine de regards se tournèrent silencieusement vers eux à leur entrée. L'ambiance lourde et pesante le prit à la gorge.

— Mes amis, certains d'entre vous connaissent M. François-Pierre Saint Rideussac, un gentilhomme de Vendée que notre regretté Lavoisier avait pris sous son aile.

Un homme d'une soixantaine d'années se leva, s'avança vers lui en tendant la main, et lui adressa la parole avec un fort accent italien :

— Nous nous sommes en effet déjà rencontrés chez ce pauvre Lavoisier. Mon nom est Joseph-Louis Lagrange[18].

— En effet, Monsieur le Comte. Il m'avait beaucoup parlé de vos travaux conjoints à la Commission des Poids et Mesures.

— Ce qui est arrivé est terrible. « Il a fallu un instant pour couper sa tête, et un siècle ne suffira pas pour en produire une si bien faite. »[19]

Les conversations, feutrées, avaient repris. Les invités évoquaient la vie du grand savant défunt, et, par anecdotes parfois amusantes, évoquaient ses qualités et ses défauts. L'atmosphère se détendait graduellement.

À plusieurs reprises, François-Pierre croisa le regard d'un homme qui semblait l'observer. Il en ressentit une certaine gêne. Soudain, l'homme se leva et se dirigea vers lui. Très élégant, il portait un justaucorps gris et rouge, une longue veste de brocart, très ajustée en haut et s'évasant vers le bas. Le tout était complété d'un jabot blanc. Il s'inclina légèrement :

— Monsieur, permettez-moi de me présenter : Jean-Hubert Irland de Baranconges. Je viens de Vendée, tout comme vous.

---

[18] Joseph-Louis de Lagrange, né à Turin en 1736 et mort à Paris en 1813, est un mathématicien, mécanicien et astronome sarde naturalisé français.

[19] Déclaration faite par Joseph-Louis Lagrange après que Lavoisier a été guillotiné, sans cependant que l'on en connaisse la date exacte.

— Vraiment ?

— Oui, de Saint-André d'Ornay.

Ils s'assirent l'un à côté de l'autre sur un petit sofa vert foncé, dans un coin du salon. Durant quelques minutes, l'évocation de sa province natale lui mit du baume au cœur.

Ensuite, le ton de son interlocuteur changea. Il le fixa dans les yeux, avec intensité.

— On m'a longuement parlé de votre préoccupation majeure. Permettez-moi de vous dire que je la partage entièrement.

Il marqua un moment de silence, avant de reprendre :

— Que diriez-vous d'unir nos efforts ?

13

Paris, France : 5 mars 1827

François-Pierre Saint Rideussac ressentit un léger frisson en entrant dans la pièce. Des relents de camphre, d'alcool et de décoctions diverses lui sautèrent instantanément à la gorge : l'odeur âcre de la maladie...

Durant quelques instants, ses yeux s'habituèrent à l'obscurité, puis il distingua le vieil homme, paisiblement étendu dans son lit.

Il s'approcha lentement, s'efforçant de faire le moins de bruit possible.

Soudain, l'homme étendu se redressa, les yeux révulsés, puis fut secoué par une forte quinte de toux. Désemparé, François-Pierre ne savait pas comment réagir.

Après quelques interminables secondes, la vive expectoration se calma, et fut remplacée par une série de raclements de gorge accentués. Puis le malade se recoucha, sans un seul regard pour lui. À présent, il respirait paisiblement, semblant récupérer d'un effort violent.

François-Pierre s'empara silencieusement d'une chaise et s'installa près du grand lit. À l'extérieur, quelques bruits de rue lui parvenaient de manière étouffée. Il distingua des rires d'enfants.

Il fixait à présent le souffrant qui paraissait

s'être assoupi.

Pierre-Simon de Laplace avait tellement compté dans sa vie ! Il lui plaisait de se considérer comme un de ses disciples et regrettait parfois de ne pas avoir davantage embrassé lui-même une carrière scientifique, se concentrant plus sur des matières politiques et administratives. Mais, à l'évidence, cela lui convenait mieux, tandis que l'inverse était vrai pour son mentor : Laplace s'était rallié sans hésiter au pouvoir grandissant du général Bonaparte, abandonnant ainsi ses principes républicains. Il avait imploré le premier Consul de lui donner le poste de ministre de l'Intérieur. Napoléon, souhaitant le soutien des hommes de science, accepta la proposition. Néanmoins, après six semaines, il fit remplacer le scientifique par son frère Lucien Bonaparte. Sa justification était sans nuances : « Géomètre de première catégorie, Laplace n'a pas tardé à se montrer un administrateur plus que médiocre ; de son premier travail nous avons immédiatement compris que nous nous étions trompés. Laplace ne traitait aucune question d'un bon point de vue : il cherchait des subtilités de partout, il avait seulement des idées problématiques et enfin il portait l'esprit de l'infiniment petit jusque dans l'administration. »

Le malade bougea légèrement, comme pour trouver une position plus confortable.

François-Pierre repensait aux dernières décennies, aux contrastes entre les ténèbres de la Révolution et la lumière des avancées scientifiques.

Pierre-Simon de Laplace, Antoine-Laurent Lavoisier, Joseph-Louis Lagrange, tous ces grands scientifiques qu'il avait eu le bonheur de côtoyer, avaient fait entrer non seulement la France, mais l'humanité entière dans une nouvelle ère. Mathématiques, astronomie et chimie avaient, grâce à eux, connu des avancées comme la science n'en avait peut-être jamais connu en si peu de temps. Mais le monde s'en portait-il mieux ?

Il repensa au cauchemar qui le torturait régulièrement depuis le guillotinage de Lavoisier : habillé d'une toge immaculée, il était le gardien d'une grande vallée verdoyante, gorgée d'arbres fruitiers, parcourue par quelques ruisseaux paisibles auxquels venaient s'abreuver les animaux en liberté. De belles jeunes filles se promenaient nonchalamment au milieu de quelques élégants châteaux aux tours effilées. Sur le pourtour de la vallée, cependant, plusieurs créatures terrifiantes rôdaient : de leurs longs mufles s'échappaient des filets de bave et leurs cornes noires pointaient vers lui de manière menaçante. Leurs immenses yeux rouges semblaient le scruter, attendant le moment propice pour attaquer et dévaster son domaine.

Il semblait cependant maîtriser la situation. Il disposait en effet d'un étrange pouvoir, matérialisé par un anneau muni de divers signes cabalistiques, serti à l'extrémité d'une crosse : il lui suffisait de pointer le bâton vers l'une de ces immondes créatures lorsqu'elle se montrait trop menaçante, et cette dernière rebroussait chemin, pitoyablement.

Le scénario de ses mauvais rêves était chaque

fois identique : il n'arrivait pas à prédire d'où viendrait l'attaque et celle-ci venait toujours d'où il ne s'attendait pas. Il sentait alors de puissantes griffes s'enfoncer profondément dans son dos, le sang couler le long de son échine, il s'effondrait lentement, la douleur lui brouillait la vue, mais il parvenait néanmoins à distinguer le spectacle insoutenable : sa vallée mise à sac, les demeures incendiées, le sol noirci, les enfants égorgés, la vie et le bonheur s'évaporant, laissant place à la mort et à la désolation.

Chaque fois, il se réveillait en sueur, tétanisé, hurlant parfois, et il lui fallait de longues minutes pour reprendre ses esprits.

Pierre-Simon de Laplace remua dans son lit, puis ouvrit lentement les yeux. Il fixa un moment le plafond, puis son regard se posa lentement sur François-Pierre.

— Ah, mon cher ami, je suis bien aise de vous voir.

Il parlait doucement, articulant distinctement chaque mot. François-Pierre sentit son cœur se serrer : cet homme avait été un père pour lui, davantage même. Comme s'il l'avait deviné, le malade enchaîna :

— Ne soyez point triste, monsieur Saint Rideussac, au moins partirai-je dans des conditions plus naturelles que votre premier tuteur, notre regretté Lavoisier...

Malgré l'obscurité, François-Pierre pouvait à présent distinguer une lueur de malice dans son regard.

— Ai-je été aussi bon parrain que lui ?

— À n'en pas douter, monsieur.

Il se redressa légèrement, s'adossant à la tête de lit, ce qui lui arracha une grimace de souffrance.

— Qu'avez-vous retenu de lui, plus de trente ans après sa disparition ?

— Maître, il y a tellement de choses magnifiques à retenir d'un tel personnage. Et mon esprit, hélas, n'est pas à même d'opérer un tri valable entre toutes ses remarquables découvertes.

— En effet : oxydation, combustion, nomenclature des éléments chimiques... Il a été prolifique, et le commun des mortels se perd facilement dans le dédale de ses avancées. Et pourtant, l'essence de ses travaux peut se résumer en peu de mots, et c'est cela que l'on retiendra de lui à l'avenir.

Il toussota brièvement, avant de continuer :

— « Rien ne se perd, rien ne se crée, tout ne fait que se transformer. »[20]

— En effet, Maître. Voilà bien la quintessence de ses travaux.

— Et de moi, à votre avis, que retiendra-t-on ?

François-Pierre resta silencieux quelques longs instants, prenant le temps de la réflexion. Il fixa Pierre-Simon de Laplace dans les yeux :

— Ce monde est réglé comme une horloge.

Le vieil homme sentit une larme couler sur sa joue. Il tendit une main, que François-Pierre prit

---

[20] Citation d'Antoine-Laurent de Lavoisier, le 27 février 1785, jetant les bases de la chimie moderne.

délicatement dans les siennes.

— Vous n'avez certes pas été un brillant scientifique, mais je dois reconnaître que vous avez bien compris l'implication de mes travaux.

∞

Jean-Hubert Irland de Baranconges jeta une rose dans la fosse, se recueillit un court instant, ensuite laissa la place à François-Pierre Saint Rideussac.

D'un pas pesant, les deux hommes s'éloignèrent de la 25e division du Père-Lachaise[21], se frayant un chemin parmi la petite foule présente aux obsèques.

Lorsqu'ils furent seuls, Jean-Hubert se tourna vers son ami :

— Est-il vrai qu'il est mort dans les bras de deux curés ? C'est bien là chose étonnante, je l'eus plutôt vu demeurer sceptique jusqu'à son dernier souffle. Ne raconte-t-on point qu'il a eu l'audace, devant Napoléon lui-même, de reléguer Dieu au rang de supposition ?

— Je ne saurais dire s'il a reçu les derniers sacrements. Je sais, par contre, que sa dévote épouse a fait venir à son chevet le diacre des Missions Étrangères de Paris. Mais tout ceci importe peu, en définitive.

---

[21] La tombe de Laplace au Père-Lachaise portait le n° 364 dans la 25e division. Elle a été transférée à Saint-Julien-de-Mailloc dans le Calvados au cours de la seconde moitié du XIXe siècle. En forme de temple grec à colonnes doriques, elle se trouve dans un pré à l'écart du village.

Il s'arrêta de marcher et se tourna vers son interlocuteur :

— Jean-Hubert, mon ami, nous devons faire le point et envisager l'avenir.

Depuis trente ans, les deux amis avaient cumulé maintes charges administratives et politiques, mais ils devaient à présent constater les faits : ils n'arrivaient guère à influer sur le cours des évènements. Depuis la Révolution et son cortège d'horreurs, le chaos et les guerres continuaient à s'en donner à cœur joie, sous d'autres formes. Le retour de l'harmonie ne semblait pas à l'ordre du jour.

Leur objectif commun semblait s'éloigner irrémédiablement. Un but simple, finalement : faire de leur Vendée natale un havre de paix, une région où il ferait à tout jamais bon vivre, un camp retranché d'où l'on pourrait surveiller en permanence les menaces extérieures et, lorsque ce serait nécessaire, agir en vue d'éliminer celles s'avérant trop inquiétantes, et maintenir ainsi intacte cette belle province.

Aujourd'hui, ils devaient faire face à la cruelle réalité : malgré leurs positions au cœur du système politique, ils n'avaient jamais été à même de déceler à temps quelle menace, quel fait, quel évènement allait changer le cours des choses. François-Pierre considérait dorénavant ses cauchemars à répétition comme une métaphore de leur situation : ils n'arrivaient jamais à prédire quel monstre allait attaquer, et sa vallée verdoyante n'était jamais préservée. Elle continuait à subir le chaos et l'anarchie.

— Que voulez-vous dire ?

François-Pierre sortit de sa poche une feuille de papier.

— Voici ce que Monsieur de Laplace a écrit dans un de ses ouvrages. Je vous lis : « Nous devons donc envisager l'état présent de l'Univers comme l'effet de son état antérieur et comme la cause de celui qui va suivre. Une intelligence qui, pour un instant donné, connaîtrait toutes les forces dont la nature est animée, et la situation respective des êtres qui la composent, si d'ailleurs elle était assez vaste pour soumettre ces données à l'Analyse, embrasserait dans la même formule les mouvements des plus grands corps de l'univers et ceux du plus léger atome : rien ne serait incertain pour elle et l'avenir, comme le passé, serait présent à ses yeux. »

Il avait lu le passage avec lenteur, articulant soigneusement chaque mot. Son ami le regarda d'un air interrogatif.

— J'avoue ne pas comprendre.

— Nous sommes en mesure de prédire avec précision quantité de choses : à quelle heure le soleil se lèvera demain, à quel moment la lune sera pleine, la course des planètes et des étoiles. Nous pouvons le prophétiser sans risque d'erreur, car nous connaissons les règles régissant les mouvements de ces corps, ainsi que leurs positions actuelles. Nous pouvons donc prédire l'avenir.

— Certes, mais c'est dans le domaine de l'astronomie.

— Oui, et pourtant un raisonnement en tout

point identique peut s'appliquer à d'autres domaines. Par exemple, mélangez dans certaines proportions un peu de nitrate de potassium, de soufre et de charbon de bois, ensuite approchez une flamme. Vous pouvez conjecturer ce que sera le résultat...

Jean-Hubert sourit : il avait suivi une formation militaire et connaissait les ingrédients de la poudre à canon. François-Pierre enchaîna :

— Si, lors de la Terreur, un quidam s'était introduit dans un tribunal révolutionnaire et avait crié « Vive le Roi », nous aurions pu deviner sans le moindre doute quelles en auraient été les conséquences, n'est-ce pas ?

Son ami acquiesça.

— Sur son lit de mort, Pierre-Simon de Laplace m'a affirmé que les limitations actuelles de notre pouvoir de prédiction dans d'autres domaines résultaient soit de notre méconnaissance des règles qui leur étaient applicables, soit du manque d'informations sur l'état précis des éléments les constituant. L'évolution extraordinaire des sciences fera que tôt ou tard, ces obstacles seront levés. Tout sera parfaitement déterminé. Notre univers, jusque dans ses moindres détails, est réglé comme une horloge.

— Fort bien, mais en quoi cela peut-il nous servir dans notre dessein ? Si tout est prédéterminé, pourquoi s'obstiner à essayer de changer le cours du destin de manière qu'il nous soit favorable ?

François-Pierre s'arrêta de marcher et se tourna vers son ami. Celui-ci était élégamment habillé, la sobriété des couleurs et des formes de ses vêtements étant toujours inspirée par le style anglais. Il portait une redingote bleue, avec un gilet court muni d'une petite poche discrète de laquelle sortait une chaînette. Il pointa cette dernière :

— Voilà une montre gousset, n'est-ce pas ?

— En effet.

Jean-Hubert sortit fièrement l'objet en or finement ciselé.

— Elle vient de la maison Breguet et Fils, ici même à Paris. Très plate, échappement à cylindre, double boîtier, aiguilles très fines en acier, elle sonne même les heures.

— Un bel objet !...

— Assurément, et d'une grande précision.

Il détacha le chronographe de sa chaîne et la tendit à Pierre-François qui en observa quelques instants les aiguilles et les chiffres romains du cadran.

— Voilà bien où je veux en venir, mon ami. Si j'étais un des rouages de cette montre, je ne pourrais rien changer au cours des choses : la sonnerie retentira dans dix minutes, nous pouvons le prévoir avec certitude et précision.

Il manipula un bouton de l'appareil, tout en continuant de disserter.

— Seulement, je ne suis pas dans la montre, je suis à l'extérieur de celle-ci. Je peux donc en changer le réglage, et la sonnerie ne retentira pas dans dix minutes, mais dans vingt. Sans autre changement, ce nouvel avenir est inéluctable, et parfaitement prévisible.

Son complice écarquilla les yeux, tandis qu'il

poursuivait son raisonnement.

— J'ai donc changé le cours des choses, et pourtant, tout est toujours réglé comme une horloge.

Ils restèrent quelques instants sans prononcer une seule parole. Jean-Hubert rompit le silence :

— De manière concrète, que suggérez-vous ?

— N'essayons plus de changer les choses de l'intérieur. Nous devons nous cantonner à l'extérieur du monde, en tout cas du monde politique. Et attendre.

— Attendre ? Et quoi donc ?

— Attendre le moment où nous aurons accumulé suffisamment de connaissances pour être en mesure de prédire l'avenir. D'après Pierre-Simon de Laplace, cela ne saurait trop tarder, au vu de l'explosion des découvertes scientifiques.

— Attendre, c'est tout ? Sans rien faire d'autre ?

— Si. Il y a une chose à faire lors de cette attente.

— Laquelle ?

— Consolider notre organisation, afin d'être totalement prêts le moment venu.

14

New York, États-Unis :
25 septembre 1932

Le directeur regarda l'assemblée : l'ambiance était électrique et il lui semblait ressentir physiquement, par vagues successives, des bouffées de rage, de fureur et de frénésie qui se dégageaient de l'assistance pour remonter vers lui.

Il laissa errer son regard : un des participants transpirait abondamment et s'essuyait le front, soufflant comme un bœuf. Un autre criait à pleins poumons, le visage écarlate, reprenant péniblement sa respiration entre deux vociférations. Ses yeux se tournèrent ensuite vers un homme grand et élancé, dont le visage était tourné vers le sol. Lorsqu'il releva la tête, il distingua clairement son visage, noyé de larmes.

Lors d'un tête-à-tête, il savait comment gérer une telle situation : laisser son interlocuteur hurler jusqu'à l'essoufflement complet ou l'extinction de voix, puis exposer calmement ses arguments.

Mais aujourd'hui, lui et le conseil d'administration de l'organisation faisaient face à trois cent cinquante personnes déchaînées, rendant cette approche inopérante. S'ils voulaient reprendre le contrôle de la situation, il faudrait trouver autre chose...

Il se leva et se dirigea vers le président du conseil d'administration.

Un cri leur parvint distinctement, comme extrait par magie du brouhaha lors d'une trop brève accalmie :

— Moi aussi, comme la famille Rockefeller, j'ai perdu quatre-vingts pour cent de mon patrimoine dans ce fichu krach boursier !

La fin de la phrase se noya dans la cacophonie qui reprenait de plus belle.

Il se pencha vers le président et lui chuchota quelques mots à l'oreille, les mains en cornet. Ce dernier se tourna vers lui et acquiesça d'un bref mouvement de tête.

L'homme se dirigea ensuite vers l'extrémité de l'estrade et héla un technicien. Il dut également lui parler à l'oreille pour se faire comprendre par-delà le tumulte. Après s'être assuré que ses consignes étaient comprises, il reprit calmement sa place.

Soudain, la salle fut plongée dans le noir. Un murmure étouffé s'échappa de l'assemblée.

Il empoigna alors un haut-parleur dans lequel il parla d'une voix forte, sans cependant crier.

— Écoutez-moi !

Le silence se fit dans l'immense salle de conférence.

— Par votre comportement, vous créez ce que notre organisation est précisément censée combattre : le chaos.

Ayant le sentiment de reprendre le contrôle de la situation, il enchaîna :

— Nous devons procéder dans le calme et

l'ordre. Je requiers toute votre attention : au moindre nouveau débordement ou prise de parole intempestive, je fais immédiatement évacuer la salle par le service d'ordre.

Il temporisa quelques instants. Le silence était absolu.

— La lumière va revenir. Je prendrai alors la parole quelques minutes, pour la donner ensuite au président de notre conseil d'administration, qui organisera la suite des opérations. D'ici là, silence absolu dans l'assemblée !

Le ton était ferme et décidé, ne laissant entrevoir aucune faille dans laquelle s'engouffrer.

— Lumière, s'il vous plaît.

La clarté revint brutalement, forçant les participants à cligner des yeux.

Il les observait avec amusement : ces riches et puissants de la planète, des hommes habituellement hautains et dédaigneux, lui paraissaient à présent petits et minables, comme des enfants pris en défaut d'avoir été trop turbulents.

Il ressentit une bouffée d'excitation : il allait à présent improviser, et il adorait cela. Il allait jouer un spectacle, et cette perspective comblait l'acteur de théâtre amateur qui sommeillait toujours en lui. Prendre l'ascendant sur une assemblée pouvait provoquer chez lui des sensations proches d'un orgasme. Il laissa encore s'écouler un court moment avant de prendre la parole de sa voix de baryton :

— Le moment est important, vous l'aurez tous compris. Il ne s'agit pas d'une assemblée générale de routine. Nous sommes à la croisée des chemins.

L'expérience montre que, dans ce type de situation, prendre du recul contribue à des choix plus judicieux. Permettez-moi donc de retracer l'historique de notre organisation.

Par sa présence magnétique, il contrôlait parfaitement la situation. Seules ses paroles résonnaient dans la salle de conférence pleine à craquer. Il parlait de manière fluide, sans consulter la moindre note.

Il était à présent totalement immergé dans son récit.

— La plupart d'entre vous savent que notre organisation a été créée à la fin du XVIIIe siècle, à Paris, par deux hommes : Jean-Hubert Irland de Baranconges et François-Pierre Saint Rideussac. Ces deux hommes étaient originaires de Vendée, une région très prospère à l'époque. Ils avaient été traumatisés de voir leur région dévastée par la répression sanglante contre les royalistes, à la suite de la Révolution française. Comme beaucoup l'auraient fait en de telles circonstances, ils se sont posé la question de savoir s'il aurait été possible d'éviter un tel cataclysme.

Alternant de manière subtile les moments de parole avec de longues périodes de silence, il retraça ensuite l'influence des grands scientifiques dont ces deux hommes étaient les intimes.

En particulier celle de Pierre-Simon de Laplace, l'un des scientifiques les plus influents de son temps, notamment par son affirmation du déterminisme, une notion philosophique selon laquelle la succession de chaque évènement est déterminée en vertu du principe de causalité, du passé et des lois de la physique. Les deux hommes étaient convaincus que cette théorie permettrait un jour de prédire l'avenir, lorsque suffisamment de connaissances auraient été acquises.

Et la science, en effet, progressa à pas de géant durant le XIXe siècle, dans tous les domaines : la chimie, avec l'invention de l'aspirine. L'électricité, avec les inventions de la pile, du télégraphe, du téléphone, et de l'ampoule électrique. Aucun domaine n'était tenu à l'écart de cette manne de découvertes : les transports, avec les premiers avions et automobiles, l'agriculture, la médecine. En physique, on avait découvert les rayons X et la radioactivité.

Et pourtant, le chaos s'étendait : guerres napoléoniennes, insurrections, révolutions, épidémies, famines.

Les successeurs des fondateurs de l'organisation avaient fait évoluer celle-ci : dorénavant, l'objectif ne concernait plus uniquement les Vendéens, mais toute personne souhaitant empêcher l'anarchie de s'installer et de mettre en péril leur prospérité. Les demandes d'affiliation affluèrent de toute la France, puis de l'Europe et bientôt des jeunes États-Unis d'Amérique. Bien entendu, comme la prospérité découle en général de certaines formes d'opulence et d'abondance, leur organisation s'était transformée, en quelques générations, en un club de riches et de puissants. Les participants avaient comme ambition commune de protéger leur patrimoine et leur pouvoir, et cela par tous les moyens.

L'argent des cotisations servait à structurer et faire fonctionner l'organisation, baptisée le Club Irsac. Ce nom avait été conçu en hommage à leurs deux fondateurs : il était composé de la première syllabe du nom de famille de Jean-Hubert Irland de Baranconges et la dernière de celui de François-Pierre Saint Rideussac.

Du fait de sa composition, les membres étaient naturellement portés vers la finance, l'économie et la politique. Le Club Irsac s'était donc rapidement assuré les services de quelques-uns des meilleurs experts dans ces matières. Néanmoins, l'attachement quasi religieux aux deux membres fondateurs empêchait d'oublier la mission fondatrice : déceler le moment où le progrès scientifique permettrait de prédire l'avenir. Et, partant, d'agir en conséquence, de manière à préserver leur bien-être. Rapidement, il fut donc également fait appel aux services de conseillers scientifiques de haut niveau.

Au début du XXe siècle, un des conseillers économiques du club, un Italien, fit une observation remarquable : dans la plupart des pays européens, une frange très réduite de la population possédait la majorité de la richesse. Selon lui, cette situation pouvait être extrapolée à l'ensemble du monde, avec une proportion de *happy few* sans doute encore plus réduite.

En outre, lors de discussions approfondies avec la direction de l'organisation, il expliqua que selon lui, ce principe était universel, non seulement dans l'espace mais également dans le temps : où que l'on se trouve, il y aura *toujours* une minorité détenant la quasi-totalité des richesses. Il appuya son propos en prenant pour exemple la Révolution française, ravivant ainsi, sans le vouloir, de douloureux souvenirs : malgré l'égalitarisme sous-jacent aux évènements, la proportion de nantis avant et après ceux-ci était restée inchangée. Les soubresauts politiques modifiaient éventuellement l'identité des riches, jamais la proportion.

Pour le Club Irsac, ce fut un électrochoc, clarifiant désormais de manière éblouissante sa finalité : utiliser les sciences afin de prédire quels évènements seraient susceptibles de modifier la composition de la faible proportion de favorisés, dont ils s'estimaient dorénavant les représentants sinon formels, du moins assumés.

Les sciences, à cette même époque, étaient à leur apogée : en mécanique, en électricité, en électromagnétisme, en chimie, en astronomie, on semblait avoir tout découvert, ou presque. Bien entendu, il fallait encore quelques réglages fins ici et là, mais le consensus était que les scientifiques avaient vraiment fait un bon boulot : les principales lois scientifiques dans ces différents domaines avaient été maintes fois validées expérimentalement, et leurs applications concrètes apparaissaient graduellement. On ne voyait pas vraiment ce qu'il restait de fondamental à découvrir ou démontrer.

Ce fut une époque de grande excitation pour le Club Irsac : le moment tant attendu semblait approcher, celui où le déterminisme cher à ses fondateurs pourrait enfin se déployer pleinement, permettant à ses membres de protéger à tout jamais leur position enviable.

Et puis, en quelques années, tout sembla s'effondrer : tout d'abord, la Première Guerre mondiale porta le chaos à un niveau jamais connu, avec ses 10 millions de morts chez les militaires et 9 millions de morts chez les civils.

Mais ensuite, en l'espace de quelques années, deux évènements firent s'ébranler l'édifice scientifique qui semblait pourtant à deux doigts d'être définitivement finalisé.

Tout d'abord, un dénommé Einstein[22] établit deux théories surprenantes, dont les corollaires l'étaient encore plus : il prétendait que l'espace et le temps devaient être perçus comme formant une seule entité, que les mesures de diverses quantités étaient relatives à la vitesse de l'observateur, que le temps pouvait se dilater et l'espace se contracter, que la masse pouvait se transformer intégralement en énergie, et bien d'autres choses inimaginables.

Tandis que cette révolution relativiste prit ses racines et son essor, tout à la fois, dans un seul article d'un seul auteur, Albert Einstein, un autre bouleversement était en phase de gestation : la révolution quantique.

Cette dernière s'imposa de manière plus laborieuse, se cherchant depuis le tout début du XXe siècle. D'abord déroutante et inintelligible, elle

---

[22] Einstein (1879-1955) a établi sa théorie de la relativité restreinte en 1905 et sa théorie de la relativité générale en 1915.

fut longtemps combattue pied à pied, avec acharnement et impétuosité, par une cohorte minoritaire mais prestigieuse, comprenant Louis de Broglie[23] et Schrödinger[24], qui avaient tant œuvré pour elle, mais aussi le grand Einstein lui-même. La bataille décisive se livra en Belgique, durant le congrès Solvay de 1927. Plutôt qu'à une bataille rangée, comme à Waterloo en 1815, on assista à un duel, à un combat singulier. Il mit aux prises Albert Einstein et Niels Bohr[25], un physicien de Copenhague. L'enjeu était capital : il y allait de la vie ou de la mort de la théorie quantique, de son interprétation et donc de sa fondation en totalité. Comme Napoléon, Einstein paraissait invincible. Comme lui, il fut vaincu.

Vainqueur, Bohr – on peut le dire sans faire injure à son illustre adversaire – entraîna sur ses positions l'immense majorité des physiciens. Copenhague se convertit en capitale scientifique du monde, où les plus grands noms venaient sacrifier sur l'autel de cette nouvelle théorie, la physique quantique.

L'orateur temporisa quelques brefs instants. Parcourant du regard l'assemblée, il constata, non sans une intense bouffée de satisfaction, avoir pris

---

[23] Louis de Broglie (1892-1987) est un physicien français connu pour sa découverte de dualité onde-corpuscule.

[24] Erwin Schrödinger (1887-1964) est un physicien autrichien ayant permis le développement du formalisme théorique de la mécanique quantique.

[25] Niels Bohr (1885-1962) un physicien danois, considéré comme celui ayant le plus contribué à l'édification de la mécanique quantique.

l'ascendant souhaité. Il avait récupéré la situation, comme un général remportant la victoire après avoir d'abord essuyé un revers.

— À présent, il est de notre devoir de vous mettre au courant des implications que cette nouvelle théorie aura sur la noble mission de notre Club. Pour cela, la personne la plus indiquée est notre conseiller scientifique principal, à qui je donne la parole.

Une salve d'applaudissements accompagna sa descente du podium. Le conseiller scientifique se leva pesamment de sa chaise et se dirigea vers l'estrade. Au moment de se croiser, l'homme qui venait de lui céder la parole se pencha vers lui et lui souffla à l'oreille :

— Ils sont à vous. Je vous conseille cependant de ne pas la faire trop longue. Soyez bref et percutant...

Ses paroles furent suivies d'un sourire se voulant encourageant, mais que le scientifique perçut comme une forme de cynisme. Conseiller d'expliquer la physique quantique de manière brève et percutante, n'était-ce pas au mieux du sarcasme, au pire de l'immoralité ?

Il avait le sentiment d'être un condamné marchant vers l'échafaud, et sentait les regards de la foule dirigés vers lui. Un rassemblement de gens riches et influents, certes, mais, à coup sûr, de culture scientifique réduite. Il ne cessait d'être étonné par le nombre de personnes pérorant sur des notions complexes telles que l'amour, l'éthique ou la beauté, sans être le moins du monde capable de définir des choses bien plus simples, comme l'énergie cinétique, l'entropie ou le moment d'inertie. Et c'est à ce type de personnes qu'il allait s'adresser...

Il en ressentit une pointe de nausée.

Arrivé à la tribune, il s'éclaircit la gorge, moins par nécessité que pour se donner encore une ou deux secondes de répit avant l'épreuve...

— Mesdames et messieurs, la science, telle que nous l'avons connue jusqu'à présent, est basée sur les concepts fondamentaux que sont l'idée de causalité, de déterminisme, et de reproductivité d'une expérience. Sans eux, il serait impossible à l'esprit humain de créer une science. Or, avec l'arrivée de la physique moderne et l'étude des particules élémentaires, ces axiomes engendrent des paradoxes, il est donc clair que nous ne pouvons plus les accepter tels quels, et il devient nécessaire de les reformuler.

Un toussotement marqué attira son attention sur sa gauche. Il jeta un bref coup d'œil et entrevit le regard courroucé de son prédécesseur au pupitre. À l'évidence, il fallait être encore plus bref. Il soupira longuement, puis se lança :

— Les découvertes récentes montrent qu'à l'échelle microscopique, l'indétermination règne en maître. La nature semble jouer aux dés.

Un léger brouhaha secoua l'assemblée. Il ne se laissa pas perturber.

— La physique quantique a apporté une révolution conceptuelle ayant des répercussions jusqu'en philosophie. Nous sommes à présent forcés de remettre en cause le déterminisme, ce concept cher au cœur de Simon de Laplace et des fondateurs de notre Club.

Il ressentit presque physiquement la confusion qui s'installait dans la salle, ce qui le poussa à s'enhardir, dans une sorte de fuite en avant.

— Le déterminisme nous faisait espérer pouvoir un jour prédire l'avenir, afin de sécuriser notre bien-être. La science moderne vient de nous démontrer qu'une telle prédiction est impossible, en tout cas au niveau des particules. Mais si c'est impossible au niveau microscopique, comment une telle chose pourrait-elle se faire valablement à d'autres niveaux ?

À présent, le silence était total. Le président de l'assemblée prit alors la parole :

— Mes chers amis, nous devons continuer, plus que jamais, à essayer de protéger notre bien-être. Mais il nous faut à présent envisager de le faire autrement qu'en essayant d'utiliser la science afin de prédire l'avenir...

15

Fort Worth, Texas : 22 novembre 1963

Le téléphone sonna à 6 heures du matin. *Ces opérateurs du standard de la Maison-Blanche étaient décidément infaillibles*, se dit presque à regret l'agent du service secret. Un solide mal de tête lui donnait une légère nausée, sans doute la conséquence d'être allé dormir à deux heures du matin en n'ayant avalé que du scotch et quelques *peanuts*.

Il y avait du bruit à l'extérieur de l'hôtel Texas. Il se leva et regarda par la fenêtre.

Il pleuvait et une foule se rassemblait déjà pour entendre le Président, qui ne devait sortir de l'hôtel qu'à 8 h 30. L'aura du Président Kennedy ne cessait de l'étonner. Et son épouse Jacqueline n'était pas en reste... Les gens étaient devenus fous d'eux. Après le café noir, les œufs, le bacon et les pommes de terre rissolées, Clint Hill commença à se sentir mieux. Il se dirigea vers la suite présidentielle, accompagné de deux autres agents du service secret.

Le Président Kennedy sortit dans le couloir, accompagné de deux personnes.

— Bonjour, messieurs, avez-vous bien dormi ? lança le Président avec un large sourire.

— Bonjour, monsieur le Président, répondit un des agents. Bien, merci, et vous également, j'espère. Il y a beaucoup de monde là-bas, il serait temps d'y aller.

Quelques minutes plus tard, Clint Hill entendit des cris de femmes et des applaudissements tonitruants. Le Président venait de sortir de l'hôtel...

À 9 h 10, le téléphone de sécurité sonna dans l'entrée de la suite présidentielle. Hill décrocha.

— Clint, le Président veut que tu amènes Mme Kennedy au petit déjeuner, maintenant !

— D'accord, répondit-il, nous arrivons.

Il vérifia l'horaire : ce n'était pas prévu. *Encore un de ces foutus changements de dernière minute qui empoisonnent la vie du service secret !...*

Il entra dans la suite.

— Madame Kennedy, le Président veut vous voir au petit déjeuner. Êtes-vous prête ?

— Entrez, monsieur Hill, répondit-elle calmement.

Il entra dans la chambre. La Première dame était vêtue d'un e,semble rose avec un col bleu marine.

— Bonjour, j'espère que vous avez bien dormi, dit-elle joyeusement.

Clint Hill essaya de ne pas trop montrer son stress.

— Nous avons une longue journée devant nous, bredouilla-t-il.

— Oui, je réalise à quel point une campagne électorale peut être fatigante. Je suppose que j'en avais fait beaucoup moins la dernière fois.

— Madame Kennedy, saviez-vous que le Président vous attend au petit déjeuner ?

— Je n'avais pas prévu d'aller prendre mon petit

déjeuner, répondit-elle sereinement.

— Je sais, madame Kennedy, mais le Président vous veut au petit déjeuner. Maintenant.

Elle se regarda dans le miroir.

— D'accord, laissez-moi juste mettre mon chapeau.

Soulagé, l'agent ouvrit la porte et l'escorta vers les ascenseurs.

Lorsqu'elle entra dans la grande salle de bal, les applaudissements éclatèrent. La pièce était remplie de gens assis à de longues tables. Chaque mètre carré d'espace disponible avait été utilisé pour placer environ deux mille personnes.

Clint Hill la guida à la table d'honneur, ensuite le Président Kennedy monta sur le podium.

— Il y a deux ans, je me suis présenté à Paris en disant que j'étais l'homme qui avait accompagné Mme Kennedy à Paris. Je ressens un peu la même sensation en voyageant au Texas.

Le public éclata de rire.

— En outre, ajouta-t-il en jetant un coup d'œil à son épouse, personne ne se demande ce que Lyndon Johnson et moi portons.

Madame Kennedy rougit et afficha un sourire enfantin.

Clint Hill était en admiration : le Président, à sa manière, avait caché ce que l'agent savait être son mécontentement face au retard de sa femme, et transformé la situation en un compliment à Jackie, avec une dose d'humour que la foule adorait.

À l'issue du discours, le petit déjeuner se termina par des cadeaux au couple présidentiel. Ils avaient à présent environ une demi-heure pour se détendre avant de se diriger vers Dallas.

À 10 h 40, ils quittèrent l'hôtel Texas pour se rendre à la base aérienne de Carswell, où l'avion du Président, Air Force One, était prêt à décoller pour le court trajet de quinze minutes vers Dallas.

À l'aéroport de Love Field, une foule nombreuse attendait derrière une clôture grillagée alors qu'Air Force One se rendait à son point d'arrivée. Clint Hill vérifia sa montre et nota l'heure d'arrivée dans le petit agenda noir qu'il portait toujours sur lui : 11 h 40.

Le couple présidentiel sortit de l'avion par les portes arrière. La foule était en délire, les drapeaux étaient agités, les gens applaudissaient et criaient.

Au bas des marches, l'épouse du maire de Dallas offrit à Mme Kennedy un grand bouquet de roses rouges.

Clint Hill se repassait mentalement le planning. Leur destination à Dallas était le Trade Mart, où 2 600 personnes avaient payé pour déjeuner avec le président et son épouse et l'entendre parler. Il aurait été beaucoup plus rapide de les conduire directement de Fort Worth au Trade Mart à Dallas. Au lieu de cela, ils avaient été de l'hôtel Texas à la base aérienne de Carswell à Fort Worth, puis embarqué à bord d'Air Force One, atterri à Love Field à Dallas, et devaient à présent se diriger vers le lieu du discours. Tout cela pour obtenir une photo du Président et de Mme Kennedy sortant d'Air Force One à Dallas et, bien entendu, avoir un cortège motorisé à travers la ville texane pour une exposition médiatique maximale. À l'évidence, cela représentait une perte de temps et d'argent. Décidément, politique et sécurité ne feraient jamais bon ménage, un peu comme l'huile et l'eau.

Dès qu'ils eurent franchi la ligne de réception, le Président se tourna vers la foule et, sans hésiter, se dirigea directement vers la marée humaine, suivi par son épouse. Officiellement responsable de la sécurité de la première dame, Clint Hill resta aussi près d'elle que possible, scrutant la foule afin de déceler tout danger potentiel. Le couple se déplaça le long de la clôture en serrant des mains pendant environ cinq minutes, pour le plus grand plaisir des gens venus les accueillir.

Puis ils prirent place dans la limousine présidentielle, la SS-100-X. Un monstre bleu nuit de plus de trois tonnes et demie à vide et d'un empattement de presque quatre mètres. Utilisée depuis mars 1961, elle avait été spécialement conçue pour les cortèges motorisés comme celui-ci. C'était la limousine de défilé présidentiel la plus avancée de son époque. Ford Motor Company et Hess & Eisenhardt avaient pris une Lincoln Continental et l'avaient modifiée conformément aux spécifications fournies par le service secret.

Mme Kennedy s'installa à l'arrière gauche, et le président à l'arrière droit. Une fois assis, le gouverneur du Texas baissa les sièges rabattables, et ils s'assirent : Mme Connally directement devant Mme Kennedy, et le gouverneur directement devant le Président Kennedy.

Le conducteur, l'agent Bill Greer, démarra doucement. Il était 11 h 55 du matin à Dallas.

Devant la SS-100-X, le cortège était dirigé par une berline banalisée, conduite par le chef de la police de Dallas, avec un agent du service secret à la place du passager avant. La seule façon pour Bill Greer de savoir où aller était de suivre la voiture de tête.

Clint Hill trottina à côté de la SS-100-X, du côté de Mme Kennedy, jusqu'à ce que Greer commence à prendre de la vitesse, une fois la foule moins dense. Il sauta alors sur le marchepied gauche de la voiture suiveuse, qui devait rester en permanence le plus près possible du véhicule présidentiel. La procédure allait même jusqu'à préciser de ne jamais laisser plus de cinq pieds entre les deux voitures. Clint Hill se demanda comment il était possible de ne jamais avoir eu d'accrochage entre deux véhicules en permanence scotchés l'un à l'autre...

Le cortège suivit Mockingbird Lane jusqu'à Lemmon Avenue, avec quatre policiers à moto entourant le véhicule présidentiel, deux de chaque côté. Le but était de créer une barrière supplémentaire entre le Président et la foule, mais les présidents n'appréciaient généralement pas cet arrangement, en raison du bruit provenant des motos : cela rendait la conversation dans le véhicule plus difficile. Et cela d'autant plus qu'aujourd'hui la limousine était restée, à la demande du Président, décapotée.

Le nombre de spectateurs se réduisait, et le cortège accéléra. À l'approche du centre-ville, cependant, la foule se densifia. Des groupes s'étaient formés au bord de la route, et certains portaient des pancartes. Sur l'une d'elles, on lisait distinctement : « S'il vous plaît, Mr le Président, arrêtez-vous et serrez-nous la main ! » Le Président Kennedy ne pouvait pas refuser une telle occasion, et demanda à Bill Greer d'arrêter la voiture. À cet instant, il y eut un mouvement de foule vers le véhicule. Chaque agent de la voiture suiveuse sauta et prit place aux positions désignées. Le Président se leva, souriant, et serrait toutes les mains qu'il pouvait. Il semblait apprécier intensément chacun de ces instants.

Son épouse semblait moins à l'aise, mais elle suivit néanmoins le mouvement en souriant, et elle aussi serra des mains.

Le convoi redémarra.

Lorsqu'ils tournèrent sur Main Street, le nombre de spectateurs augmenta spectaculairement. Les deux côtés de la rue étaient pleins à craquer – au moins vingt rangées de personnes de chaque côté, débordant dans la rue. À cause de l'affluence, les motos avaient du mal à rester aux côtés de la voiture présidentielle. Bill Greer, au volant de la SS-100-X, garda la voiture à gauche pour que le Président Kennedy, qui se trouvait à l'arrière droit, reste le plus loin possible de la foule.

Par conséquent, Jackie Kennedy, assise à l'arrière gauche, se trouvait juste à côté des spectateurs. Clint Hill, responsable de sa sécurité, sauta immédiatement de la voiture suiveuse et courut vers le véhicule des Kennedy. Passer avec succès d'un véhicule en mouvement sur une surface fixe et immobile, la rue, était parfois un véritable défi : plus la vitesse du véhicule était rapide, plus cela devenait délicat. Ayant rattrapé la SS-100-X, il sauta sur le marchepied installé à la place du pare-chocs arrière, s'accrochant à une des poignées usinées sur le capot. Le Président lui jeta un coup d'œil, mais ne dit rien. L'agent savait que Kennedy n'aimait pas cela, mais, merde ! Il devait bien faire son job. Il s'expliquerait plus tard si nécessaire.

Accroupi sur le marchepied pour être moins visible, l'agent scrutait constamment la foule. Les gens étaient partout : sur les toits, les balcons, les escaliers de secours, suspendus aux fenêtres ouvertes.

Au bout de Main Street, le convoi prit à droite en direction de Houston. Clint Hill observa que le nombre de spectateurs avait considérablement diminué. Il remarqua sur le côté droit de Houston Street des immeubles de bureaux, et à gauche ce qui semblait être une place. Quelques colonnes en béton et une zone herbeuse avec quelques personnes, mais pas beaucoup.

Il décida donc de retourner à la voiture suiveuse : il lâcha la poignée, sauta sur la rue et, d'un mouvement fluide, revint à sa position sur le marchepied gauche du véhicule.

Immédiatement devant le cortège, alors qu'ils parcouraient Houston Street, se trouvait un bâtiment en briques rouges d'environ sept étages. Certaines fenêtres étaient ouvertes, mais rien ne semblait indiquer de problème particulier : par cette belle journée ensoleillée et chaude, beaucoup d'entre elles l'étaient, tout au long du parcours.

Ils tournèrent à gauche sur Elm Street. C'était un virage inhabituellement serré et, comme la SS-100-X n'était pas un véhicule ordinaire, Greer dut ralentir considérablement. À la sortie du virage, les véhicules revinrent au rythme normal de parade, soit environ seize kilomètres à l'heure.

Clint Hill était en train de scanner une zone gazonnée, sur la gauche, lorsqu'il entendit soudain un bruit explosif au-dessus de son épaule droite, à l'arrière du cortège motorisé.

Il tourna la tête vers le bruit. Durant ce mouvement, ses yeux balayèrent la voiture du Président, et il vit distinctement le Président Kennedy se saisir la gorge et se pencher sur sa gauche.

Sans réfléchir, il sauta du marchepied et courut vers la SS-100-X. C'était de l'instinct pur : quelqu'un avait tiré sur le Président, et il devait y aller. Il devait monter dans la voiture et s'interposer entre le tireur et couple présidentiel.

Il courut aussi vite que possible. Rien d'autre ne comptait. Ses pieds frappaient le trottoir, et malgré le bruit des motos il lui sembla entendre d'autres détonations.

J'y suis presque, j'y suis presque...

Mme Kennedy se pencha vers le Président.

J'y suis presque...

Et puis il entendit un autre coup de feu. L'impact

fut comme le son de quelque chose de dur heurtant quelque chose de creux – comme le son d'un melon se brisant sur le ciment. Au même instant, des fragments de sang, de cerveau et d'os explosèrent à l'arrière de la tête du Président. Il sentit le sang de John Kennedy, des parties de son crâne, des fragments de son cerveau partout sur lui : sur son visage, ses vêtements, ses cheveux.

Il tendit la main vers la poignée sur le coffre arrière, et parvint de justesse à l'attraper. À cet instant, la voiture accéléra brutalement. Clint Hill glissa, mais tenait la poignée de toutes ses forces, ses pieds traînant sur la rue. Ses jambes ne cessaient de bouger et il essayait de se maintenir accroché à la voiture qui prenait rapidement de la vitesse. Sans savoir comment, il parvint à se hisser vers le véhicule et par miracle trouva le marchepied.

À cet instant, il vit Mme Kennedy se lever du siège et commencer à monter sur le coffre.

Que fait-elle ? Que fait-elle, nom de Dieu ?

La voiture accélérait à fond.

Bon Dieu, elle va s'envoler à l'arrière de la voiture !

Clint Hill entrevit ses yeux remplis de terreur.

Elle ne sait même pas que je suis là. Elle cherche quelque chose... elle cherche un morceau de la tête du Président !

Il grimpa sur le coffre, l'attrapa par le bras et la repoussa sans ménagement dans le siège.

Le corps du Président s'affala à gauche, sur ses genoux.

En regardant vers les passagers de la voiture, l'agent vit la tête du Président : le regard était fixe, et il put voir l'arrière de sa tête. Le sol était couvert de sang, de tissus cérébraux et de fragments de crâne.

— Mon Dieu ! Ils lui ont tiré dans la tête ! cria Jacqueline Kennedy.

Clint Hill hurla au chauffeur :

— Amène-nous à l'hôpital ! Amène-nous à un hôpital !

Il se cala entre les côtés gauche et droit du véhicule, au-dessus du siège arrière, en essayant de garder son corps aussi haut que possible afin d'offrir une protection face aux coups de feu qui pourraient encore arriver.

Il se retourna pour établir un contact visuel avec la voiture suiveuse : ils devaient savoir à quel point c'était mauvais. De sa seule main libre, il leur donna le signe du pouce en bas en secouant la tête.

Puis il se tourna à nouveau vers la scène macabre : Nellie Connally était penchée sur le gouverneur, et Mme Kennedy avait la tête de son mari sur ses genoux.

— Jack, Jack, qu'est-ce qu'ils t'ont fait ?

Les pensées se bousculaient dans sa tête.

Allons-nous y arriver à temps ? Allez, plus vite, allez, plus vite ! Il ne respire pas. Accrochez-vous, monsieur le Président. Tenez bon. Mon Dieu, que peut-il lui arriver de plus ?

Et puis, soudain, la pensée maudite : *Comment ai-je laissé cela lui arriver ?*

Le chef de la police de Dallas, qui conduisait la

voiture de tête, avait ralenti pour voir ce qui se passait.

— Emmenez-moi à l'hôpital, vite ! lui hurla Bill Greer.

Le policier accéléra immédiatement. Ils roulaient maintenant sur une autoroute à plusieurs voies. Cent, cent vingt, cent quarante kilomètres-heure.

Toujours dans la même position, Clint Hill puisait dans toutes ses réserves pour se maintenir avec les bras et les jambes. Il tourna la tête, et ses lunettes de soleil s'envolèrent.

Le gouverneur Connally se releva, et l'agent réalisa pour la première fois qu'il avait également été touché.

Le temps semblait à présent s'être arrêté. Il fallut une éternité pour arriver à l'hôpital. Enfin, le convoi s'arrêta aux urgences d'un hôpital. La pancarte indiquait : Parkland Memorial Hospital.

Il était 12 h 34, quatre minutes après le premier tir au Dealey Plaza. Une éternité...

Malgré l'effervescence autour de la voiture, Jackie Kennedy n'avait pas bougé. Elle tenait le Président, la tête toujours sur ses genoux.

Clint Hill s'adressa à elle :

— Madame Kennedy, s'il vous plaît, laissez-nous aider le Président.

Elle ne réagit pas.

— S'il vous plaît, madame Kennedy, s'il vous plaît, laissez-nous le faire entrer à l'hôpital.

Elle leva les yeux vers l'agent. Elle était en état de choc. Ses yeux regardaient, mais ne voyaient pas. Brutalement, Clint Hill comprit : *Elle veut que personne ne le voie dans cet état.* Personne ne devrait voir le Président comme ça.

— Je comprends, madame Kennedy. Vous avez raison. Personne ne devrait voir le Président comme ça.

Il enleva la veste de son costume et la plaça sur la tête et le haut du torse du Président.

— Maintenant, personne ne le verra, madame Kennedy. C'est bon, maintenant.

Elle n'avait toujours pas prononcé le moindre mot, mais dès que le manteau couvrit le Président, elle relâcha sa prise.

Quatre agents soulevèrent le corps sans vie du Président.

Clint Hill eut soudain la nausée, en réalisant : des coups de feu avaient été tirés à Dealey Plaza. Et le monde ne serait plus le même…

∞

— Cela fait combien de temps, maintenant ?

L'homme cessa de se curer les ongles pour répondre :

— Trois semaines.

Son interlocuteur frappa violemment du poing sur la table.

— Trois malheureuses semaines, et tu as vu comme ce fils de pute est déjà érigé en héros national ? Bordel, Jim, j'en arrive à croire que ce n'était vraiment pas ce qu'il fallait faire…

— Arrêtez de déconner, monsieur. Vous êtes à la tête du Club Irsac, oui ou non ? Vous avez donc une mission. Protéger les intérêts des membres, par tous les moyens. Cet enfoiré de Kennedy représentait une menace critique. Nom d'un chien, regardez la réalité en face : il était en faveur de l'émancipation des nègres. Si c'est pas une menace pour nos intérêts, ça...

Le président du Club Irsac faisait nerveusement tourner un verre de whiskey dans ses mains.

— Oui, bien entendu, c'était une menace, d'autant plus qu'il partait favori pour les prochaines élections. Mais je me sens dépassé par l'ampleur de l'émotion populaire.

Il déposa son verre, avant de frapper à nouveau du poing sur la table.

— Merde, les gens sont cons ou quoi ? Tout ce pays semble avoir été hypnotisé par sa belle gueule et celle de sa femme. Ils en oublient que c'était un putain de gauchiste qui trompait son épouse du matin au soir, et qui ne rêvait que de désarmement.

Il inspira profondément, comme pour reprendre son calme, avant d'enchaîner :

— Où en est-on ?

— Le Président Johnson a décidé de créer une commission d'enquête. Elle sera présidée par le président de la Cour suprême des États-Unis, Earl Warren. Sa composition est en cours, et les choses se présentent plutôt bien : deux de nos hommes en font déjà partie. Un autre de nos hommes a déjà été nommé conseiller de la commission. Avec l'assassinat d'Oswald[26] par ce taré de Ruby[27], c'est un boulevard qui se présente à nous pour faire aboutir la thèse du tireur unique.

— Il n'y aura vraiment aucun moyen de remonter jusqu'à nous ?

— Je ne pense pas. Nos nettoyeurs ont récupéré les balles qui ne provenaient pas du fusil d'Oswald, et deux témoins un peu trop directs ont été discrètement éliminés. Tout l'argumentaire est déjà prêt pour que la commission aille dans le sens qu'on souhaite. Croyez-le ou non, ils arriveront même à trouver une explication au fait que des morceaux de crâne ont été éjectés sur le capot arrière alors que le tir venait précisément de l'arrière...

Un long silence s'installa. Le président du Club se mordillait légèrement la lèvre, perdu dans ses pensées. Il se leva et se dirigea vers la porte-fenêtre, qu'il entrouvrit légèrement. Son regard parcourut l'immense pelouse se terminant par un joli sous-bois.

Il revint s'assoir. À présent, il murmurait presque, comme s'il parlait pour lui-même.

---

[26] Lee Harvey Oswald, né le 18 octobre 1939 à La Nouvelle-Orléans et mort assassiné le 24 novembre 1963 à Dallas, est le principal suspect de l'assassinat du Président américain John Fitzgerald Kennedy et du meurtre du policier J. D. Tippit, conformément aux conclusions rendues par deux enquêtes gouvernementales.

[27] Jacob Leon Rubenstein, qui changea son nom en Jack Leon Ruby, né le 25 mars 1911 à Chicago et mort le 3 janvier 1967 à Dallas, était le propriétaire d'une boîte de nuit à Dallas. Il assassina Lee Harvey Oswald le 24 novembre 1963, deux jours après que ce dernier avait été arrêté pour suspicion d'assassinats du Président Kennedy et du policier Tippit.

— Tout cela est quand même ennuyeux. Pourquoi n'a-t-on pas buté ce salopard il y a quelques années, avant qu'il ne devienne une icône nationale ? Cela aurait fait moins de vagues. Voilà le problème : on s'y prend trop tard. On en revient toujours à la même chose : on agit bien trop tardivement. Pourtant, je suis certain qu'il doit être possible de détecter beaucoup plus tôt ce genre de menace.

— Vous croyez ?

— J'en suis persuadé. Regardons en arrière : après coup, cela nous saute aux yeux que ce Kennedy présentait déjà il y a quelques années toutes les caractéristiques d'une menace pour nos intérêts. Nous aurions dû agir à ce moment-là.

Il sortit une cigarette d'un étui doré, l'alluma et aspira goulûment quelques bouffées. Cela sembla lui donner une vigueur nouvelle.

— Nous devons trouver le moyen de détecter les menaces beaucoup plus tôt.

Son interlocuteur le dévisageait avec incompréhension.

— Et comment comptez-vous faire ?

Le Président le fixa en plissant les yeux.

— Je ne sais pas encore. Mais nous trouverons...

16

New York, États-Unis : 7 décembre 2018

Je tiens le jeune enfant de six ans dans la ligne de mire de mon fusil de précision. Je me trouve loin de lui, ce dernier ne me voit pas. Il joue avec ses amis, insouciant, dans la cour de récréation d'un petit village à la frontière austro-allemande. Nous sommes en juin 1895, le temps est délicieusement ensoleillé. Le garçonnet s'interrompt et sourit, radieux, à la maîtresse d'école qui passe délicatement sa main dans ses cheveux et lui susurre quelque chose à l'oreille. Sans doute le félicite-t-elle de tenir ses affaires de classe toujours rangées dans un ordre exemplaire. Ou peut-être pour ses bons résultats. Je distingue nettement la lueur de bonheur dans ses yeux. Il rougit légèrement. Ensuite, il se retourne et trottine en petits bonds joyeux vers son groupe d'amis. J'entends distinctement les cris de joie des enfants. Le bien-être de cette scène semble remonter jusqu'à moi, comme une houle que la distance n'arrive pas à arrêter. La vague m'enveloppe, je ressens ce qu'elle contient : du bonheur à l'état brut, innocent, simple et profond à la fois. La cloche de l'école sonne et tous les enfants courent joyeusement se mettre en rang. Le petit garçon se tient immobile, le visage légère-

ment relevé comme pour humer l'odeur de la campagne environnante. C'est le moment, je dois presser la détente. Le pourrai-je ? Je retiens mon souffle. Non, je ne peux pas, c'est impossible. On ne peut pas massacrer l'innocence...

À cet instant, une voix me parvient, caverneuse mais claire comme du cristal : cet enfant, c'est Adolf Hitler. Plus tard, il sera responsable de millions de morts atroces. Je sens mon doigt accentuer la pression sur la détente...

Denis Ramirez se releva brusquement, en sueur.

Toujours le même rêve...

Il se leva et se dirigea comme un somnambule vers la cuisine. Comme un zombie, mécaniquement, il se prépara un café corsé puis se dirigea vers le salon, tentant de reprendre pleinement le contrôle de ses pensées.

Le cerveau travaille durant la nuit sur les questions qui se posent lors des phases éveillées, et cela déclenche parfois de vilains rêves, il le savait. Et ces derniers mois, Dieu sait si les interrogations s'étaient bousculées dans sa tête. Avec, au premier rang, toujours la même :

Avait-il le droit de prendre des vies humaines pour protéger les intérêts d'un groupe réduit de favorisés ?

La question était crue, cinglante et douloureuse. Il n'avait jamais essayé de l'éluder, malgré ses désagréments. Et posée de cette manière, la réponse était clairement négative, quel que soit l'angle sous lequel on abordait le sujet, quelle que soit la manière dont on reformulait la question.

Sauf si on parlait d'éviter le chaos plutôt que de privilégier un groupe restreint. Si on arrêtait d'inverser la cause et l'effet, de confondre la fin et le moyen : le but réel était d'éviter le chaos de l'humanité, et un effet collatéral était que le bien-être d'une élite s'en trouvait préservé. De ce point de vue-là, son cauchemar récurrent le confortait dans ses choix : quiconque se serait trouvé dans cette situation aurait pressé la détente. Une vie contre des millions d'autres... Les mathématiques rejoignaient l'éthique, une comptabilité froide et rigoureuse épaulait parfaitement les principes moraux les plus nobles, même si le visage angélique de l'enfant rendait la chose atrocement difficile. Oui, c'est certain, il aurait appuyé sur la détente...

Sauf que...

Dans d'autres cauchemars, il réalisait soudain que l'enfant n'était pas Hitler. Il s'était trompé. On lui avait fourni de mauvaises informations...

Voilà la question qui l'avait taraudé depuis le début : comment être certain que les cibles étaient *réellement* des menaces pour le Club, des risques pour l'harmonie du monde, des périls pour l'ordre établi ? En d'autres termes, comment lire l'avenir avec certitude ? Ou, à tout le moins, avec un degré élevé de netteté ?

Il avala une gorgée de café, qui le brûla légèrement.

Il repensa à Louise Griffin, à son visage défiguré. Derrière cette figure abîmée, il y avait un cerveau unique, ayant créé un logiciel d'une puissance inouïe, un programme informatique qui représentait le chaînon manquant pour pouvoir prédire efficacement l'avenir.

Sa principale conseillère scientifique lui avait expliqué en termes simples qu'il y avait déjà eu auparavant quelques tentatives concrètes. Imparfaites, certes, mais néanmoins opérationnelles. Elle avait même fourni plusieurs exemples, et Denis Ramirez se souvenait de celui lié à la prédiction des crimes : inspiré par un logiciel d'analyse et de prévision sismique, le système proposé par la société PredPol permettait, par une analyse continue des rapports de police, de prédire les zones où des crimes ou délits étaient susceptibles d'avoir lieu. Les policiers sur le terrain ayant accès en direct aux prévisions du logiciel, ils pouvaient alors adapter leurs itinéraires de patrouille. Et cela marchait : à Modesto, en Californie, ce système avait contribué à réduire le nombre des cambriolages de 18 % chez les particuliers et de 13 % chez les commerçants, depuis sa mise en œuvre en janvier 2014.

Une autre *success story* l'avait frappé : à Milan, une fois identifiés la méthode et les habitudes d'un malfaiteur en série inconnu, un logiciel appelé « *Key Crime* » permettait de prédire les circonstances et le lieu d'une future récidive. Pour chaque délit, les policiers enregistraient des centaines d'informations à partir, notamment, de témoignages et de bandes vidéo, afin d'établir une « signature criminelle » du malfaiteur. Ce programme informatique était donc capable, lorsqu'un suspect était arrêté, de lui imputer des affaires non élucidées.

Grâce à Key Crime, le taux d'élucidation des braquages augmenta de 27 % à 45 % en un an. Mieux encore : il réussit à prédire le lieu, l'horaire et l'arme du futur braquage d'une pharmacie dans le centre de Milan, si bien que des agents de la brigade milanaise se trouvaient sur les lieux et furent capables d'arrêter les braqueurs en flagrant délit.

L'utilisation d'algorithmes mathématiques fondés sur des corrélations entre bases de données semblait ne pas connaître de limites : l'université de Pennsylvanie à Philadelphie travaillait sur un algorithme capable de prédire la prochaine victime d'un homicide en se fondant sur la corrélation entre diverses données, incluant notamment les rapports des commissariats locaux.

Des résultats expérimentaux, fondés sur les données criminelles de Londres, montraient qu'un modèle de ce genre décelait le caractère criminogène d'une zone avec une précision de 70 %.

Les chercheurs du *Predictive Technology Lab* de l'université de Virginie obtenaient également des résultats spectaculaires...

Mais le logiciel de Louise Griffin, cependant, portait les possibilités de prédiction à un niveau jamais atteint. D'après sa conseillère scientifique, on entrait simplement dans une autre dimension, dans un nouvel univers, ouvrant des perspectives insoupçonnées.

Elle se portait garante des résultats, mais Denis Ramirez ne voulait prendre aucun risque. Se posait donc la question de savoir si ce logiciel pointait du doigt les bonnes personnes. En y réfléchissant, le seul moyen de le savoir avec certitude aurait été de prendre quelques individus identifiés par le programme informatique et de vérifier si la prédiction se réalisait. Donc, si des gens, parfois très jeunes, se révélaient devenir au fil du temps des menaces pour l'ordre établi. Mais combien de temps cela prendrait-il ? Sans doute des années…

Il n'avait pas souhaité attendre aussi longtemps.

Ramirez se leva et se dirigea vers l'immense baie vitrée. Un brouillard dense recouvrait la « Grande Pomme », occultant la vue d'ordinaire spectaculaire dont il jouissait. En revanche, la brume qui engluait son cerveau il y a encore quelques minutes s'était à présent dissipée, le café aidant.

Il repensa au coup de génie de sa conseillère scientifique : si on ne voulait pas attendre quelques années pour vérifier l'efficacité du logiciel, pourquoi ne pas le tester *a posteriori* ?

Comme toujours, son explication fut lumineuse : « Prenons quelques personnalités récentes, bien réelles, et représentatives de celles qu'on veut neutraliser. Par exemple, John Kennedy et Nelson Mandela. Ramassons toutes les informations possibles et imaginables sur ces personnages et ne gardons que celles relatives à la période de leur jeunesse, ou en tout cas avant qu'ils ne deviennent connus. Faisons ensuite exactement la même chose avec d'autres personnages de la même époque et du même milieu, mais totalement inconnus, des gens ayant eu une vie quelconque, banale, insignifiante. Passons le tout à la moulinette du logiciel et voyons ce qui va en sortir : si ce sont ces deux personnages, la preuve d'efficacité sera clairement établie... »

Le travail de collecte d'informations aurait été colossal s'ils n'avaient pas eu à leur disposition des outils informatiques de dernière génération. En quelques jours, soixante profils étaient prêts : ceux de cinquante-huit personnages lambda, et ceux des deux icônes internationales.

Encore aujourd'hui, Ramirez ressentait la tension vécue au moment du test. Il se tenait devant un écran d'ordinateur, et sa conseillère scientifique, théâtrale, lui avait demandé de cliquer sur le bouton « *start* », un peu comme on lance la bouteille de champagne traditionnelle contre la coque d'un navire mis à l'eau pour la première fois.

Quelques secondes après, deux noms apparurent sur l'écran : John Fitzgerald Kennedy et Nelson Rolihlahla Mandela...

À cet instant précis, il revivait encore l'extase du moment, celle où, sans y croire encore pleinement, on se dit : *Mon Dieu, cela marche...*

Il n'en restait pas moins que, même si on était convaincu de la justesse de son combat, et certains quant à l'identité des cibles, ces dernières étaient des êtres humains. Tuer des gens n'était pas sa tasse de thé. C'était le boulot de professionnels et il avait trouvé le meilleur d'entre eux. Il faisait un boulot net et sans bavures. Sans souffrances inutiles. La mort frappait par surprise, sans douleur.

La mort... Il songea à cette légende nordique selon laquelle chaque vie était représentée par un fil tendu dans l'espace. Un dieu de la mort était chargé de tirer des flèches acérées au hasard, chacune d'elles tranchant aléatoirement certaines de ces cordes tendues. Chaque filin rompu correspondait à un décès.

Il sourit intérieurement. Lui, au moins, ne tirait pas ses projectiles au hasard. Ce dernier n'existait plus : l'avenir était tracé, radieux.

La sonnerie du téléphone interrompit sa rêverie. Il avisa l'écran : l'appel provenait de son homme de confiance. D'autres auraient mentionné son lieutenant, voire son homme à tout faire. En tout cas, il était ponctuel, pensa-t-il en regardant sa montre. Une qualité qu'il appréciait à sa juste mesure.

— J'écoute.

— Il a longuement discuté avec le journaliste.

— Vous avez réussi à savoir de quoi ?

— En partie seulement, mais c'est déjà sans équivoque. En interceptant leurs appels, j'avais appris l'endroit où ils s'étaient donné rendez-vous : un bistrot miteux. Plusieurs de nos hommes s'y sont succédé et au final nous avons réussi à scotcher un microphone sous chaque table. Aucune conversation se tenant dans ce boui-boui ne pouvait nous échapper.

— Et ?

— Le *trader* veut nous nuire.

— Comment ?

— En nous ruinant.

— Et le journaliste ?

— Il lui a fait un topo assez exhaustif de nos activités et de nos objectifs. À un moment, cependant, ils se sont levés et ont poursuivi leur conversation à l'extérieur. Je pense qu'il m'avait repéré. Mais ils ont encore discuté au moins deux heures dans la rue. Sans que je puisse vous dire à propos de quoi.

Ramirez réfléchit quelques instants. Son interlocuteur resta silencieux à l'autre bout de la ligne.

— Bon boulot, merci. J'en sais assez pour l'instant.

Il coupa son smartphone sécurisé et regarda à travers la vitre. La purée de pois se levait lentement, laissant entrevoir des portions de rues et des fragments de bâtiments. Il se sentit accablé.

Le sentiment d'avoir commis une erreur lui était insupportable. Depuis qu'il était directeur opérationnel du Club Irsac, il avait fait un sans-faute. Il était fermement persuadé que ses actions le feraient passer à la postérité comme l'homme ayant, une fois pour toutes, assuré au Club une domination mondiale sans partage. Celui qui aurait enfin permis l'éclosion d'un gouvernement mondial de l'ombre, immuable et efficace.

Il serra les poings de rage. Contacter ce *trader* avait été une erreur grossière. Sans doute avait-il été grisé par ses succès récents comme directeur opérationnel...

Le mieux est l'ennemi du bien, voilà ce qu'il aurait dû garder en tête.

Il tenta de se consoler en se disant que son intuition avait été bonne : ce *trader*, ce Mark Wegerzell, n'était pas fiable. Il avait eu raison de le faire surveiller par son lieutenant et ses hommes.

Mais il n'en restait pas moins face à ce constat intolérable : il avait commis une faute. À présent, il fallait réparer cette erreur. De manière rapide, efficace et définitive.

Il se dirigea vers son bureau, alluma l'ordinateur et ouvrit le fichier appelé « Liste Delta ».

Il inséra deux lignes en début de document, avec deux noms : Mark Wegerzell et Dany Eslin. À côté de chacun d'eux, il rajouta en caractères gras : priorité absolue.

Il imprima le document. L'imprimante était reliée à l'ordinateur par un câble, et l'ordinateur lui-même avait la fonctionnalité Wi-Fi désactivée. Ces deux équipements étaient totalement isolés du monde extérieur, comme s'ils étaient mis en quarantaine par crainte de contamination *via* le réseau internet.

Il prit le document papier, y jeta un dernier coup d'œil puis le plia et le glissa dans une enveloppe.

Il empoigna son smartphone sécurisé et composa le numéro de son lieutenant.

Celui-ci décrocha après deux sonneries.

— Oui ?

— Venez passer prendre livraison d'une nouvelle version de la Liste Delta. Priorité absolue.

17

Genève, Suisse : 7 décembre 2018

Judith Mathis regarda ses dernières prises de vue sur l'écran arrière de son Sony. Le piqué était vraiment bluffant : le processeur Exmor, couplé à un capteur d'une définition de 20,4 mégapixels, donnait des résultats fantastiques. À regarder les photos, on pouvait presque ressentir physiquement les embruns du jet d'eau.

Elle rangea l'appareil dans son sac et se mit à marcher le long du lac, en direction de son appartement. Le temps était frais, certes, mais on avait le sentiment que les vrais frimas se feraient attendre encore un certain temps. Elle pensa avec délectation à la débauche de prises de vue qu'elle ferait lorsque ses conditions favorites seraient réunies : ciel bleu, neige et glace, air cristallin, le tout dans la lumière du petit matin. La dernière vague de froid avait eu lieu en février, mais le summum avait été atteint quelques années auparavant, en février 2012 : après six jours de bise noire avec des rafales à 90 km/h, la température n'ayant pas dépassé les -3 °C pendant cette période, avec des pointes à -8 °C, les berges glacées du lac Léman s'étaient métamorphosées en galerie d'étonnantes sculptures de glace. Une vague de froid installée sur la Suisse, la plus importante depuis vingt-sept ans, avait transformé les rives en véritables patinoires. Le mobilier urbain, captif des glaces, s'était doté d'une dimension esthétique, le donnant à voir comme une éphémère œuvre d'art insolite. Pour tout photographe amateur, c'était le paradis.

Elle arriva au pied de son immeuble, y entra et s'engagea dans l'escalier, qu'elle grimpa d'une foulée rapide.

Arrivée devant la porte de son appartement, elle sortit son trousseau et introduisit la clé dans la serrure.

Elle entrouvrit la porte, puis s'arrêta net.

Quelque chose ne collait pas...

Sans être maniaque, elle était néanmoins méticuleuse, et certains de ses rituels étaient inaltérables. Par exemple, elle fermait *toujours* sa porte à double tour lorsqu'elle sortait. Or, cette fois-ci, pour entrer, elle n'avait dû tourner la clé qu'une seule fois.

Elle ouvrit entièrement la porte, furieuse, persuadée de retrouver son appartement sens dessus dessous, pillé par des voleurs, redoutant déjà la perte d'objets précieux.

Elle s'immobilisa. L'intérieur était intact, parfaitement rangé. Rien ne semblait avoir été déplacé. Elle fit quelques pas, puis avisa un verre sur une table basse. Elle le prit en main et le renifla, identifiant aussitôt l'odeur d'alcool. Une bouffée d'angoisse lui monta brusquement à la tête : elle n'avait pas bu d'alcool depuis belle lurette et, en outre, elle ne laissait jamais traîner ses verres vides.

Tétanisée, elle ne vit pas la forme s'approcher

d'elle.

Elle sentit soudain qu'on la prenait et la soulevait du sol, puis qu'on la faisait tournoyer.

Judith poussa un cri strident, puis sentit quelqu'un essayer de l'embrasser dans le cou. Sa panique était à présent totale et son rythme cardiaque explosait.

Elle sentit qu'on la lâchait, et se retourna.

— Patrick !

Elle lui asséna une gifle magistrale.

— Ne t'avise plus jamais de me faire ce genre de blague débile, espèce de con !

Surpris par le geste, Patrick Doyle la regardait avec des yeux ébahis.

— Mais je voulais juste te faire une surprise...

En voyant son air penaud, Judith sentit toute sa colère refluer d'un seul coup et se jeta à son cou.

— Espèce d'abruti... Il y a d'autres moyens de me faire des surprises !

Son timbre de voix, extraordinairement langoureux, le parfum de Judith et le contact avec son corps déclenchèrent chez Patrick une fantastique pulsion. Ses joues, dont l'une était déjà rougie à la suite de la gifle reçue, subissaient un complément d'afflux sanguin qui lui fit tourner la tête.

En soulevant Judith et la portant vers le canapé, il savourait déjà le moment où il allait pouvoir satisfaire ce qui était, depuis quelques mois, sa seule vraie addiction. Le sexe...

∞

Patrick s'appuya sur un coude et se tourna vers elle.

— Où étais-tu sortie ? Je savais que tu étais matinale, mais en arrivant à sept heures du matin, je pensais quand même te trouver dans ton appartement. Ne m'en veux donc pas d'être entré, c'était plus agréable que de patienter sur le palier.

— Je sais, ce n'est pas pour rien que je t'ai donné un double de mes clés. Mais c'est ta plaisanterie qui était stupide...

Elle se leva et se dirigea vers la salle de bains.

— Pour répondre à ta question, rassure-toi, je n'ai pas découché. Je suis simplement partie très tôt pour photographier le lac dans la lumière du petit matin.

Patrick leva les yeux au ciel. Combien de photos de cette étendue d'eau avait-elle déjà réalisées ? Quelques milliers, probablement. Après quoi courait-elle ? La photo parfaite, comme si cela existait ? Était-ce un simple passe-temps, comme d'autres faisaient des balades pour admirer la nature ou l'architecture ? Un moment de plénitude et de bien-être ? Une passion, sans doute, tout simplement. Une nécessité, comme une drogue. Heureusement que l'époque des photographies argentiques était révolue, il n'osait imaginer le budget que cela aurait représenté de griller autant de bons vieux films Kodak. Ceci expliquait sans doute cela : la technologie actuelle permettait de mitrailler indéfiniment la même chose, que ce soit un jet d'eau, des paysages ou des mômes, pour ensuite stocker ces octets dans un disque dur d'où ils ne ressortiraient sans doute jamais. L'équivalent des boîtes à chaussures dans lesquelles on stockait les photos papier...

Judith ressortit de la salle de bains, ne portant sur elle qu'une serviette autour des cheveux.

— Dis-moi, comment ça s'est passé, ton entrevue avec ton patron ?

Il fallut quelques secondes pour que le cerveau reptilien de Patrick, dont les neurones étaient saturés par la vue sculpturale du corps de Judith, cède enfin le pas à son cortex préfrontal, mieux à même de traiter une information rationnelle.

— C'est assez long à expliquer...

Judith se dirigea vers la cuisine.

— Alors vas-y, nous avons le temps. Je vais nous préparer du café.

Patrick ne savait pas par quel bout prendre les choses. Tout avait été tellement étrange, dans cette entrevue...

Serguei Klimov avait été marqué non seulement par ce qu'il estimait, à tort ou à raison, comme sa responsabilité dans l'affaire de l'Arche de Noé, mais également par la manière dont Patrick avait contribué à la dénouer. Son souhait était dorénavant de créer un département spécifiquement dédié à l'utilisation des outils informatiques de pointe développés par sa société, Terastar, en vue de servir de support à la justice pour les cas les plus difficiles. La firme surfait sur un succès commercial grandissant et elle était désormais assise sur une montagne phénoménale de cash. Mettre un chef de projet à temps plein sur ce type d'activité à caractère philanthropique, cela représentait un coût, certes, mais comparable à une goutte d'eau dans un océan de bénéfices. Il n'en retirerait aucun avantage commercial, mais cela l'aiderait sans doute à se sentir mieux dans sa peau de milliardaire. Depuis qu'il le connaissait, Patrick avait compris une chose : ce n'était pas l'argent qui faisait courir son patron. À l'issue de l'entretien, sa perception de Serguei Klimov était passée à une autre dimension : cet homme cherchait à se rendre utile, par pure humilité, comme pour s'excuser d'avoir été choisi par le hasard pour devenir entrepreneur à succès.

— Je crois qu'il veut m'orienter vers quelque chose de différent.

— Ah bon ? répondit Judith en apportant deux tasses de café fumant.

— Oui. Je reste chef de projets spéciaux, mais il y a rajouté un domaine supplémentaire, assez différent.

— Lequel ?

— Les affaires judiciaires difficiles.

Judith s'apprêtait à boire une gorgée du breuvage brûlant mais elle interrompit son geste, bouche bée.

— Pardon ?

— Oui, je sais, c'est bizarre, mais il veut que je puisse répondre à certains appels à l'aide des autorités judiciaires, en utilisant les ressources de sa société.

— Aider la police ?

— Affirmatif. Le connaissant, cela devait sans doute lui trotter en tête depuis belle lurette, mais l'élément déclenchant a été une requête d'Europol.

— L'agence européenne de lutte contre la criminalité ?

— Oui. Il y a trois jours, alors que j'étais en mission auprès des autorités françaises, j'ai reçu un courrier électronique de Serguei me demandant de rencontrer une personne dans le bar d'un hôtel. C'était un jeune collaborateur de l'agence, Christian Debruyne. Figure-toi qu'il avait été impliqué dans l'affaire de l'Arche de Noé[28]. Il semblait en connaître tous les tenants et aboutissants, car il a obtenu de Terastar que je puisse les aider dans une affaire délicate. Je n'étais même pas au courant du *deal*, ce qui m'a rendu furieux, même si je suis bien placé pour savoir que Serguei Klimov n'est pas un foudre de guerre en matière de communication interne. J'ai donc traversé l'Atlantique et demandé un entretien avec lui. Il a dû se rendre compte de son indélicatesse, car il a bousculé son agenda pour me recevoir immédiatement...

— Et pourquoi ce Christian Debruyne s'est-il adressé à Terastar en particulier ?

— Comme je te l'ai dit, il était au courant de tous les aspects de l'affaire de l'Arche de Noé. Il a, semble-t-il, argumenté que j'avais fait preuve d'une intuition décisive dans la résolution de celle-ci...

Judith l'interrompit :

— Pardon ? Peux-tu me répéter cela ?

Patrick écarquilla les yeux.

— Quoi ?

— Ce que tu viens de me dire.

---

[28] Voir *La Liste Alpha*.

— Qu'il avait le sentiment que j'avais eu de bonnes intuitions ?

Elle le fixait d'un regard froid, en haussant le ton.

— Alors, ça, c'est la meilleure ! Môôônsieur a eu une intuition géniale ? Dois-je te rappeler qui l'a eue, l'intuition géniale ?

Patrick fixait le plancher.

— Écoute, Judith, j'avoue que je n'ai pas pensé à cela. Je t'assure que je ne voulais pas tirer la couverture à moi. Simplement, l'affaire sur laquelle ils butent est tellement incroyable que cela a occulté ce point de détail, et je n'y ai pas prêté attention.

— Un point de détail ?

— Bordel, Judith, ce n'est pas ce que je veux dire !

— Non, bien sûr. Et puis, c'est normal, n'est-ce pas, que les honneurs reviennent à un homme plutôt qu'à la femme qui en est à l'origine.

Elle soupira profondément, avant d'enchaîner :

— Merde, j'ai du mal à imaginer qu'on est au XXIe siècle...

Un long silence s'installa. Le plancher aurait pu être usé à force d'être fixé par Patrick.

Judith le regarda, réalisant que cet homme ne mentait pas : elle le connaissait, et en effet il n'aurait jamais tenté de s'approprier des honneurs ne lui revenant pas pleinement. Elle était juste témoin d'un malentendu, d'un incident de parcours. Pas de quoi fouetter un chat, en définitive. D'autant plus que... qu'avait-il dit ? Que l'énormité de l'affaire avait occulté le reste ? Sa curiosité grimpa en flèche, faisant passer au second plan sa colère.

— C'est quoi, cette affaire pour laquelle on fait appel à ton sens ultradéveloppé de l'intuition ?

Patrick fixait toujours le plancher. Il ignora la pique, se débattant dorénavant avec un autre dilemme. La demande d'aide formulée par Europol était bardée de clauses de confidentialité, ce qui lui parut parfaitement normal au moment même.

À présent, il ressentait les choses différemment : comment refuser d'expliquer le cas de La Bête à Judith, après la vexation qu'elle venait de vivre ? Après lui avoir dit : « On a fait appel à moi car on croyait que *ton* intuition venait de moi », comment oser dire « Mais, désolé, je ne peux pas te dire pour quelle affaire on a fait appel à moi » ? Les pour et les contre se succédaient en rafale dans son esprit enfiévré : d'un côté, Judith était journaliste, pas spécialement le type de personne à qui on confierait des informations marquées du sceau de la confidentialité la plus stricte. Mais d'un autre côté, l'intuition de Judith avait fait ses preuves et pourrait peut-être lui être encore utile. Et puis, s'il ne lâchait pas le morceau, il risquait peut-être de mettre en péril une relation qui lui procurait enfin un semblant d'harmonie. Quelques images des minutes torrides qui venaient de s'écouler s'imposèrent à son esprit...

Il décida de tenter une échappatoire.

— Une affaire qui fera que je pourrai être basé à Genève : à un jet de pierre d'Interpol à Lyon, et un saut de puce en avion d'Europol à La Haye. Sympa, non ? Fini les longs trajets transatlantiques pour se voir quelques heures sur la côte Ouest ou ici...

Sa main parcourait lentement la cuisse de Judith, remontant insensiblement vers le haut. Elle le regarda sans bouger.

— Sympa, en effet... Au fond, ton stage de rappel chez les para-commandos, cela se présente comment ?

Légèrement désarçonné par la question, Patrick ressentit malgré tout une bouffée de soulagement en voyant la conversation dévier vers un autre sujet.

— Euh, eh bien... En réalité, je crois que je vais devoir l'ajourner.

— Ah bon ?

Elle empoigna un morceau de peau du ventre de Patrick, avant de poursuivre :

— C'est dommage, il me semble que cela t'aurait fait le plus grand bien. Tu commences à attraper une petite ceinture abdominale, c'est maintenant qu'il faut réagir... Pourquoi dois-tu annuler cet exercice de rappel ?

— L'affaire à laquelle fait face Europol est vraiment importante, et de la plus haute urgence. À traiter toutes affaires cessantes...

Elle lui décrocha un sourire radieux.

— Et je ne doute pas un seul instant que tu vas me dire de quoi il s'agit...

18

Zürich, Suisse : 8 décembre 2018

Alexander jeta un rapide coup d'œil à sa montre, ce qui n'échappa guère à Jovana.

— Tu dois partir ?

— Pas tout de suite. Nous avons encore un peu de temps…

Il se retourna vers elle et la regarda. Elle était couchée sur le ventre, l'édredon ne recouvrant que ses pieds et ses mollets.

Il entreprit de la caresser délicatement, en partant de sa nuque et en redescendant lentement et systématiquement, revenant parfois en arrière comme s'il redoutait de manquer le moindre centimètre carré de peau.

Cette fille l'ensorcelait littéralement. Tout lui plaisait en elle, et cela depuis le début. Il adorait ces moments calmes, après l'amour, tout comme il était fou des éruptions de folie érotique où il perdait tout contrôle de lui-même.

Même les quelques semaines d'approche lui avaient plu, bien qu'il ait dû prendre son mal en patience plus longtemps qu'il ne l'aurait souhaité.

En définitive, il n'y avait qu'une seule ombre au tableau, inhérente à la situation : ils devaient constamment être sur leur garde, comme tout couple illégitime.

N'ayant aucun de point de référence, Alexander était incapable de dire si les précautions que Jovana imposait étaient exagérées ou pas. D'une certaine manière, cela ne lui déplaisait guère, tant les dispositions prises étaient structurées, claires et répétées. Il se retrouvait dans sa zone de confort, celle d'un futur ingénieur : les actions à prendre en cas de problème avaient été définies, évaluées, les risques avaient été identifiés et ils étaient même allés jusqu'à reproduire les différentes étapes pas à pas, comme une répétition générale ou un exercice d'alerte. Il savait avec un haut degré de précision ce qu'il aurait à faire si Jovana entendait la voiture de son mari se garer devant le garage, ou entrer dans celui-ci.

Bien entendu, certains aspects étaient plutôt désagréables, comme celui de laisser la fenêtre entrouverte en plein mois de décembre pour être certains d'entendre le bruit du véhicule. D'autres manquaient de romantisme, comme le fait que Jovana prépare toujours à côté du lit un sac poubelle pour y fourrer à toute vitesse les vêtements de son amant avant qu'il ne file par la fenêtre de la salle de bains. Ils étaient même allés jusqu'à chronométrer le processus complet de repli en catastrophe, histoire de s'assurer que tout était faisable dans le temps imparti, soit autour de cent dix secondes : c'était ce qu'avait à plusieurs reprises mesuré mentalement Jovana lors du retour de son mari.

Tout cela amusait Alexander, plutôt que de l'inhiber. En réalité, rien n'aurait pu vraiment troubler le plaisir intense qu'il éprouvait en la présence de

Jovana.

Elle se retourna lentement, présentant le côté face de son corps, langoureusement.

— Et où dois-tu partir ?

— Chez moi, mon père organise un goûter avec quelques membres de la famille pour mon anniversaire.

— Ah bon ? Je croyais que c'était au mois de février...

— Oui, en fait c'est une sorte d'anniversaire, mais pas le vrai. Mon père a une lubie, sans doute liée à son métier. Comme il adore les chiffres, en particulier les chiffres ronds, il s'est amusé à calculer pour chaque membre de la famille proche le nombre de jours écoulés depuis la naissance. Pour lui, c'est plus important de fêter le nombre de milliers de jours vécus que le nombre d'années.

La jeune femme haussa un sourcil.

— Il est original, ton père... Et combien de levers de soleil vas-tu fêter aujourd'hui ?

— Huit mille.

Elle partit dans un grand éclat de rire.

— J'espère qu'il ne poussera pas le vice jusqu'à placer huit mille bougies sur le gâteau !

Il gloussa.

— Non, il est ingénieur en chef des chemins de fer suisses, il a l'habitude de gérer les coûts. Il mettra huit bougies, une par millier de jours.

Ses doigts se promenaient lentement sur le ventre de la jeune femme, juste au-dessus de la belle toison blonde. Il n'aurait jamais imaginé pouvoir ressentir un jour un tel degré d'extase. C'était pourtant bien le cas et il était décidé à en profiter au maximum, en refoulant les quelques questions qui tentaient de s'infiltrer dans son esprit. L'une d'entre elles était cependant plus insistante que les autres : d'où venait le léger voile de tristesse qui semblait embuer régulièrement le regard de cette fille ? Parfois, il éprouvait le sentiment confus qu'elle avait accepté d'entretenir une relation avec lui uniquement pour se donner un peu d'oxygène. Comme pour pouvoir fuir de temps en temps une sombre réalité.

Bah ! Il devait se faire des idées...

Il se reconcentra sur la peau délicieusement veloutée. Soudain, il sentit sous ses doigts comme un tressaillement, suivi par une violente contraction. Elle retira brutalement sa main et se redressa.

— J'entends une voiture. Il arrive.

Durant une fraction de seconde, Alexander se demanda si elle jouait la comédie pour simuler une situation de crise et voir si leur procédure d'urgence fonctionnait bien. Son cerveau fonctionnant à toute allure, il décida que de toute manière, que ce soit une situation réelle ou simulée, il fallait faire vite et bien. Il enfila rapidement son slip et fourra à toute allure les autres vêtements dans le sac poubelle qu'il empoigna avant de foncer vers la salle de bains. Au passage, dans sa précipitation, son petit orteil heurta violemment le pied du lit, déclenchant une vive douleur.

Jovana, de son côté, s'était également précipitée, nue, vers la salle de bains. Le scénario prévoyait qu'elle soit tout simplement en train de prendre une douche au moment de l'entrée de son mari. Depuis son arrivée dans la capitale helvétique, elle avait habitué ce dernier à de telles ablutions à n'importe quel moment de la journée, lors de ses rares séjours dans sa maison. Une espèce de trouble obsessionnel compulsif, comme si elle voulait régulièrement se purifier d'être souillée par un homme qu'elle n'avait pas choisi. Il ne serait pas donc pas étonné outre mesure de la retrouver sous le pommeau.

Elle ouvrit le robinet et regarda ensuite en direction d'Alexander.

Ce dernier se tenait devant la fenêtre, immobile. Elle se sentit défaillir.

Quelque chose se passait mal...

Elle fit quelques pas vers lui et regarda vers l'extérieur. Un ouvrier occupé à un travail de façade sur la maison voisine regardait vaguement vers la fenêtre de la salle de bains en mâchonnant de manière nonchalante un sandwich, savourant sa pause.

La sonnette de la porte d'entrée retentit. Alexander était pétrifié.

Jovana enfila prestement son peignoir. Elle murmura :

— D'habitude, il ne sonne pas. Ne bouge pas d'ici, sauf si tu peux sortir sans te faire voir.

Alexander opina, hébété.

Elle sortit précipitamment. Tétanisé, il resta seul, ne songeant même pas à mettre à profit ce laps de temps pour se rhabiller entièrement.

Arrivée au bas de l'escalier, elle rajusta sa sortie

de bain, s'efforçant de calmer son cœur qui battait la chamade. Elle se demanda furtivement si ses joues étaient rouge écarlate, ce qui ne l'aurait guère étonnée au regard de la tempête d'adrénaline qui s'était déclenchée dans tout son organisme.

Elle ouvrit la porte.

L'homme se tenait légèrement tourné vers la gauche, et il pivota sur lui-même lorsqu'il entendit qu'on ouvrait.

— Madame Filipović ?

Elle déglutit avant de répondre.

— Oui, c'est moi.

Il lui sourit.

— Je souhaiterais voir votre mari.

— Il est en voyage d'affaires.

L'homme regarda brièvement par terre, en affichant un air un peu contrarié. Puis il redressa la tête.

— Alors je vais vous demander de lui remettre ceci de toute urgence, dès son retour. Puis-je compter sur vous ?

Il lui tendit une enveloppe, sur laquelle elle distingua le symbole Δ.

— Oui, bien entendu.

Elle prit l'enveloppe et s'apprêtait à serrer la main à l'homme lorsque celui-ci recula d'un pas et s'inclina légèrement.

— Je vous remercie. Bonne journée.

Il tourna les talons et se dirigea vers sa voiture.

Comme paralysée, Jovana le regarda effectuer sa manœuvre de demi-tour et s'engager dans la Höschgasse.

Il lui fallut encore quelques secondes avant de pouvoir bouger. Son soulagement était d'une telle ampleur qu'elle eut l'impression de se sentir décoller du sol.

Elle rentra, ferma la porte derrière elle et remonta l'escalier.

Elle déposa l'enveloppe sur le lit et entra dans la salle de bains. Alexander semblait ne pas avoir bougé d'un pouce, livide.

Elle éclata d'un rire nerveux.

— Relax, c'était une fausse alerte !...

Il s'assit par terre, totalement vidé de tout influx nerveux.

— Bordel, qu'est-ce qui s'est passé ?

— Un coursier, ou quelqu'un de ce style, a déposé une enveloppe pour mon mari.

Il souffla longuement, avant de reprendre la parole :

— En tout cas, il semble qu'on n'avait pas tout prévu dans notre procédure d'extraction d'urgence.

Elle lui sourit.

— En effet. Il faudra revoir cela.

Elle poussa également un soupir prolongé, avant de reprendre :

— Qu'est-ce que j'ai eu peur...

Elle s'assit à côté de lui. Ils restèrent quelques longues minutes sans parler, encore hébétés.

Enfin, elle se releva et entama quelques exercices d'assouplissement.

— J'ai l'impression d'être tendue comme une corde de violon. Je crois qu'une longue douche très chaude s'impose...

Elle enleva son peignoir et se dirigea vers la douche, qu'elle régla durant quelques secondes afin d'obtenir la température souhaitée.

Alexander, pour la première fois, n'éprouvait aucune excitation sexuelle à l'image du splendide corps nu s'affairant devant lui. La lutte entreprise par son organisme pour ramener le stress à un niveau raisonnable n'était pas encore tout à fait gagnée et cela empêchait toute libido. La tension de devoir passer un examen oral à la fac face à un professeur sadique, il pouvait la gérer, mais ce à quoi il avait dû faire face dans ce cas-ci, c'était vraiment autre chose...

Il décida pourtant de sortir de sa torpeur, et quitta la salle de bains. Il s'assit sur le bord du lit et ressentit une violente nausée.

Merde, je ne vais quand même pas faire un malaise...

Il devait absolument détourner son esprit des relents d'effroi qui semblaient ne pas vouloir en sortir.

Il avisa l'enveloppe déposée sur le lit. Sans réfléchir, il la prit en main, et nota de manière subliminale qu'elle n'était pas fermée.

Il devait absolument se concentrer sur autre chose que les traces de cette trouille monumentale qui imprégnaient encore le moindre de ses neurones, tromper sa matière grise avec une manœuvre de diversion. Tout serait bon pour forcer son esprit à penser à autre chose.

Mécaniquement, il sortit de l'enveloppe une

feuille de papier de l'enveloppe et la parcourut distraitement.

Elle comprenait une liste de noms et de coordonnées, sur laquelle il se força à se concentrer, s'y accrochant comme à une bouée de sauvetage, redoutant le retour de la nausée.

Soudain, son œil s'arrêta sur un nom.

Dieter Wespi.

Il vérifia l'adresse postale.

Aucun doute possible, c'était bien un de ses amis de fac, un chouette type, le genre qu'on aime bien inviter pour mettre de l'ambiance. En outre, il parlait vraiment bien, surtout lorsqu'il s'agissait de mettre en avant ses idées originales et même, à l'aune de la mentalité conservatrice suisse alémanique, un peu révolutionnaires.

Amusé, il se demanda ce que son nom pouvait bien faire dans cette liste, au milieu de patronymes provenant à l'évidence de maints pays différents.

Il se sentait à présent légèrement mieux. Avoir réussi à focaliser son esprit sur autre chose n'y était sans doute pas pour rien.

Il entendit la douche s'arrêter et s'apprêta à remettre la feuille dans l'enveloppe. Puis il songea à nouveau à la présence incongrue d'un de ses proches amis dans une liste de personnages provenant des quatre coins de la planète, transmise à un cadre supérieur d'une société multinationale passant sa vie à voyager. Qu'est-ce que cela pouvait être ? Une liste de candidats préparée par un recruteur, un chasseur de têtes ? Il faudrait qu'il en touche un mot à son ami Dieter.

Il se leva, tira hors du sac poubelle son veston, en sortit son smartphone et prit une photo de la feuille avant de la remettre dans l'enveloppe.

Jovana entra dans la chambre, s'essuyant consciencieusement les cheveux. La vue de son corps encore humide le fit légèrement frémir, déclenchant une délicieuse décharge électrique dans son bas-ventre.

À ce moment précis, son esprit était trop tiraillé entre un reste de stress et un début de pulsion sexuelle pour réaliser que la simple prise d'une photo avec son smartphone déclenchait tout un processus : les photons, ces minuscules grains de lumière, avaient frappé le capteur de l'appareil électronique, où ils furent transformés en signaux électriques. Ceux-ci, en une fraction de seconde, furent traités par un processeur qui, tel un capitaine d'équipe, assembla les millions de données en un fichier bien structuré, aussitôt copié dans la mémoire de l'appareil. Comme c'était le cas pour tout équipement moderne digne de ce nom, une copie allait être automatiquement enregistrée dans le *cloud*. Le fichier fut donc instantanément pris en charge par une autre application de l'appareil, qui le saucissonna en milliers de parties bien distinctes, avant de les transformer en signaux électroniques et de les envoyer sur le réseau de téléphonie mobile. Chaque morceau suivit un chemin particulier, passant de serveur en serveur, filant à la vitesse de la lumière au sein de centaines de kilomètres de fibres optiques, guidé par un super chef d'orchestre appelé plus prosaïquement programme de gestion de réseaux de données. Une fraction de seconde plus tard, comme par miracle, les milliers de morceaux, après avoir parcouru des chemins totalement différents, arrivèrent au même endroit. Le fichier d'origine, la simple photo d'une feuille de papier, était à présent reconstitué et stocké dans un centre de données sécurisé, localisé à Amsterdam.

19

Boiceville, États-Unis : 17 décembre 2018

Mark Wegerzell entra dans le salon avec deux tasses de café fumant.

— Ce n'était pas une bonne idée, de louer ce chalet pour quelques jours ?

Dany Eslin approuva, sans lever les yeux de l'écran de son PC portable.

— Ouaip. On a la paix pour finaliser notre plan d'action. Et en plus, Slide Mountain Wilderness, ça nous change de l'ambiance urbaine. C'est un très joli site, je dois l'admettre. Et tout ça à moins de trois heures de route de New York... Mais laisse-moi encore deux minutes, je veux absolument terminer d'envoyer ceci.

Il s'interrompit un instant, contemplant son moniteur.

— Ça, ce n'est pas une simple bombe journalistique, c'est une véritable ogive thermonucléaire.

Mark laissa errer son regard, tout en sirotant son café. Tout était en bois massif : les poutres apparentes, le plancher, le mobilier. Sans que ce soit au détriment du confort moderne, cependant : four à micro-ondes, réseau Wi-Fi et éclairage LED sophistiqué empêchaient de se sentir reclus au fond d'un refuge de trappeur.

— Je n'arrive toujours pas à réaliser pleinement

tout ce que tu m'as raconté.

— C'est normal. Moi-même, au début, je n'arrivais pas à y croire. Mais il faut te rendre à l'évidence, mon vieux. Tout leur génie réside dans la manipulation. Ils ont élevé les techniques de désinformation à un niveau jamais atteint. Du grand art.

Il s'interrompit pour boire quelques gorgées du breuvage noirâtre. Mark repensait à cette incroyable histoire, étalée sur plus de deux siècles. Comme tout le monde, ou presque, il avait déjà vaguement entendu parler du Club. À présent, il se rendait compte que ce qu'il en savait, c'était précisément ce que cette association souhaitait qu'il sache. Ni plus ni moins. De la manipulation pure et dure, efficace en diable. Comprendre cela aussi abruptement, c'était un sentiment équivalent à celui de se découvrir subitement cocu.

Aucun observateur avisé ne mettait en doute l'existence du Club. Mais aucun consensus n'existait quant à sa finalité. Plusieurs explications circulaient, chaque fois initiées par les membres eux-mêmes, sur base d'informations soigneusement sélectionnées et distillées de manière que celui qui la recevait pensait avoir déniché un scoop. Tout cela en vue de noyer derrière un écran de fumée le véritable objectif de cette association : mettre en place un gouvernement mondial opérant dans l'ombre.

Dany lui avait montré plusieurs articles de journaux et extraits de livres politiques édifiants. Ainsi, il était prouvé qu'au début du mois de novembre

2009, le Belge Herman Van Rompuy[29] avait été auditionné par la direction du Club. C'était une sorte de grand oral, sans doute, et qui avait dû se montrer concluant, car quelques jours plus tard, le 19 novembre 2009, il fut choisi par les vingt-sept chefs d'État et de gouvernement de l'Union européenne, réunis en conseil à Bruxelles, pour devenir le premier président permanent du Conseil européen à compter du 1er janvier 2010.

L'interprétation la plus répandue de la finalité de ce mystérieux club faisait remonter sa genèse à la fin de la Deuxième Guerre mondiale. Cette version était sans aucun doute volontairement entretenue par les membres eux-mêmes, dans la mesure où elle paraissait plausible et moins explosive que la réalité. Selon cette explication, l'effort de guerre avait amené les Américains à développer un complexe militaro-industriel qu'ils souhaitaient rentabiliser économiquement, une fois la victoire acquise. Pour cela, il fallait plusieurs conditions.

Tout d'abord, un marché européen unique sur lequel ils puissent plus facilement écouler leurs produits, et non pas une myriade d'États ridiculement petits. Ce n'était pas évident, car contraire aux sentiments d'appartenance nationale fortement ancrés dans l'esprit des Européens. Ce fut le

---

[29] Herman, comte Van Rompuy, né le 31 octobre 1947 à Etterbeek, est un homme d'État belge, ancien président du Conseil européen et du sommet de la zone euro. Néerlandophone, il est membre du parti politique belge Christen-Democratisch en Vlaams, dont il représente l'aile conservatrice.

point de départ du laborieux processus de construction européenne.

Ensuite, il fallait une organisation militaire transnationale, sous la coupe des États-Unis, bien entendu, pour pouvoir continuer à produire et écouler la production de l'industrie de l'armement. C'était la véritable raison d'être de l'OTAN, camouflée sous le noble prétexte de défendre l'Occident contre la menace communiste.

Vu sous cet angle, le Club apparaissait comme l'organisation informelle chargée de mettre en place ces différents facteurs, œuvrant de manière souterraine car il était inenvisageable de faire accepter de manière démocratique par la population des mesures aussi éloignées de leurs convictions profondes.

Cette version, d'un haut degré de réalisme, faisait fantasmer les adeptes des théories du complot, bien entendu. Mais cela arrangeait bien le Club, car cela gardait leur esprit occupé alors même qu'ils étaient bien en deçà de la réalité.

D'autres versions étaient nettement plus délirantes : complot juif lié aux *Protocoles des Sages de Sion*[30], les Illuminati[31] derrière les manettes, une

---

[30] *Les Protocoles des Sages de Sion*, parfois surtitrés *Programme juif de conquête du monde*, paraissent en Russie en deux temps et deux versions : d'abord des extraits en 1903 dans le journal *Znamia*, puis une version complète en 1905.

[31] Les théories du complot Illuminati sont des théories conspirationnistes qui prétendent que la société de pensée allemande des Illuminés de Bavière, historiquement dissoute en 1785, aurait perduré dans la clandestinité et poursuivrait un plan secret de domination du monde.

secte vaticane à la manœuvre, un cartel de sociétés pétrolières tirant les ficelles, des scientifiques fous préparant des techniques de manipulation des cerveaux, et même une infiltration par des extraterrestres.

Dany Eslin se leva et se dirigea vers une fenêtre. La tempête de neige s'était éloignée et le ciel était à présent parfaitement dégagé. La palette de couleurs était éblouissante, avec le bleu profond du ciel, le jaune vif du soleil et le blanc éclatant de la neige, parsemé de touches de vert émanant des sapins.

— Que dirais-tu de prendre l'air quelques minutes sur la terrasse ? Cela nous fera du bien de nous aérer un peu.

Ils enfilèrent chacun leur panoplie hivernale : veste rembourrée, bottes fourrées, bonnet et gants. Malgré le soleil qui brillait, la température était glaciale.

Sur la terrasse protégée par un auvent dorénavant couvert d'une impressionnante couche de neige, ils s'assirent dans deux fauteuils à bascule rivés à cet endroit été comme hiver. Mark se frotta vigoureusement les mains gantées.

— Putain, ça caille vachement...

La vue sur les bois enneigés était magnifique et renforcée par le silence total lié à l'isolement du chalet.

— Je pense à une chose, murmura Dany.

— Ouais ?

— Si des gens du coin nous voyaient, ils croiraient pour sûr qu'on est un couple d'homos en villégiature.

— Et alors ?

— Ben ça la foutrait mal. On est à trois heures de route de New York, ne l'oublie pas. Une fois que tu dépasses une ou deux heures de route, tu tombes dans la vraie Amérique. La pure et dure, celle des bouseux et des *rednecks*[32], celle qui vote pour Trump.

Mark étouffa un petit rire, puis redevint sérieux.

— Bon, c'est très bien de philosopher, mais que dirais-tu de plutôt passer en revue notre plan de bataille ? Histoire de s'assurer qu'il est vraiment bien au point...

∞

À deux cent cinquante mètres de là, Zoran Filipović était parfaitement invisible, drapé dans une combinaison blanche, couché derrière un petit buisson enneigé dont seule l'extrémité du canon de son fusil, recouvert d'une petite bâche de même couleur, ressortait légèrement.

L'attente avait été particulièrement pénible et il sentait ses doigts s'engourdir dangereusement malgré ses gants blancs en Goretex. Il entreprit quelques mouvements lents, en ouvrant et refermant les mains à plusieurs reprises afin de stimuler la circulation sanguine.

Ensuite il se repositionna en faisant le moins de gestes possible. Il ajusta sa lunette de tir Hawke

---

[32] *Redneck*, littéralement « nuque rouge », est un terme populaire anglais désignant un stéréotype d'Euro-Américains ou Euro-Canadiens ou Euro-Australiens, vivant en milieu campagnard. Le terme peut être une insulte mais il est parfois utilisé par les intéressés eux-mêmes.

Frontier. L'air gelé, extraordinairement pur, autorisait une visibilité exceptionnelle. Il était capable de distinguer les caries dentaires du journaliste lorsque celui-ci riait. La conversation des deux cibles semblait joyeuse et décontractée et ça lui plut : cela diminuait encore le risque qu'ils le détectent. Et puis, au moins, leurs derniers moments sur Terre seraient agréables.

En bon professionnel, il était motivé par chaque contrat du partenariat, mais celui-ci représentait un défi particulier : pour la première fois, l'opportunité se présentait d'abattre deux cibles à la fois. Ce n'était pas son idée initiale, mais en pistant la première des deux cibles, le *trader*, il avait réussi à obtenir l'information que les deux hommes avaient loué un chalet isolé dans un coin reculé de l'État de New York. Une planque minutieuse lui confirma ensuite qu'ils étaient seuls à occuper les lieux. Alors, autant appliquer une forme d'économie d'échelle.

Le défi n'était pas immense, mais son DAN.338 était un « fusil à verrou ». Cela présentait beaucoup d'avantages en termes de précision et de poids, mais la culasse située sur le canon devait être ouverte et fermée manuellement avec une petite poignée située sur la droite. Après le tir, cette dernière devait être manipulée pour ouvrir la culasse, ce qui éjectait la douille et armait le percuteur. À ce moment, une nouvelle cartouche pouvait être insérée avant d'effectuer l'opération inverse pour refermer le mécanisme.

Tout cela pouvait se faire assez rapidement, en

deux ou trois secondes si on était bien entraîné. Mais cela laissait un court laps de temps à la deuxième cible pour éventuellement réagir. Il lui fallait donc choisir le moment le plus opportun.

Il respira profondément plusieurs fois d'affilée et sentit son rythme cardiaque baisser légèrement. Son viseur était centré sur le visage du *trader*, mais il vit sur le côté de l'image le journaliste porter à sa bouche un mug de café fumant. Cela allait l'occuper deux ou trois secondes, c'était donc le bon moment. Le coup partit et, sans quitter l'œil de sa lunette, il rechargea l'arme. Le journaliste tourna légèrement la tête vers son ami au moment où Zoran pressa à nouveau la détente, avec comme conséquence que la balle ne l'atteignit pas exactement où il l'aurait souhaité. Elle rentra de biais par la tempe gauche et arracha le tiers arrière supérieur de la boîte crânienne.

Zoran resta immobile quelques instants, détaillant le résultat, comme dans un stand de tir. Le *trader* n'avait plus de tête. Le coup était moins bien réussi pour le journaliste, mais il se consola en se disant que la mort avait malgré tout été immédiate dans les deux cas. Il éprouvait ce que ressent un joueur de golf ayant remporté un tournoi, mais en étant persuadé qu'il aurait pu faire nettement mieux. C'était légèrement frustrant, mais l'essentiel était fait. Et rapidement : entre le moment où il avait reçu la nouvelle version de la Liste Delta et l'exécution des deux victimes mises en priorité en tête de liste, il s'était écoulé sept jours...

Il se releva, ramassa les deux douilles, remballa

calmement toutes ses affaires et retourna vers son véhicule, garé à trois kilomètres de là, en progressant difficilement dans la neige épaisse.

∞

Le shérif Dundee contemplait la scène, de plus en plus perplexe. Lorsqu'un randonneur avait déclenché l'alerte, il avait d'abord cru à un accident de chasse, avant de réaliser qu'un tel cas de figure produisait rarement deux victimes.

Arrivé sur les lieux, il comprit rapidement qu'il se trouvait en face d'une situation totalement hors norme. Un cadavre dont la tête avait été totalement arrachée, et un autre dont elle ne l'était qu'à moitié. Ce n'était vraiment pas beau à voir, même pour un policier endurci comme lui.

Le périmètre de sécurité avait été installé conformément aux procédures et plusieurs de ses hommes filtraient drastiquement tout ce qui s'en approchait. D'autres s'affairaient à différents endroits de la scène de crime. Il avait tout lieu de croire qu'ils faisaient du bon boulot : en inspectant les lieux selon des cercles concentriques de rayons croissants, ils avaient détecté des traces suspectes dans la neige fraîche, à environ deux cent cinquante mètres du chalet. En suivant ces traces, ils étaient arrivés à un emplacement où se trouvaient les empreintes de pneu-neige d'un véhicule assez lourd, d'après la profondeur des sillons. Sans doute un Hummer. Les traces avaient été relevées, et les photos envoyées électroniquement avaient déjà permis d'identifier avec certitude la marque et le type de pneu. Les choses suivaient leur cours de ce côté-là, et cela irait sans doute assez vite pour identifier avec un certain degré de précision le modèle de véhicule pouvant utiliser ce type de pneumatique. Il faudrait ensuite faire un relevé exhaustif de tous ces véhicules immatriculés dans le comté d'abord, dans l'État ensuite. Même chose auprès des sociétés de location. La routine, presque.

Du côté des témoins éventuels, c'était la bérézina. Rien à se mettre sous la dent. L'habitation la plus proche se trouvait à deux kilomètres de là et ses habitants étaient en vacances en Floride depuis quinze jours.

Le shérif vit un homme s'approcher de lui. Mince, cheveux coupés en brosse, démarche assurée, costume sombre, regard aiguisé.

Si ses hommes l'avaient laissé pénétrer le périmètre de sécurité, et avec une telle dégaine, ce ne pouvait qu'être un type du FBI, pensa-t-il. Il avait déjà eu affaire à plusieurs reprises avec eux, par le passé, et cela ne lui plaisait guère. Ces types pétaient plus haut que leur cul...

L'homme lui mit sa carte sous le nez avec arrogance.

— Agent Keller, FBI. Je prends la situation en main, shérif.

Dundee acquiesça à contrecœur. Il pensa un instant lui demander comment le FBI avait été mis aussi rapidement au courant de ces deux homicides hors norme, et surtout pourquoi l'agence voulait prendre les choses en main. Il se ravisa, en voyant l'agent Keller regarder autour de lui en plissant les yeux.

— Vos hommes ont-ils déjà récupéré les projectiles ?

— Oui.

— Combien en avons-nous ?

— Deux.

— Bien. Je les veux immédiatement.

Le shérif haussa les sourcils.

— Mais c'est totalement contraire à nos procédures.

— Je vous ai dit que je prenais les choses en main, shérif. Nous sommes dans le cadre d'une procédure spéciale.

— Hein ?

— Oui, un *monitoring* international de grande ampleur. Vous pouvez être fier de votre patelin, shérif. Il vient d'être mis au centre de la carte mondiale des forces de police.

20

Lyon, France : 20 décembre 2018

Marina Pinelli se redressa, délaissant le clavier. Christian Debruyne et Patrick Doyle la fixaient en silence.

— Bien, les données relatives au double meurtre de Boiceville ont été encodées. Quitte à tester le logiciel, autant que ce soit avec des données à jour.

— Il ne chôme pas, notre client, murmura Christian d'un air sombre.

Patrick frissonna légèrement : la température dans les sous-sols du siège d'Interpol était réglée de manière à plaire à des machines bourrées de puces en silicium, pas à des hommes. Il adorait néanmoins l'ambiance du centre informatique de l'organisation intergouvernementale, tant l'agencement des machines bardées de témoins lumineux clignotants lui rappelait les films de science-fiction de son enfance. La voix de Marina le rappela à la réalité.

— Voilà. C'est parti...

Sur l'écran, il n'y eut plus rien à voir, hormis un sablier se retournant sans arrêt sur lui-même. Le monde informatique était très visuel, et ce symbole était considéré comme plus sexy qu'un message annonçant « Veuillez patienter, s'il vous plaît... ».

— Et cela va durer longtemps ? s'enquit Christian.

— Impossible à dire avec précision. Le logiciel est survitaminé, mais en moins de deux heures il ne faut pas espérer grand-chose. Par contre, je ne pense pas que cela devrait dépasser cinq ou six heures. N'oubliez pas que la montagne de données à vérifier sur la toile pèse environ trente mille milliards de gigaoctets. Transcrites sur des feuilles de papier en format A4 recto verso entassées les unes sur les autres, cela représenterait une pile faisant plusieurs fois la distance Terre-Lune...

Elle se leva et claqua brutalement les doigts, comme pour appeler son chien. Un employé s'approcha aussitôt.

Elle lui parla sans détacher son regard de l'écran.

— Bernard, voici les instructions. Vous ne quittez pas l'écran des yeux, c'est une affaire de la plus haute importance. Les occurrences seront classifiées selon des codes couleurs. Vert, fiabilité réduite. Orange, on monte à une valeur moyenne. Rouge, on a quelque chose de solide. Vous ne m'appelez que dans ce dernier cas. Compris ?

L'informaticien se retint de claquer les talons militairement.

— Oui, pas de souci.

Marina se retourna vers les deux hommes.

— Que diriez-vous d'un bon déjeuner dans le Vieux-Lyon ?

∞

Bernard fixait l'écran depuis une heure, sans rien à se mettre sous la dent, pas même un code vert.

La faim commençait à le tenailler. Il pensa à Marina et ses deux invités partis se taper la cloche en le laissant faire le boulot le plus emmerdant qui soit, si on pouvait appeler cela un travail : rester devant un moniteur sans rien faire.

Lui, il était taillé pour l'action. Dans le monde informatique, cette expression ne signifiait pas qu'il aimait pratiquer le trekking dans une jungle hostile ou fendre l'eau sur un windsurf, non... Cela voulait dire qu'il aimait coder. Ça, c'était comme bouger, c'était créer, construire, bref c'était vivre. Autre chose que de lambiner devant une icône se retournant sur elle-même indéfiniment. Il en était presque hypnotisé. Du sablier au marchand de sable, il n'y avait plus que l'épaisseur d'un papier à cigarette...

Il bâilla. Un café s'imposait, sans quoi il piquerait définitivement du nez...

Il se leva et se dirigea vers la cafétéria. Arrivé devant la machine, il sélectionna la version corsée, et attendit patiemment que son gobelet se remplisse. Un autre utilisateur se pointa : c'était un collègue avec qui il avait planifié de passer un week-end dans les Alpes, afin de profiter des premières neiges dans les stations proches. Ils discutèrent quelques minutes des derniers détails à régler, savourant à l'avance leurs premières descentes de la saison.

Pendant leur conversation, loin de là, un flux d'octets se fraya un chemin au travers d'un pare-feu sécurisé. Le niveau de protection n'était pas suffisant pour empêcher ceux-ci, épaulés par une machine de guerre informatique, de se faufiler et de se répandre dans un centre de données situé à Amsterdam. Les intrus se faufilèrent dans tous les recoins de chaque serveur du lieu, dans chaque *rack* de mémoire. Dans un de ceux-ci, un des milliards de petits soldats électroniques dénicha un fichier représentant une photographie d'un papier. Il passa la main à un autre fantassin informatique, qui entreprit de mettre au clair les caractères décelables dans l'image. Le résultat de son travail fut transmis à un briscard algorithmique, qui décela que plusieurs mots correspondaient à l'avis de recherche et déclencha une alerte. L'entièreté du processus ne prit pas plus de deux millisecondes.

De retour de la cafétéria, Bernard accéléra le pas, soudain stressé à l'idée que Marina soit de retour et n'ait trouvé qu'un siège vide devant l'écran.

Il entra dans la pièce climatisée, et se figea à trois mètres du moniteur : un rectangle rouge clignotait, en émettant des bip-bip-bip insistants.

Il laissa tomber son gobelet par terre et se rua vers le téléphone.

∞

Marina Pinelli était radieuse.

— Je suis vraiment ravie de vous faire découvrir ce qu'est un vrai bouchon lyonnais, et pas un de ces horribles pièges à touristes. Depuis le temps que je suis basée au siège d'Interpol, j'ai eu le temps de faire la part des choses...

Christian Debruyne et Patrick Doyle ne pouvaient qu'acquiescer : ambiance rétro, nappes vichy, repas typique avec quenelle, œufs en meurette, tarte aux pralines. Le tout fut délicieux, en plus d'être copieux, et le service d'une rapidité à couper le souffle.

Les deux hommes étaient davantage sous le charme des ruelles du Vieux-Lyon que celui de l'Italienne, même si celle-ci avait, semble-t-il, fait un effort démesuré pour apparaître sous un jour plus féminin : elle ne portait pas le débardeur qu'elle arborait été comme hiver, mais un délicat pull en cachemire rose pâle au-dessus d'un chemisier blanc. Bien entendu, la féminité n'était pas qu'une affaire vestimentaire, mais cela jouait un rôle malgré tout...

Christian la taquina :

— Sachant combien une cuisine raffinée est importante pour nos amis transalpins, je savais qu'on pouvait vous faire confiance pour le choix du restaurant...

Patrick leva son verre de chiroubles, avec une solennité volontairement exagérée, dénotant avec l'ambiance bon enfant du moment.

— Eh bien, buvons au lancement de notre nouveau logiciel.

Les choses n'avaient pas traîné, depuis la prise de contact d'Europol avec Terastar : c'était le reflet de l'urgence de la situation. En trois jours, le dernier logiciel de recherche développé par la société high-tech avait été transféré à Marina, après que celle-ci eut signé une montagne de documents de protection des droits, de restrictions d'usage, de confidentialité et de bien d'autres choses encore.

Elle avait ensuite travaillé d'arrache-pied durant

dix jours avec les responsables informatiques d'Interpol et d'Europol en vue de modifier légèrement certains modules du programme, de façon à le tailler sur mesure pour la mission qui lui était confiée. Et qui pouvait s'apparenter à trouver une aiguille dans une botte de foin...

Marina prit la parole après avoir reposé son verre.

— Vous vous demandez peut-être, Patrick, quelles modifications nous avons apportées à votre logiciel ?

Patrick eut envie de répondre par la négative, mais il sentait que cela refroidirait l'ambiance plaisante de ce déjeuner improvisé.

— Je m'apprêtais à vous le demander.

Christian l'interrompit :

— Dites, comme nous allons être amenés à faire équipe pendant un certain temps, pourquoi ne pas se tutoyer ?

— Parfait pour moi, répondit Marina.

— Et moi *idem*, enchaîna Patrick.

Ils portèrent à nouveau un toast, comme pour célébrer une décision importante.

— Vous savez tous les deux que je suis docteure en mathématiques, continua Marina. J'ai dopé le logiciel de Terastar avec des outils d'analyse topologique que j'avais développés dans le cadre de ma thèse.

— Et pour les ignares, l'interrompit Patrick, cela signifie quoi ?

— Que grâce à cette petite touche supplémentaire, ce logiciel, déjà au top en matière de traitement de contenu non structuré, dépasse à présent tout ce qui existe en matière de reconnaissance de caractères.

— Et pour les vrais incultes ? renchérit Christian.

Marina éclata d'un énorme rire sonore. Plusieurs personnes des tables proches se retournèrent.

— Ne vous faites pas plus stupides que vous êtes, les gars. Bon, en termes simples, cette bête est à présent capable de déchiffrer une feuille de papier chiffonnée sur laquelle se trouverait un texte écrit à la main par une personne souffrant de la maladie de Parkinson.

— À ce point-là ?

— Quasiment, oui.

Elle s'interrompit, sentant le vibreur de son téléphone. Elle l'empoigna, regarda l'écran une fraction de seconde puis appuya sur l'icône verte. Elle écouta quelques secondes sans rien dire, puis raccrocha sans un mot.

— Nous allons devoir écourter cet agréable lunch. Il y a du nouveau. On a quelque chose à se mettre sous la dent.

∞

Bernard n'avait vraiment pas chômé durant le trajet de retour du trio. Au moment où celui-ci fit irruption dans la salle, l'image de la photographie était déjà affichée sur un gigantesque écran haute définition.

— Bon, qu'avons-nous là ? demanda Marina.

— Un document mentionnant les noms de Wegerzell et d'Eslin. Les deux dernières victimes de La Bête...

— Bordel, murmura Patrick.

— Sait-on d'où vient cette photo ? demanda Christian.

Bernard avait la réponse sous le coude.

— D'un serveur situé dans un *data center* à Amsterdam. Il sert notamment pour le stockage dans le *cloud* de photos prises avec plusieurs modèles de grandes marques de smartphone.

Il avait déjà été maintes fois surpris par le peu de culture informatique du commun des mortels, mais le summum était atteint par certaines personnes prenant au pied de la lettre l'expression « dans le *cloud* », dans les nuages : elles ignoraient que le contenu envoyé par leurs appareils dans cet endroit mystérieux, parfois à leur insu, était en réalité entreposé dans un endroit bien réel, un serveur physique, quelque part sur Terre... Un lieu de stockage soi-disant protégé, mais assez facilement accessible à quiconque disposait d'un minimum de savoir-faire en matière de piratage.

Patrick était surexcité.

— Alors, il doit y avoir moyen de retracer avec quel smartphone cette photo a été prise.

L'informaticien sourit, avant de basculer sur un autre écran.

— Rien de plus simple, en effet. Voilà ce que nous donnent les métadonnées intégrées au fichier : la photo a été prise le 8 décembre à 14 h 53, heure GMT +1. Coordonnées GPS du lieu où a été prise la photo : 47°21'23.30"N, 8°33'0.18"E. Taille du fichier : 2,85 mégapixels. La photo a été prise avec un Sony Xperia XA2 H4133.

Marina restait calme, du moins en apparence.

— Pouvez-vous nous montrer le lieu où cette photo a été prise ?

Instantanément, un autre écran apparut, montrant une vue aérienne d'une maison bourgeoise, située à une cinquantaine de mètres des berges du lac de Zürich, entourée d'un jardin et de quelques arbres. On devinait une bâtisse de belle taille, et bien entretenue.

Patrick ne tenait plus en place.

— Génial. On envoie la cavalerie, non ?

— Hors de question, rétorqua Christian. À ce stade, on ne sait rien, ou à peu près. Qu'est-ce que tu crois ? Que c'est là que niche notre oiseau ? On ne sait même pas si c'est La Bête qui a pris cette photo. Qu'avons-nous ? Juste la photo d'un bout de papier sur lequel se trouvent les noms des deux dernières victimes de La Bête. Étonnant, d'accord, mais quoi d'autre ? C'est quoi exactement, d'ailleurs, ce document ? Appartient-il au tueur ? Dans ce cas, pourquoi l'aurait-il photographié, alors qu'il l'a sous la main ? Bref, on n'a à peu près que des questions sans réponses.

— Il a raison, enchaîna Marina. Bernard, pouvez-vous retracer le numéro de téléphone de l'appareil qui a pris cette photo ?

— Oui, mais il faudra un mandat que l'on puisse agiter sous le nez de l'opérateur téléphonique.

— Combien de temps pour avoir cette info ?

— Je dirais au maximum deux heures. Ces procédures sont bien rodées.

— Alors magnez-vous le cul.

Elle se tourna vers Patrick et Christian :

— Nous allons prendre l'air quelques minutes, le temps de faire calmement le point de la situation.

∞

La température était fraîche et le ciel couvert. Néanmoins, chaudement habillés, ils apprécièrent de pouvoir marcher calmement en dehors d'un espace climatisé. Ils traversèrent le quai Charles-de-Gaulle puis empruntèrent la promenade du Bas-Rhône.

L'heure suivante passa en conjectures sur la signification possible de cette liste. Outre les deux noms ayant déclenché l'alerte informatique, il y en avait d'autres. Impossible cependant de savoir combien : sur l'image, ils avaient pu en distinguer une quinzaine, mais rien ne disait que cela correspondait à la liste complète. Le cliché reprenait peut-être une seule page d'un document beaucoup plus long.

Se pouvait-il que ce soit l'énumération des futures victimes du tueur ? La photo avait été prise le 8 décembre à 14 h 53. Les deux personnes mentionnées en tête de liste avaient été tuées selon le mode opératoire habituel neuf jours plus tard. Le trio était enclin à penser que c'était vraiment trop gros pour être une simple coïncidence.

La tension monta d'un cran lorsqu'ils envisagèrent les conséquences de cette hypothèse : le nom suivant était peut-être celui d'une personne en sursis, avec une terrible épée de Damoclès au-dessus de la tête. Quelqu'un dans le viseur d'un tueur au sang-froid...

Inconsciemment, ils accélèrent le pas sur le chemin du retour.

En arrivant dans la salle informatique, ils n'eurent pas besoin de poser la question à Bernard. Ce dernier avait déjà affiché la réponse sur un grand écran :

Nom de l'abonné : Alexander Wigler.

Adresse : Höschgasse, 2 à Zürich, Suisse.

— Vous avez effectué des recherches sur ce Wigler ? demanda Marina.

— Oui. Il s'agit d'un étudiant de l'École polytechnique fédérale de Zürich. Fils de bonne famille, son père est ingénieur en chef des chemins de fer suisses. Absolument rien à signaler : aucun casier judiciaire, rien que des banalités sur les réseaux sociaux, bon niveau scolaire, aucun dérapage répertorié dans sa vie privée. Le genre de type présentant si peu d'aspérités que cela doit être mortellement chiant de vivre avec lui.

Christian se frottait le menton.

— En tout cas, pas le profil d'un tueur en série opérant aux quatre coins du monde. Vous avez fait des vérifications auprès de la police de l'air et des frontières ?

— Oui. Son dernier voyage en avion remonte à l'année dernière : il a passé deux jours à Berlin. On a recoupé avec des infos récoltées sur les réseaux sociaux : il s'y était rendu avec plusieurs étudiants de sa fac pour visiter l'institut Fritz Haber, de la Max Planck Society. Pas vraiment une boîte de nuit, croyez-moi...

Patrick l'interrompit :

— Pourriez-vous nous remontrer l'image du lieu où a été prise la photo ?

Bernard s'exécuta et Patrick détailla l'écran en plissant les yeux.

— La maison où ce cliché a été pris est au numéro 6. Or, l'adresse du propriétaire du smartphone est le numéro 2.

— Finement observé, murmura Marina. Mais que pouvons-nous en conclure ? Pas grand-chose, je le crains...

Ils restèrent silencieux durant quelques instants, avant que Christian ne prenne à nouveau la parole :

— Bon. Voici ce que je propose : tout d'abord, en priorité absolue, on met la personne suivante de la liste sous protection, le plus discrètement possible. On ne sait jamais... Je ne veux pas prendre le moindre risque d'avoir la mort de cet individu sur la conscience. Ensuite, je veux une surveillance resserrée sur cet Alexander Wigler. Contactez les flics suisses : je veux tout savoir, y compris le temps qu'il passe aux WC et les magazines qu'il y lit. Même chose pour les habitants du numéro 6. Ramassez-moi toutes les infos sur ces gens, et remontez de douze mois dans le temps. Quelqu'un a-t-il d'autres suggestions ?

— Plutôt une remarque, déclara Bernard d'une voix neutre.

Tous les regards se portèrent à l'unisson vers l'informaticien. Cela le stressa, et il en ressentit le besoin d'accélérer son débit de parole.

— J'ai effectué une rapide recherche sur la troisième personne reprise sur la liste. Il s'agit d'Ernesto Duarte de la Serna, un jeune chercheur en histoire de l'université de Buenos Aires. Âgé de vingt-neuf ans.

Il marqua une pause. Christian l'encouragea à continuer.

— Et ?

— Eh bien, il est déjà mort...

21

Zürich, Suisse : 21 décembre 2018

Zoran remercia le garagiste, rentra dans la voiture et se glissa dans la circulation.

La conduite de sa nouvelle Audi e-tron 100 % électrique était un réel plaisir, à tel point qu'il décida de rouler quelques minutes dans la campagne environnante, juste pour le plaisir.

Détendu, il savourait le silence absolu régnant dans l'habitacle. Il repensa aux derniers jours. Il avait décidément cumulé des cas de figure hors du commun, en tout cas si on se référait à sa routine de tueur à gages.

À Boiceville, tout d'abord. Avoir l'occasion de traiter deux clients de manière simultanée n'était pas chose courante dans son métier, mais cela ne l'avait pas stressé outre mesure. Les choses s'étaient d'ailleurs très bien déroulées, hormis le côté désagréable d'avoir dû planquer dans un froid intense. Pour la deuxième cible, le résultat n'était pas aussi parfait que d'habitude, mais la mort avait malgré tout été instantanée, il en avait la certitude. Mission accomplie, donc.

Ces derniers mois, les missions s'étaient enchaînées aux quatre coins du monde. Les vols long-courriers répétés le fatiguaient, ce qui l'amenait parfois à effectuer deux missions successives sans rentrer chez lui, de manière à réduire le temps de voyage.

C'est pourquoi il avait décidé de ne pas rentrer chez lui après Boiceville, mais d'aller directement vers la cible suivante, à Buenos Aires. Même fuseau horaire, donc moins de désagréments liés au *jet lag*. C'était toujours cela de gagné, même s'il allait passer de l'hiver nord-américain à l'été austral...

Arrivé dans la capitale argentine, alors qu'il entreprenait ses premiers repérages, il fut d'abord surpris de ne pas voir sortir sa cible de son domicile, et cela durant plus de vingt-quatre heures. Après quarante-huit heures, une recherche sur Internet lui apprit, *via* une annonce publiée dans la rubrique nécrologique sur le site d'un quotidien, que l'homme avait été victime d'une rupture d'anévrisme trois jours auparavant : il était décédé inopinément. Le sort ayant fait le boulot à sa place, il se demanda, de manière pragmatique, s'il serait payé malgré tout...

Il entreprit alors le long trajet retour vers Zürich. Heureusement, le confort en première classe de la compagnie Swiss était appréciable, et c'est presque reposé qu'il arriva à 6 h 30 du matin dans la capitale économique helvétique.

Ce serait à coup sûr une surprise pour Jovana de le voir rentrer aussi rapidement, quelques jours plus tôt que prévu. Et quitte à la surprendre, pourquoi ne pas faire d'une pierre deux coups, et prendre livraison immédiatement de l'Audi e-tron commandée en cachette en vue précisément de lui faire une surprise ? Un texto du vendeur lui avait signalé qu'elle était disponible depuis trois jours.

En savourant l'extraordinaire confort de conduite, il se dit qu'il pourrait l'amener passer quelques jours à Zermatt, ou peut-être à Davos. Les stations chic où passer les fêtes de fin d'année ne manquaient pas, en Suisse. Et il avait tellement envie de la satisfaire...

Il songea à l'évolution de ses sentiments, et cela le mit légèrement mal à l'aise : un tel développement n'avait absolument pas été prévu dans ses plans à long terme. Au début, la proposition de Ramirez de s'installer avec une femme lui avait semblé parfaitement rationnelle, en termes de crédibilité de la couverture. En outre, le risque d'avoir le moindre problème lié à la présence d'une femme avait été réduit quasiment à zéro par le processus de sélection : elle semblait en effet parfaitement soumise et obéissante. De toute manière, il n'existait absolument rien pouvant lui permettre de deviner l'activité réelle de Zoran. Tout se passait comme s'il était vraiment un cadre supérieur, arpentant le monde à la recherche de nouveaux débouchés commerciaux. Elle n'ouvrait jamais aucun courrier, même celui contenant ses fiches de paie. S'il lui avait pris l'envie de le faire, elle n'aurait jamais rien trouvé de compromettant, entre documents fiscaux, publicités et avis administratifs divers.

Au début, il apprécia d'avoir un objet sexuel à sa disposition en permanence chez lui. Une belle plante, en plus. Une plastique irréprochable, un corps jeune et ferme.

Et puis, petit à petit, insidieusement, quelque

chose changea. Il appréciait toujours de la prendre, et l'intensité de ses pulsions sexuelles ne diminuait guère au fil du temps, mais il sentait que cela s'accompagnait graduellement d'autre chose. Quand il rentrait de mission, la voir ne déclenchait plus seulement un tiraillement dans son bas-ventre, mais également une sorte de compression de sa cage thoracique.

Ce grain de sable dans une si belle machinerie n'avait décidément pas été prévu. Bon, il ne fallait pas exagérer, et ne pas employer d'expressions stupides ou de grands mots tels que « tomber amoureux ». Mais le fait est qu'il s'attachait à cette fille. Plus qu'il ne l'aurait souhaité, et cela le tracassait. Il aurait préféré qu'elle reste au rang d'exutoire sexuel, mais peut-être était-ce normal, en définitive, de ressentir quelque chose pour une femme avec laquelle on pratique régulièrement des activités à caractère érotique, même si c'est au départ uniquement dans le but de satisfaire un besoin physiologique. Difficile à dire : il n'en avait jamais fait l'expérience sur le long terme, et il entrait dorénavant en territoire inconnu. Mais qu'est-ce que c'était bon !

À cet instant précis, il lui sembla pouvoir humer l'odeur de son corps, et ressentir le goût légèrement salé qui le rendait fou lorsqu'il promenait sa langue sur sa peau.

Il prit la direction de son domicile.

∞

Seppi frappa à la porte de sa supérieure hiérarchique, non sans une certaine appréhension. Être convoqué le matin, dès son arrivée, immédiatement après avoir franchi le seuil du bâtiment du département de la sécurité de la ville de Zürich, cela n'augurait, en règle générale, rien de bon pour la journée.

La commissaire Jutte Bisang entra immédiatement dans le vif du sujet, sans même lui dire bonjour.

— Seppi, nous avons une sacrée urgence. Interpol nous a fait parvenir tôt ce matin une notice rouge. Nous devons opérer une surveillance rapprochée sur les habitants du numéro 6 de la Höschgasse. Normalement, il s'agit d'un couple : Zoran et Jovana Filipović. Voici ce que j'ai pu collecter sur eux.

Elle lui tendit une feuille de papier, puis enchaîna :

— L'un d'eux est peut-être un meurtrier multirécidiviste. Je suis en train de mettre sur pied l'équipe complète de guet et la logistique allant avec, mais cela prendra encore deux ou trois heures. Je ne veux cependant prendre aucun risque : allez rapidement sur place, restez discret, ouvrez les yeux et faites-moi un rapport par téléphone dans une heure. Et surtout, soyez prudent. Désolé, mais je dois vous laisser.

Elle se leva et sortit précipitamment de son bureau, le plantant là.

En descendant au garage du siège de la *Stadtpolizei* de Zürich, Seppi sentit l'adrénaline monter en lui : le stress patent de sa cheffe avait été particulièrement communicatif. Il trouva la voiture banalisée qui lui avait été assignée, s'y installa et sortit du bâtiment.

Quinze minutes plus tard, il avait garé sa voiture sur la Belleriverstrasse et se dirigeait vers l'objectif. En s'engageant dans la Höschgasse, il ralentit le pas, tous les sens aux aguets. Se trouvant du côté des numéros impairs, il entreprit de traverser la rue afin de continuer sur le trottoir des numéros pairs, le regard rivé en direction du numéro 6, à trente mètres de là.

Un léger coup de klaxon le fit sursauter : une Audi e-tron bleu roi pila juste derrière lui.

Fichues voitures électriques, on ne les entend vraiment pas venir, pesta Seppi intérieurement, le cœur battant à tout rompre.

Il s'excusa d'un geste de la main et accéléra sa course vers l'autre trottoir.

En le dépassant, le conducteur lui fit également un petit signe de la main, accompagné d'un sourire signifiant son absence de rancœur.

À vingt-cinq mètres de là, Seppi le vit mettre son clignotant et tourner vers la droite, dans un silence absolu.

Il s'engageait dans l'entrée du numéro 6...

Seppi n'avait pas d'autre choix que de continuer à marcher, comme un quidam ayant décidé de faire une promenade le long du lac.

À hauteur de la maison, il vit le conducteur sortir de la voiture et se diriger calmement vers l'entrée. Leurs regards se croisèrent à nouveau, et ils se resaluèrent d'un léger hochement de la tête, accompagné d'un sourire poli.

Dans son champ de vision, il le vit introduire la clé dans la serrure et ouvrir la porte.

Il parcourut les quelques mètres le séparant du lac, avisa un banc le long du chemin de promenade et s'y installa.

Il fit le point de la situation : il était d'ores et déjà repéré par un des deux habitants de la maison.

Putain, c'est mal parti...

Hors de question de flâner négligemment devant la bicoque, il valait mieux rester sur ce banc comme un promeneur au repos. La distance à la demeure était d'une vingtaine de mètres, un peu trop à son goût, mais il arrivait à entrevoir la façade depuis son poste d'observation. C'était mieux que rien...

∞

En entrant dans le hall, Zoran entendit un bruit inhabituel. Brusquement aux aguets, il referma en douceur la porte en tendant l'oreille.

Un gémissement...

Cela venait de l'étage. Il grimpa silencieusement l'escalier, souriant intérieurement : Jovana devait être occupée à se donner du plaisir en solitaire, et l'idée de la regarder en cachette déclencha une délicieuse bouffée de désir.

À deux mètres de la porte, il se figea.

Le gémissement avait repris, langoureux, mais cette fois il était accompagné d'un autre râle, beaucoup plus sourd et guttural.

Il eut l'impression que son corps se vidait de toute substance. Mécaniquement, il approcha en silence et regarda par la porte légèrement entrouverte.

Dans sa vie professionnelle, il avait déjà vu beaucoup de choses dont le spectacle aurait été insupportable pour le commun des mortels, sans que cela ne le bouleverse le moins du monde. Mais ce qu'il avait à présent sous les yeux lui retourna violemment l'estomac : Jovana, qu'il voyait de dos, chevauchait sauvagement un homme allongé, qui râlait de plaisir. Il voyait distinctement le pénis du mâle entrer et sortir en elle, et devinait que le type lui pétrissait les seins.

Il resta pantois quelques secondes, sans pouvoir quitter des yeux le spectacle inattendu qui le frappait de plein fouet, alors que la scène aurait simplement fait sourire le spectateur d'un film porno. Il ressentit une brutale envie de vomir, qui disparut aussitôt pour laisser place à une incroyable sensation de colère. Chaque fibre de son corps n'était plus qu'un concentré de fureur.

Il redescendit en silence, se dirigea vers le feu ouvert du salon et empoigna le tisonnier. En remontant l'escalier silencieusement, il sentit une onde de froid l'envahir, comme si elle le forçait à se détacher du réel.

Il entra brusquement dans la chambre, et frappa Jovana à la tête avec une telle violence qu'un morceau de crâne se détacha et vola sur le lit. L'homme écarquilla les yeux sans réagir, et Zoran lui enfonça aussitôt le tisonnier dans la poitrine. Il dut pousser de toutes ses forces, car l'épaisseur de la tige en métal était légèrement plus grande que l'espace intercostal. Il le retira, et l'enfonça à nouveau profondément, à plusieurs reprises, sans autre réaction de la part de sa victime que quelques convulsions.

Puis le silence s'installa. Zoran bataillait intérieurement pour reprendre le contrôle de ses pensées. Il fallait d'abord qu'il tourne la page, qu'il fasse rapidement le deuil de la faiblesse d'avoir ressenti quelque chose pour cette putain. Il ne devait pas oublier, mais retenir les leçons : chaque fois qu'il avait éprouvé une forme quelconque d'empathie, cela s'était mal terminé. Le mieux, en définitive, c'était de se couper de tout sentiment humain. Rester en permanence de marbre, froid. Voir les choses de loin, ne pas s'impliquer émotionnellement.

Il ferma les yeux quelques instants. À présent, il devait analyser sa situation. Il sentit son cerveau se remettre à fonctionner, et cela lui procura un peu d'oxygène. Il inspira et expira profondément, à plusieurs reprises.

Avec soulagement, il sentit que ses réflexes de professionnel revenaient.

Une priorité se détachait : il fallait faire disparaître les corps.

Il se leva et se dirigea vers la salle de bains, afin de se passer un peu d'eau froide sur le visage. Il alla ensuite vers la fenêtre entrouverte pour respirer un peu d'air frais. Son attention fut attirée par le chantier de travaux en cours sur la façade de la maison voisine, temporairement à l'arrêt. Plusieurs grands sacs en plastique blanc, destinés à collecter les déchets de chantier, traînaient par terre...

∞

Seppi faisait mine de pianoter sur son smartphone, tout en observant du coin de l'œil le manège de l'homme : celui-ci était sorti, était allé chercher quelque chose dans le jardin de la demeure voisine, était rentré à nouveau chez lui, et à présent il le voyait manœuvrer sa voiture de manière à approcher le hayon arrière le plus près possible de la porte d'entrée.

Il chargea dans son véhicule un premier sac blanc, suivi deux minutes après par un second. Seppi eut l'impression que l'homme regardait furtivement à gauche et à droite, comme s'il était méfiant ou stressé. Mais peut-être sa perception de la scène était-elle faussée par la distance...

Ensuite il le vit démarrer et tourner vers la droite, à l'extrémité de la Höschgasse.

Il empoigna son smartphone et composa le numéro de sa cheffe.

∞

L'homme décrocha un large sourire à Zoran.

— Tu as bien fait de venir me voir. Sinon, à quoi cela servirait d'avoir un réseau d'amis, hein, dis-moi ?

— Je te remercie, Dušan.

— Donc, tu as deux corps à faire disparaître. Bon, pas de soucis ! Le plus simple, c'est de ne pas réinventer la roue. La dissolution dans de l'acide, c'est une technique simple et éprouvée, utilisée maintes fois en Amérique du Sud par les cartels de drogue, dans les années 1980. Elle est encore prisée de nos jours par la mafia italienne, et bien sûr par nos frères de Serbie et de Croatie. Il y a plusieurs techniques, tu sais.

Il parlait avec passion, comme un cuistot chevronné expliquant sa recette préférée.

— La première technique fait appel à l'hydroxyde de sodium, plus connu sous le nom de soude caustique. C'est le même acide que celui que tu utilises pour déboucher tes chiottes. Il est suffisamment puissant pour dissoudre les corps, mais il en faut beaucoup : environ quatre kilos par corps. Et cela prend du temps. Moi, petit à petit, j'ai développé ma propre technique : un mélange dosé d'acide sulfurique, de peroxyde d'hydrogène et d'acide fluorhydrique. Au total, il faut moins de litres de matière première, et cela donne des délais plus brefs, mais il faut quand même compter un peu plus de vingt-quatre heures pour que le résultat soit vraiment parfait.

Il fixa Zoran quelques instants.

— Reste un jour ou deux ici, Zoran. Tu n'as pas l'air dans ton assiette. Tu prendras un peu de repos, je peux te fournir une fille si tu veux, et demain après-midi tu verras dans ma baignoire spéciale tes deux corps transformés en un liquide épais et noir. C'est toujours un grand moment !

Zoran réfléchit un bref instant.

— Pourquoi pas ? C'est vrai que j'ai besoin de me changer les idées. Dis-moi, que fais-tu avec ce liquide, une fois l'opération terminée ?

— Oh, de nouveau, c'est très simple. Je le transfère avec une pompe spéciale dans des petits récipients de deux litres, et je pars faire une petite balade en barque sur le lac de Constance. Beaucoup de gens, ici à Uttwil, adorent cela. Faire du bateau, je veux dire, pas dissoudre des corps… Dès que personne ne regarde, plouf ! Je verse le tout. Ah, mon ami, si tu savais, cette étendue d'eau est un vrai cimetière. Je t'avoue que cela me dégoûterait de m'y baigner, tu penses, au milieu de restes humains… Bon, le lac est grand, mais quand même ! C'est psychologique, je ne pourrais plus, après tous les déversements effectués…

Il se dirigea vers une table basse faisant office de bar.

— Bon, c'est pas tout ça, que dirais-tu d'un petit verre de rakija pendant que je fais préparer ta chambre ?

22

Zürich, Suisse : 22 décembre 2018

Jutte Bisang demanda le silence. La commissaire ne dut pas faire la requête une deuxième fois : ses cheveux gris, tirés en un impeccable chignon, lui donnaient un air résolument militaire, et son ton de voix ne laissait aucune place à l'envie de dissidence.

— Permettez-moi de faire le point. Cela fait maintenant presque vingt-quatre heures que nous avons débuté la surveillance des numéros 2 et 6 de la Höschgasse. Commençons par le numéro 2, une maison occupée par la famille de l'ingénieur en chef des CFF. Ce matin, celui-ci est entré en contact avec la *Stadtpolizei* pour signaler une disparition. Son fils, Alexander Wigler, n'a plus donné signe de vie depuis presque vingt-quatre heures. Il n'est pas rentré chez lui de la nuit, ce qui est, d'après son père, totalement inhabituel.

— Pardonnez-moi, mais il se pourrait très bien qu'il ait juste fait une virée un peu trop arrosée, et qu'il soit en train de cuver chez un copain ou une petite amie.

Tous les regards se tournèrent vers l'immense écran de vidéoconférence, sur lequel on voyait le visage de Patrick Doyle en haute définition. L'équipe suisse le regardait comme s'il avait proféré une insanité.

— Je ne pense pas, monsieur Doyle. Ce garçon n'a aucun antécédent de ce genre, et nous avons tout lieu de croire en la capacité d'analyse de l'ingénieur en chef des CFF.

— Je comprends, mais d'un côté, il n'est jamais trop tard pour commencer à apprécier les bars la nuit, et d'un autre côté on ne compte plus le nombre de parents qui croyaient avoir des enfants angéliques, avant de découvrir qu'ils étaient drogués ou prostitués.

Un silence de plomb s'installa. Christian Debruyne et Marina Pinelli savouraient l'instant, un peu jaloux mais ravis que Patrick puisse prendre une liberté de ton permise par le fait qu'en définitive, il n'était membre ni d'Europol ni d'Interpol. Donc ce n'étaient pas des confrères qu'il risquait de froisser. Il pouvait se lâcher...

Jutte Bisang reprit la parole avec une voix glaciale, arborant une mimique qui oscillait entre le dédain et le dégoût, comme si elle s'adressait à un individu incapable de comprendre les bases du savoir-vivre.

— Monsieur Doyle, je vous prierai de ne pas m'interrompre. J'énonce les faits dans l'ordre chronologique, veuillez garder vos commentaires pour la fin de l'exposé.

Patrick poussa un long soupir d'exaspération qui, la haute définition aidant, n'échappa à personne dans la salle. La commissaire serra les mâchoires, puis continua :

— Le numéro de téléphone portable que vous m'avez fourni, celui du smartphone qui a servi à prendre en photo la liste de noms, est précisément celui du fils Wigler. Nous avons retracé par géolocalisation ses déplacements sur l'entièreté de la semaine dernière. Cela donne ceci.

La commissaire appuya sur un bouton de son pointeur laser, et un graphique apparut sur les écrans. Il montrait une ligne brisée. Sur les 6/7 de la longueur, elle présentait des variations avec des hauts et des bas, entrecoupées de petites plages où elle était plate. Sur la dernière partie, la ligne était totalement plate, sans aucune variation.

— Ce premier graphique montre la distance parcourue par heure. Vous pouvez constater que l'appareil a régulièrement été déplacé durant les heures correspondant à la journée, et qu'il est resté immobile durant celles correspondant à la nuit. En tout cas, durant les six premiers jours. Depuis presque vingt-quatre heures, cet appareil est rigoureusement immobile.

Jutte Bisang passa à un autre graphique.

— Celui-ci montre ses déplacements, reportés sur une carte de Zürich, durant les six premiers jours. Comme vous pouvez le constater, il s'est déplacé régulièrement de son domicile à la fac, et chez quelques amis du quartier. Il s'est également rendu à trois reprises au numéro 6, où l'appareil a chaque fois été immobile durant environ deux heures. Voici à présent le graphique correspondant aux dernières vingt-quatre heures. Je précise que l'échelle a été réduite, et ne montre que le quartier de la

Höschgasse.

L'écran montrait une ligne brisée nettement plus sommaire : quelques déplacements à l'intérieur du numéro 2, puis un trajet vers le numéro 6, puis plus rien.

— Et voilà à présent les trajets effectués lors des dernières vingt heures.

Le plan du quartier ne montrait plus aucune ligne. Juste un point.

— Depuis environ 11 heures du matin, hier, cet appareil ne bouge plus. Peut-être cuve-t-il son vin au numéro 6 ? Cela signifierait une gueule de bois de vingt heures d'affilée, ou plus vraisemblablement un coma éthylique.

Les participants ne savaient pas s'ils devaient rire ou rester sérieux. Les circonstances, néanmoins, les poussèrent à garder leur sérieux.

Comme tout le monde, Patrick Doyle se rendit compte que la pique lui était destinée. Par défi, il décida de réagir.

— Soit, mais qui nous dit que le smartphone n'est pas simplement tombé en panne, et que ce point représente en réalité le relevé de sa dernière position ? Si c'était le cas, il est quand même peut-être au fond de la poche d'un fils de bourgeois en train de dessaouler chez un copain de virée...

— Monsieur Doyle, nos opérateurs téléphoniques ont quitté l'âge du télégraphe, vous savez... Ils ont envoyé des « *pings* », et l'appareil répond parfaitement. Croyez-moi, il est bien dans cette maison, et pas dans un pub irlandais !

Cette fois, un léger rire parcourut la salle.

Christian Debruyne prit la parole. L'assemblée fixa l'écran où il apparaissait, tendu.

— Et qu'en est-il de la surveillance du numéro 6 ?

Jutte Bisang enchaîna :

— Un de nos hommes a vu une voiture arriver, un homme en sortir, entrer dans l'habitation puis charger la voiture avec deux sacs blancs. Ensuite il est reparti.

— Vous ne l'avez pas suivi ?

— Au moment de son départ, notre équipe logistique complète était seulement en route vers l'objectif. Cet homme était seul sur place, et sa voiture banalisée était garée dans une rue voisine.

— Vous avez relevé la plaque et le modèle ?

— Bien entendu. L'avis de recherche est déjà lancé. La police des routes est sur les dents.

— Et qu'ont donné les caméras de sécurité ?

— On a pu retracer son trajet tant qu'il était en ville. Nous l'avons perdu lorsqu'il est sorti de la zone urbaine. Il se dirigeait vraisemblablement vers le nord ou le nord-est : la dernière image que nous avons de sa voiture a été prise alors qu'il s'engageait sur l'autoroute en direction de Winterthour. Il doit toujours être en Suisse : toutes les caméras des postes-frontière ont été analysées, et nous n'y avons décelé aucune trace de sa voiture.

Le silence s'installa à nouveau. On pouvait palper la concentration ambiante.

— Que proposez-vous, *Frau* commissaire ? demanda Marina.

La cheffe ne dut pas être surprise de la question,

car elle répondit du tac au tac avec un visage de glace :

— Donner l'assaut au numéro 6.

— Pardon ?

— Investir l'habitation, vous m'avez parfaitement comprise. Nous avons pesé le pour et le contre au petit matin. Durant la nuit, les forces spéciales ont posé des capteurs thermiques miniaturisés, ainsi que des détecteurs de mouvements et des micro-caméras partout où c'était possible : sur les rebords des fenêtres, au pied des conduits de cheminée, derrière les soupiraux. L'endroit est dorénavant bardé d'électronique, et c'est comme si on pouvait y voir à travers.

— Et ?

— Eh bien, je mets ma main au feu qu'il n'y a personne là-dedans.

Elle fit une courte pause en fixant l'écran.

— En tout cas, personne de vivant.

Christian Debruyne se frottait le menton.

— Et comment allez-vous procéder ?

— Nous allons d'abord boucler tout le quartier. Des barrages empêcheront l'accès, mais surtout, nous contrôlerons toutes les voitures s'approchant de la zone. Si le type se rapplique, il sera stoppé sans problème, croyez-moi. Des Audi e-tron, il y en a officiellement six immatriculées dans le canton, dont une seule est en bleu roi. Nos hommes ont tellement étudié la photo du modèle qu'ils en ont mal aux yeux.

— Et ensuite ?

— Une équipe forcera la porte et investira les

lieux, suivie par la police scientifique.

— Et les risques ?

Le ton de la policière était celui d'une institutrice réexpliquant pour la énième fois à un élève dissipé une simple règle de grammaire.

— Je vous l'ai dit, cette maison a été scannée de long en large. Rien ne bouge, nos appareils auraient été capables de repérer le mouvement d'un cafard. Zéro risque.

Courte pause.

— Oui, je sais, le risque zéro n'existe pas. Disons plutôt : risque quasiment nul.

Elle rajouta, avec un léger sourire :

— Rassurez-vous, nos hommes porteront des gilets pare-balles et des casques...

∞

La commissaire, assise dans un combi de la *Stadtpolizei*, fixait l'écran disposé devant elle. Dans son oreillette, elle entendit le chef de l'équipe d'intervention :

— Nous sommes prêts, cheffe.

L'écran montrait l'entrée du numéro 6, ensuite l'image bougea et on pouvait distinguer plusieurs hommes casqués et cagoulés, visière rabattue, en tenue de combat, armés jusqu'aux dents. Ils semblaient alertes et légers : difficile d'imaginer que le gilet pare-balles avec tous les accessoires et armes diverses pesait presque cinquante kilos...

À l'instar du chef de l'équipe d'intervention, chacun d'eux portait une micro-caméra intégrée dans le casque.

Jutte Bisang était impressionnée par la qualité

de l'image couleur transmise en temps réel par ces bijoux de technologie miniaturisée.

— OK, feu vert.

Sur l'image, on vit un homme s'activer sur la serrure, puis s'écarter. Un bref éclair apparut, suivi d'un petit panache de fumée. Un autre homme donna un coup de pied dans la porte, puis on vit cinq policiers entrer dans la maison. Le chef d'équipe entra ensuite, et Jutte Bisang se redressa sur son siège, fixant l'écran les yeux plissés.

Le chef s'avança, contourna un canapé, pénétra dans la cuisine, puis fit demi-tour vers le salon. L'image montrait qu'il grimpait un escalier, inspecta rapidement deux chambres à coucher, puis redescendit vers le hall. On apercevait de manière sporadique ses hommes, également occupés à inspecter chaque recoin des lieux.

Après trois minutes, elle entendit la voix du chef d'équipe dans son oreillette.

— Il n'y a absolument rien, ici. Tout est *clean*.

∞

Dušan n'arrivait pas à décoller ses yeux de l'Audi.

— Une très belle bête, dis donc. Quel matos ! Pas à dire, les Allemands seront toujours les meilleurs en matière de bagnoles. Ils doivent avoir ça dans le sang, la belle mécanique. Il n'y a qu'à voir leurs *Panzers* en 1940...

— Tu veux la conduire un peu, avant que je ne reparte pour Zürich ?

— Ah ça, faudra pas me le demander deux fois...

La balade le long du lac de Constance fut courte,

mais un vrai régal. Dušan s'amusait à tester les accélérations, semblant oublier que la Confédération était truffée de radars automatiques.

Zoran nota l'expression de regret se dessinant sur le visage de Dušan lorsqu'ils reprirent la direction d'Uttwil. Celle d'un enfant auquel on s'apprêtait à retirer des mains un chouette jouet...

— Tu veux la garder encore un peu ? On peut échanger nos bagnoles quelques jours, si tu veux.

— Sérieux ?

— Oui, ce n'est pas un problème pour moi.

— Ah, dis donc, c'est génial. Bon, tu n'y gagnes pas au change, la mienne est une Mercedes Classe B. Mais pour compenser, considère que le travail sur tes deux macchabées est un cadeau de la maison !

Zoran regardait pensivement l'étendue immense du lac. Qu'est-ce qu'il en avait à foutre, de cette bagnole.

Quand je pense que c'était pour faire plaisir à cette salope...

∞

Jutte Bisang gardait l'oreille collée à son talkie-walkie. Les pieds recouverts de chaussons en plastique, elle grimpa l'escalier.

Le grésillement reprit :

— Cela doit être environ à six ou sept mètres sur votre gauche.

Elle fit quelques pas, puis entra dans une chambre. Plusieurs techniciens de la police scientifique s'affairaient en silence.

Nouveau crachotement.

— Sans doute dans un rayon de deux mètres d'où vous vous trouvez. Impossible d'être plus précis.

Elle regarda autour d'elle. À l'intérieur d'une telle distance, il n'y avait guère que le lit et une petite table, vide.

Elle se mit à quatre pattes, sous les yeux étonnés des techniciens, et passa sa main gantée sur le plancher en dessous du lit. Elle sentit un objet plat, qu'elle saisit le plus délicatement possible, comme s'il elle avait peur qu'il se brise sous la pression de ses doigts. Elle se releva et esquissa un sourire, le premier de sa longue journée.

— Bingo ! Le smartphone.

∞

Sur la Belleriverstrasse, à cent mètres de l'embranchement avec la Höschgasse, Zoran sentit de multiples signaux d'alarme s'activer simultanément dans son cerveau. Un hélicoptère survolait la zone, et il avait déjà croisé plusieurs voitures de police, certaines roulant à vive allure, sirène hurlante. Arrivé à la hauteur du croisement, il vit des barrières interdisant l'accès à la rue, et des policiers faisant nerveusement signe de continuer sa route. Il tourna la tête et entrevit au bout de la rue une nuée de gyrophares.

La Mercedes continua sa route vers le sud, sur la Belleriverstrasse, le long du lac.

Après quelques minutes, à hauteur de Küsnacht, il bifurqua sur la gauche, en direction de Zumikon et du lac de Greifen.

Il devait réfléchir...

23

Genève, Suisse : 24 décembre 2018

Patrick reprenait lentement sa respiration.

Le corps ruisselant de sueur de Judith décupla son sentiment de volupté. Le simple bien-être physique d'un mâle après un acte biologique de reproduction était transcendé par l'osmose totale qu'il ressentait avec cette fille.

Se sentir sur la même longueur d'onde était une faible expression. Souvent, Judith orientait la conversation vers un sujet auquel il venait de penser, et réciproquement. Une prérogative qu'il croyait réservée aux vieux couples, mais qu'il vivait bel et bien avec sa jeune compagne.

Il songea aux développements des derniers jours, à l'affaire Filipović.

La voix mélodieuse de Judith interrompit ses pensées :

— Tu as des infos récentes sur l'affaire Filipović ?

Il étouffa un petit rire.

Judith se redressa.

— Quoi, qu'est-ce qu'il y a de rigolo ?

— Non, ce n'est rien. Je me disais simplement que cette histoire nous prend la tête, non ? Cela occupe une certaine part de cerveau disponible, comme disait l'autre.

— Ça, tu l'as dit.

Il se redressa également.

— J'ai eu Christian Debruyne au téléphone, il y a une heure. La police scientifique suisse a découvert des traces de sang dans la chambre à coucher. Les analyses ADN montrent qu'elles proviennent de deux personnes différentes : un homme et une femme. L'ADN de l'homme correspond à celui des traces relevées sur l'écran du smartphone, et il a été comparé à celui du couple habitant au numéro 2 de la Höschgasse.

— L'ingénieur en chef des CFF ?

— Oui. Aucun doute n'est permis : c'est le sang d'Alexander Wigler.

— Donc, il est mort...

— Trop prématuré comme conclusion. La seule chose certaine, c'est qu'on a trouvé des traces de son sang au numéro 6, et qu'il a disparu.

— Et tu disais qu'il y avait des traces de deux personnes différentes ?

— Oui. L'autre est une femme, dont l'analyse génétique montre qu'elle est blonde. Cela correspond d'ailleurs aux rares témoignages des voisins qui ont eu l'occasion de la voir. Il semble qu'elle ne sortait vraiment pas souvent de chez elle. Assez jeune, d'après ces témoins. Et plutôt jolie.

— Donc, il n'est pas impossible que le jeune Alexander soit tombé amoureux d'elle et soit devenu son amant. On ne s'oriente pas vers un crime passionnel, là ?

Patrick se leva et se dirigea vers la cuisine, tout en continuant à parler.

— C'est bien possible, bébé.

— Arrête, tu sais bien que j'ai horreur que tu m'appelles « bébé ». Je trouve ça digne d'une série télé vulgaire.

— OK, OK.

Patrick fouillait le frigo à la recherche d'une bière. Certains raffolaient d'une cigarette après l'amour, lui c'était plutôt d'une bonne ration de houblon.

— Tu n'as plus de bières ?

— Non, je ne crois pas.

— Eh merde...

Il passa les quelques minutes suivantes à compléter le briefing à Judith : Filipović avait disparu dans la nature. Il était rentré sur le territoire suisse trois jours auparavant, le 21 décembre à 6 h 30 du matin, avec le vol Swiss en provenance de Buenos Aires. Il n'en était pas ressorti, en tout cas par les airs. Sa voiture avait été interceptée la veille dans la région d'Uttwil, au bord du lac de Constance, mais ce n'était pas lui le conducteur : il s'agissait d'un certain Dušan Oblak, un Serbe installé en Suisse depuis une quinzaine d'années et vivant de petits travaux de mécanique automobile. Il prétendait que l'Audi e-tron lui a été prêtée pour quelques jours par Zoran Filipović. Toujours d'après lui, ce dernier serait un ami d'enfance croate qu'il revoyait occasionnellement. Il ne fut cependant pas capable d'en dire plus sur le personnage. Du moins pour l'instant, car il était toujours en train d'être passé sur le grill par les autorités suisses.

Bref, la traque de ce Filipović, tout comme d'ailleurs celle de La Bête, si cette dernière n'était pas le premier, était bel et bien au point mort.

Dans la liste photographiée, la personne qui suivait Ernesto Duarte de la Serna, le jeune chercheur en histoire de l'université de Buenos Aires inopinément décédé, était un certain Hamish Quatermaine, un jeune aborigène australien vivant à Melbourne, sur la côte sud-ouest de l'Australie. Une protection rapprochée avait été mise en place par les autorités du pays.

Patrick resta pensif quelques instants, allongé à côté de Judith. Il réfléchissait à voix haute.

— La vraie question, c'est de savoir si cette liste représente réellement les cibles futures de La Bête. C'est possible, dans la mesure où ce papier se trouvait dans la maison de Filipović au moment où il été photographié. Cela nous donnerait le scénario suivant : c'est bien lui La Bête, sa liste de cibles se trouve dans sa maison, le jeune Wigler tombe dessus lors d'une visite, peut-être à caractère extraconjugal, et il la photographie. Plus tard, le mari trompé les surprend et il les tue tous les deux. Tout semble bien se tenir, non ?

— Sauf que je ne vois toujours pas pour quelle raison il aurait photographié ce bout de papier. Avait-il quelque chose d'extraordinaire, qui saute aux yeux au moment de le voir, et faisant qu'on se dise : « Merde, il faut que je photographie ça » ? D'ailleurs, tu ne me l'as jamais montré...

— Impossible de sortir cela d'Europol ou d'Interpol, comme tu peux l'imaginer. C'est classifié comme hautement confidentiel... Ça la foutrait mal si cela se retrouvait sur Facebook ou Instagram.

Il se pencha vers elle, sentant sa libido remonter petit à petit vers un niveau flirtant avec la zone critique.

— D'ailleurs, je prends déjà beaucoup de risques en te parlant librement de choses top secret. Heureusement que j'ai des compensations...

Elle fit mine de le repousser sans ménagement.

— C'est cela, dis carrément que je me prostitue afin de satisfaire ma curiosité féminine !

Il éclata de rire avant de s'assoir sur le lit. De toute manière, son niveau d'excitation sexuelle était en zone orange, pas encore rouge. Il pouvait bien attendre encore un peu avant de reprendre les choses vraiment torrides.

— Pour répondre à ta question, je ne me souviens pas qu'il y avait quelque chose de visuellement marquant. Il y avait juste des noms, avec en tête de liste ceux de Wegerzell et d'Eslin, ainsi que des coordonnées et...

Judith l'interrompit.

— Quel nom as-tu dit ?

— Wegerzell ?

— Non, le second.

— Eslin ?

— Oui, celui-là. Cela me dit quelque chose.

— C'est un journaliste, de New York.

Elle se leva prestement hors du lit et lui fit face, complètement nue.

— Alors je le connaissais.

Elle se retourna et se dirigea vers son ordinateur, qu'elle alluma tout en parlant. La vue de sa chute de rein fit passer la libido de Patrick en zone orange foncé...

En attendant que le processeur de la bécane daigne se réveiller et devenir pleinement opérationnel, Judith continuait de parler :

— Tu sais que j'ai fondé un consortium de journalistes d'investigation ?

— Euh...

— Ouais, je vois que tu t'intéresses à ma carrière. Bon, je t'explique en bref : l'idée m'en est venue à la suite de l'affaire de l'Arche de Noé. Cette histoire, nous sommes bien placés pour le savoir, était bien réelle, mais tellement incroyable que personne ne nous aurait crus si on avait essayé de lancer une alerte. Imagine un journaliste travaillant là-dessus : il se heurterait à bien des difficultés, sa réputation serait mise en doute, des pressions se feraient sentir, et il se ferait allumer sur les réseaux sociaux, sauf par les adeptes des théories du complot. Mais cela renforcerait sa descente aux enfers, les journalistes « sérieux » prenant cela comme argument pour démontrer que l'intérêt d'une bande d'illuminés sur le Net n'est finalement que le reflet de son manque de sérieux professionnel. Bref, tu l'auras compris, dès qu'un sujet devient un peu trop « hors norme », le nombre de journalistes disposés à l'investiguer en profondeur fond comme neige au soleil. C'est contre cet état de fait que j'ai voulu réagir.

— En fondant un consortium de journalistes...

— Oui. Et surtout, en sélectionnant de manière drastique les membres, de manière précisément à éviter les illuminés persuadés que les extraterrestres nous ont infiltrés, ou ce genre de chose. Rien que des gens sérieux, avec un parcours établi, et de solides références quant à leurs travaux journalistiques.

— Un peu comme toi, finalement...

Elle lui lança un crayon, qu'il arriva à éviter de justesse, avant d'enchaîner :

— En réalité, on s'est inspirés de l'ICIJ, autrement dit le consortium international des journalistes d'investigation, tu sais, cette organisation à but non lucratif comptant plus de deux cents membres journalistes provenant de soixante-dix pays. Ils ont de beaux trophées à leur tableau de chasse : les *Paradise Papers*, *Panama Papers*, *Swiss Leaks*, *Luxembourg Leaks*, *Offshore Leaks*. Ils sont très structurés, et fortement centrés sur les activités *offshores* de nombreuses personnalités et multinationales. C'est du lourd, et quand la machinerie se met en branle, ça déménage : les *Paradise Papers*, par exemple, ont impliqué quatre-vingt-quinze médias partenaires et trois cent quatre-vingt-un journalistes, et leurs révélations ont été le fruit d'une enquête d'un an sur 13,4 millions de documents fuités.

— Hein ?

— Oui, tu as bien entendu. 13,4 millions de documents ! Il en faut, des ressources, pour analyser et recouper un tel volume d'informations.

— Et vous avez autant de ressources ?

— Non, bien entendu. Mais nous fonctionnons de manière différente. L'ICIJ fait travailler tous ses membres sur le même sujet, en découpant celui-ci en différentes tâches coordonnées, ce qui est indispensable au vu du volume d'informations à analyser. Rends-toi compte : les *Offshore Leaks* ont nécessité quinze mois d'enquête, à plusieurs dizaines de journalistes, pour analyser les 260 gigaoctets de données concernant les propriétaires de comptes en banque *offshore*. Cela correspond à plus d'un demi-million de livres de taille moyenne !...

— Ah oui, quand même...

— Nous, c'est différent. Nous nous sommes baptisés l'AJI, l'association des journalistes indépendants. Notre but n'est pas de travailler ensemble sur un sujet commun : chacun travaille « de son côté » sur un sujet particulier lui tenant à cœur, en général hautement sensible, et notre mise en réseau permet d'assurer que rien ne se perd en cas de problèmes...

— C'est-à-dire ?

— Si l'un de nous sent une menace quelconque sur son travail, il va sauvegarder l'essentiel de ses trouvailles sur un serveur hautement sécurisé, accessible seulement aux membres de l'AJI. Quelqu'un d'autre pourra alors reprendre le flambeau.

Judith se concentra quelques instants sur l'écran, puis pianota sur son clavier.

— C'est à ce serveur que j'accède.

— Pourquoi ?

— Dany Eslin était membre de notre association...

Patrick se leva vivement et vint s'assoir à côté de Judith. Il comprenait à présent son cheminement intellectuel : un journaliste de l'association avait été assassiné, elle était sans doute la première à l'apprendre, et elle allait vérifier s'il travaillait sur un sujet sensible, et surtout s'il avait déposé des informations sur le serveur avant sa mort.

Plusieurs fenêtres défilèrent sous leurs yeux : demandes d'identification, de mot de passe, de confirmation, ensuite une liste de répertoires apparut.

Elle sélectionna celui correspondant à Dany Eslin, et un seul fichier apparut. Un fichier texte.

Elle l'ouvrit, et ils se rapprochèrent de l'écran afin de mieux lire.

« Depuis plusieurs mois, je consacre une majeure partie de mon temps à une enquête sur le Club Irsac. Voici le résumé de mes investigations. »

Éberlués, ils prirent connaissance de l'histoire plus que bicentenaire de cette association, de ses racines, de son évolution, de sa croissance, de ses moyens. Tout était extraordinairement détaillé, et exposé de manière concise et limpide.

Puis, ils entamèrent la dernière partie du document :

« Je peux donc affirmer, comme première conclusion, que le Club Irsac est devenu le représentant assumé des riches et puissants de ce monde. Leur objectif est que ses membres conservent leur statut d'élite mondiale, et pour cela ils ont développé un redoutable et efficace système de noyautage des institutions mondiales. En d'autres termes, ils tirent dans l'ombre les ficelles de la politique mondiale.

« Mais il y a bien pire. Pour comprendre ce qui se passe actuellement, il faut savoir que ce club a toujours porté un vif intérêt à tout ce qui concerne les possibilités scientifiques de prédiction de l'avenir. Ceci est lié à la personnalité des deux fondateurs, qui ont côtoyé de grands scientifiques de la fin du XVIIIe siècle, tous fervents partisans de l'idée de déterminisme. Cet engouement n'a pas faibli au fil du temps, amenant le Club à se doter de moyens de veille technologique et de conseillers scientifiques.

« Il y a trois jours, un lanceur d'alerte m'a contacté. Conformément aux règles applicables dans ce cas de figure, je ne mentionnerai pas son nom. La source est fiable, et haut placée dans l'organisation du Club. Son message est parfaitement étayé par une multitude de documents que je mettrai sous peu à disposition sur le serveur sécurisé, en particulier des relevés de transactions bancaires vers un paradis fiscal des Caraïbes, la fédération de Saint-André-des-Templiers, dans les Petites Antilles. La teneur de son alerte est la suivante : l'association a réussi à faire développer un logiciel révolutionnaire par une personne nommée Louise Griffin, qui est sortie récemment d'un coma prolongé ayant, semble-t-il, surdéveloppé ses compétences informatiques déjà hors du commun. En combinant big data, intelligence artificielle et puissance de calcul distribuée, ce programme permet d'identifier avec un degré inouï de précision toute personne qui, dans le futur, va menacer la position dominante du Club. Je dis bien : « va » menacer, et pas « pourrait ». Leur quête du déterminisme semble avoir porté ses fruits. Quant à ceux qui vont leur porter préjudice, il peut s'agir de futurs politiciens, journalistes, leaders d'opinion, chercheurs, entrepreneurs. Ils ne le savent pas encore aujourd'hui, mais ils feront de l'ombre, à l'avenir, à la domination sans partage du Club.

« Le directeur opérationnel du Club a donc décidé d'utiliser le logiciel pour établir la liste de tous ceux qui présenteront à l'avenir une menace pour le Club. Ce document est appelé en interne « La Liste Delta », et il a décidé d'entreprendre un projet d'élimination physique de toute personne y étant reprise. Pour cela, il a appointé un tueur à gages, un certain Zoran Filipović, qui s'y consacre à temps plein. »

Ils restèrent quelques instants immobiles, les yeux fixés sur le document, comme si une force mystérieuse empêchait leurs regards de le quitter.

Patrick fut le premier à sortir de l'état de sidération :

— On appelle immédiatement Christian et Marina.

24

Melbourne, Australie : 5 janvier 2019

Zoran se sentait vidé de toute substance.

Tout d'abord, son interminable vol Munich/Dubaï/Melbourne l'avait épuisé : vingt-quatre heures de vol, même en première classe, c'était vraiment long.

Ensuite, le stress d'être repéré aux contrôles frontières le minait. En réalité, il ne savait même pas s'il était l'objet d'une traque, mais d'une certaine manière cela augmentait son niveau d'anxiété. En bon professionnel, il ne prenait jamais aucun risque. Instinctivement, à tort ou à raison, il avait pensé que ce serait moins dangereux de prendre l'avion à partir d'un aéroport situé hors du territoire de la confédération. Il s'était donc rendu en voiture de location à Munich, en veillant à passer le poste-frontière de Schaffhausen à un moment de forte affluence, se noyant ainsi dans la masse.

En ayant vu la police suisse intervenir à son domicile, il ne pouvait qu'avoir des doutes, mais il restait dans le flou : avait-il laissé des traces de son double homicide ? Comme tout le monde, il avait regardé ces séries américaines où des spécialistes de la police scientifique étaient capables de dénicher les indices les plus improbables grâce aux nouvelles technologies. C'était peut-être le cas... Ou alors il s'agissait d'autre chose, mais quoi ? Un voisin ayant alerté la police pour un cambriolage du numéro 6 ? Peu probable, les flics suisses n'auraient certainement pas bouclé le quartier pour si peu.

Il avait envisagé toutes les hypothèses et pesé le pour et le contre pendant deux jours complets : en définitive, il jugea trop risqué de rentrer chez lui.

Sa décision était prise : il allait continuer l'exécution de son contrat, mais à sa manière. En changeant d'adresse régulièrement, sans couverture fixe. Cela lui conviendrait mieux, il se sentirait dorénavant dans sa zone de confort.

Dans son métier, il fallait en permanence tout prévoir. Il était rompu à cette pratique depuis ses débuts, et estimait que c'était cette discipline stricte qui avait permis qu'il soit toujours en vie et en liberté aujourd'hui. Pas question, donc, de baisser la garde. Il devait considérer le pire scénario : on était à ses trousses et on connaissait son nom et son visage. Si ce n'était pas le cas, il aurait juste dû faire face à quelques désagréments inutiles, produire des efforts n'étant pas nécessaires. Dommage, mais sans plus.

Mais si cette hypothèse était avérée, il devait opérer en terre brûlée, se fondre dans la nature, ne laisser aucune trace derrière lui.

En revanche, il voulait continuer à honorer son contrat. D'abord, par conscience professionnelle. Ensuite, il avait ressenti que Denis Ramirez, son commanditaire, ne pardonnerait guère un abandon de poste. Comme ce dernier semblait disposer de ressources inépuisables, il ne souhaitait pas que cela se retourne contre lui. Il voulait rester chasseur et non devenir gibier.

Aussitôt sa décision prise, il s'était rendu dans une consigne de la gare de Zürich pour récupérer ce qu'il y avait déposé en cas de problème majeur : plusieurs faux passeports, de l'argent cash, des cartes de crédit et de débit prépayées, du matériel de maquillage. Sa politique du risque zéro l'ayant amené à considérer que son visage était connu, il choisit d'endosser l'identité dont le profil physique était le plus éloigné de son apparence réelle. Son nouveau passeport, au nom de Viktor Lukic, affichait une photographie de son visage prise à l'issue d'une séance de maquillage : il y portait une barbe et des accessoires coincés entre ses gencives et ses joues gonflaient son faciès. D'autres, plus petits et enfoncés dans les narines, lui donnaient un nez épaté. Le tout était complété par des lentilles oculaires destinées à lui donner des yeux brun foncé au lieu de vert. C'était très efficace : il était totalement méconnaissable. Mais c'était également horriblement inconfortable. À l'issue du long vol l'ayant amené aux antipodes, il n'avait qu'une seule envie : jeter tous ces artifices et respirer à son aise.

Il devrait cependant patienter encore un peu, le temps de passer les contrôles et récupérer ses bagages.

La file d'attente pour le contrôle de l'immigration se réduisait et il n'y avait plus que trois personnes devant lui. Il distinguait déjà la tête de l'officier, derrière sa vitre. Il le vit sourire à la passagère à qui il rendait le passeport. L'homme, plutôt jeune, avait une bonne tête, un sourire renforcé par une dentition éclatante de blancheur et des cheveux gominés de manière que sa tête ressemble à une forêt d'épis. Il avait presque le look d'un étudiant prêt à sortir en boîte de nuit. Lorsque ce fut son tour, Zoran s'avança et présenta son passeport. Le fonctionnaire le prit en le regardant dans les yeux, puis se concentra sur le document. Après une vingtaine de secondes, il commença à pianoter sur son clavier. L'attente se prolongea encore durant trente secondes. À présent, il regardait alternativement son écran et le passeport, qu'il feuilleta. Zoran l'observait, et il eut subitement le sentiment que les sourcils de l'officier se fronçaient légèrement. Il sentit une sourde angoisse monter en lui et son cerveau envisageait déjà les alternatives en cas de problème. L'officier lui demanda de fixer une petite caméra située légèrement à sa gauche et de ne plus bouger. Il fixait attentivement son moniteur. Zoran imaginait ce qui était en train de se passer à cet instant précis : son visage était transformé en pixels et ceux-ci étaient envoyés vers un logiciel comparant ses traits à ceux d'autres personnes enregistrées dans une base de données, le tout à la vitesse de la lumière. De manière incongrue, il songea subrepticement aux vieux films policiers qu'il aimait regarder, ceux où l'on pouvait encore voir l'officier des douanes comparer les visages des passagers avec ceux d'avis de recherche imprimés en noir et blanc, et placardés discrètement devant eux, sous la vitre les séparant des passagers. À présent, son sort ne dépendait plus d'un être humain, mais d'un logiciel de reconnaissance faciale...

Après quelques interminables secondes, le policier lui rendit son passeport, accompagné d'un jovial « Bienvenue en Australie ».

Zoran lui sourit, s'efforçant de ne pas laisser transparaître son soulagement. Puis il se dirigea le plus lentement qu'il put vers les carrousels à bagages.

∞

Il porta la paire de jumelles à ses yeux. Son regard tomba sur l'affichage lumineux d'une pharmacie, qui indiquait 30°C. Une vague de chaleur inhabituelle sévissait à Melbourne.

Il aurait aimé accélérer les choses, mais appliquait à la lettre les deux règles de base de son métier. Tout d'abord, on ne passe à l'action qu'à partir du moment où on est sûr de tout : de la cible, du matériel, des conditions. Le deuxième principe préconisait de garder la distance maximale avec la cible, à tout moment, même au moment des repérages. Un énoncé à caractère mathématique aurait spécifié que le risque est inversement proportionnel à la distance de la cible. Et il fallait toujours débuter le plus loin possible, quitte à se rapprocher petit à petit par la suite.

Il planquait à environ six cents mètres de l'endroit d'où devait sortir la cible, un certain Hamish Quatermaine. Le bâtiment abritait les modestes bureaux de l'ONG que ce jeune aborigène surdiplômé avait récemment fondée, et qui taillait des croupières aux grands groupes miniers opérant sur les terres ancestrales de ses congénères. Ce serait peut-être de cet endroit que Filipović passerait à l'action, mais il devait d'abord réaliser la phase d'observation. *A priori*, les lieux semblaient convenir. Il se trouvait au dernier étage d'un immeuble de trente niveaux. La gigantesque terrasse de l'appartement de luxe loué à 5 000 dollars australiens la semaine offrait une vue justifiant le prix exorbitant : on voyait la rivière Yarra serpenter langoureusement à ses pieds tout en ayant une vue époustouflante sur la baie de Port Phillip. L'orientation assurait l'absence de tout vis-à-vis. L'agence avait mis en avant cet atout en précisant que c'était l'endroit rêvé pour quiconque raffolait de discrétion.

Furtivement, Zoran se demanda si ce bien immobilier était parfois loué par des adeptes de partouzes au grand air ou de bains de soleil à poil sous le soleil austral.

Sa nouvelle paire de jumelles lui donnait pleinement satisfaction, effaçant le dépit d'avoir dû quitter la Suisse sans pouvoir récupérer son matériel stocké dans une consigne postale de grande taille à Zürich. Ses premiers jours à Melbourne avaient été utilisés à reconstituer son arsenal, en commençant par les équipements d'observation. Le reste, dont un nouveau SVLK-14S Twilight du fabricant russe Lobaev Arms, le faisait déjà saliver tant son intermédiaire lui avait affirmé qu'il dépassait tout ce qui existait dans la catégorie des fusils de précision à très longue portée.

Il voyait déjà sa routine logistique reprendre sans à-coups : démonter le matériel à l'issue de chaque mission, envoyer chaque élément dans un colis séparé vers une consigne postale sécurisée située dans le pays où il devrait se rendre pour son contrat suivant. En définitive, ne plus devoir repasser régulièrement par la Suisse était même une bonne chose : du temps gagné, des trajets en moins. Et, partant, des rentrées supplémentaires. Finalement, il avait tout en main : la Liste Delta, ses codes secrets pour accéder à ses comptes en banque *offshore*, ses contacts pour le matériel... La belle vie pouvait continuer.

Enfin, presque.

Il restait un point à résoudre, celui qui avait été la raison d'être d'une couverture fixe : Ramirez ne saurait plus le contacter. L'inverse était vrai également, mais cela avait toujours été le cas : il ne connaissait que le nom de son commanditaire. Ce dernier était le directeur d'une association ou d'un club dont il avait même oublié le nom.

Avec un nom de famille aussi répandu, ce serait quasiment mission impossible de retrouver sa trace...

Il décida de traiter ce problème plus tard. Chaque chose en son temps, il trouverait bien quelque chose, les idées viendraient naturellement avec le temps. L'important pour l'instant était de continuer à honorer les contrats. C'était d'ailleurs la seule manière dont il disposait pour faire parvenir un message à son commanditaire : *vous voyez, les cibles continuent à tomber, je suis toujours bien là...*

Il se concentra à nouveau sur la porte de sortie.

Un flux continu de personnes s'en déversait, toutes habillées de manière relax, parfois même carrément débraillée. Le bâtiment n'était décidément pas le siège d'une grande banque.

Un homme en jean et veston s'arrêta sitôt la porte franchie. Il regarda à sa gauche et à sa droite durant trois ou quatre secondes. Ensuite, il se retourna et fit un petit signe de la tête. Un jeune homme de type aborigène sortit, suivi par une femme en tailleur pantalon strict de couleur grise. Elle ne le quittait pas d'un pouce.

Zoran zooma au maximum sur le visage de son client : c'était bien lui. Pas le moindre doute.

Une voiture s'approcha. Il dirigea alors son regard vers l'autre homme, qui ouvrait la portière du véhicule pour Hamish Quatermaine : durant une fraction de seconde, le mouvement ample qu'il fit pour refermer la portière laissa entrevoir un étui sous son veston.

Un flingue...

Le type était sous protection rapprochée.

L'évidence lui sauta aux yeux de manière presque douloureuse.

Il s'assit par terre.

Un flot de réflexions se déversait en flux continu dans son cerveau enfiévré : ne lui avait-on pas assuré que ses cibles seraient inconnues et non protégées ? Cela avait été le cas jusqu'ici. Peut-être se trompait-il ?

Dans un effort démesuré pour garder la maîtrise

de ses pensées, il rejeta aussitôt cette première hypothèse : il avait trop souvent traité des personnalités protégées pour ne pas reconnaître instantanément les procédures, les comportements et les codes utilisés. C'était le cas ici.

Que pouvait-il en conclure ?

Il inspira et expira profondément à plusieurs reprises pour tenter de se calmer.

Après quelques secondes, son esprit envisagea une première explication. La police suisse avait tout découvert à son domicile à Zürich : son activité réelle et sa prochaine cible. Comment ? Mystère. Mais cela expliquerait parfaitement le dispositif de protection de Quatermaine : dans ce cas de figure, les autorités suisses auraient sans le moindre doute prévenu les autorités australiennes.

Malgré le soleil de plomb, il ressentit un frisson glacé le parcourir lorsqu'une autre possibilité le frappa de plein fouet : *son commanditaire l'avait balancé...*

Cela expliquait tout : le salopard de Ramirez, pour une raison encore inconnue, aurait tout balancé aux flics, ceux-ci se seraient pointés à son domicile en Suisse, ils auraient eu connaissance de la Liste Delta, et la cible suivante aurait été mise sous protection rapprochée. Mais dans ce cas, les flics auraient souhaité non seulement protéger Quatermaine, mais également coincer le tueur. *Tendre un piège...*

Soudain électrisé, il regarda lentement autour de lui. D'un seul coup, il eut le sentiment irréel qu'un essaim de caméras miniaturisées l'observaient. Il leva la tête pour s'assurer qu'aucun drone ne le filmait.

Il réfléchissait à présent à toute allure : s'il avait été balancé, les flics auraient relié tous les cas précédents, et ils en auraient déduit son mode opératoire. Sachant qu'il tirait toujours à une distance de plusieurs centaines de mètres, ils devaient avoir à coup sûr mis sous surveillance tous les endroits susceptibles de servir de pas de tir...

Tétanisé, il resta immobile quelques instants. Du bruit étouffé montant de la rue, il redoutait à chaque seconde d'entendre une nuée de sirènes de voitures de police en approche.

Je dois rapidement me tirer d'ici...

Il se leva lentement, comme si la lenteur de son mouvement contribuait à le rendre moins repérable, et regarda vers la rue en contrebas. Son regard se porta sur la porte d'où Quatermaine était sorti quelques instants auparavant. Il s'adressa mentalement à lui :

— C'est ton jour de chance, mon ami. Tu es passé par le chas de l'aiguille...

25

Velika, Croatie : 5 mars 2019

Zoran serra la main de l'homme et ressortit en compagnie de la jeune fille.

Il la fit monter dans son pick-up, puis démarra.

Il roulait à vitesse modérée sur de belles routes étroites, serpentant entre les collines boisées. Au-delà des sapins, on distinguait par intermittence quelques sommets enneigés.

Après cinq minutes de trajet, il stoppa sur le bas-côté et s'adressa à la fille :

— On t'a expliqué les conditions ?

— Oui.

— Alors donne-moi ton téléphone.

Elle plongea la main dans son sac et en ressortit un smartphone affublé d'une coque rose bonbon. Il éteignit l'appareil et en retira la batterie, satisfait de voir que ce n'était pas un modèle récent pour lequel ce type d'opération n'était plus possible.

Ensuite, il lui passa un énorme bandeau autour des yeux : le tissu opaque, qui recouvrait également le nez, rendait toute vision impossible.

Il redémarra et après une vingtaine de minutes de trajet, il tourna à droite et s'engagea sur un sentier. Un petit chalet apparut quelques centaines de mètres plus loin, sur un bel espace dégagé dans un paysage d'alpages respirant le calme et l'harmonie.

Il fut soudain saisi d'une double appréhension.

Tout d'abord, pouvait-il vraiment faire confiance à cette *escort girl* et à son souteneur ? Son expérience de la mafia serbo-croate lui suggérait une réponse positive, mais il savait que depuis plusieurs années, la Croatie ressemblait de plus en plus à la Colombie et que la violence commençait à sévir de manière incontrôlée entre cartels criminels.

Bien entendu, la violence avait été présente dans le pays dès son indépendance, en 1991 : la transformation en un pays du crime organisé avait pris ses racines au sein de l'État lui-même, en raison de l'achat illégal d'armes. Le jeune pays indépendant s'était alors employé par toutes sortes de moyens à contourner l'embargo international contre les belligérants ex-yougoslaves pour équiper ses forces armées. Beaucoup de choses fonctionnaient de manière semi-légale.

Par la suite, le crime organisé avait amorcé sa phase de légalisation : ceux ayant accumulé un capital par le racket, le trafic de cigarettes, d'armes et de drogue avaient décidé de se reconvertir dans la Bourse et l'immobilier. La légalisation du crime organisé s'était également manifestée par l'affirmation sociale des membres du milieu. Les mafieux avaient commencé à se montrer dans les lieux publics, ils devenaient amis avec des hommes politiques et se photographiaient en leur compagnie. Certains avaient même réussi à devenir des protagonistes respectés de la scène publique.

Mais depuis peu, la mafia croate, traditionnellement liée au milieu serbe, subissait davantage d'influence des parrains de Bosnie-Herzégovine. Des luttes de clans sévissaient, et l'explosion de violence semblait incontrôlable.

Son deuxième sujet d'appréhension était d'ordre plus intime : serait-il capable d'honorer cette fille ? Durant une année entière, il avait pris goût au fait de pouvoir régulièrement assouvir ses pulsions. Mais le choc causé par la découverte de Jovana chevauchant sauvagement un autre homme avait mis un coup d'arrêt brutal à toute envie sexuelle depuis plus de deux mois. Serait-il possible qu'il en reste impuissant ? Il éprouvait le besoin de savoir. C'est la raison pour laquelle il était entré en contact avec Vinko Zulevic, un petit souteneur de Velika, à quelques kilomètres de l'endroit reculé où il s'était installé le temps que les choses se tassent. Celui-ci lui avait proposé sur catalogue Severina, un beau brin de fille. La photo était cependant de qualité médiocre car, à présent qu'il la voyait en réalité, la nana lui semblait encore plus jolie.

Son appréhension augmenta subitement lorsqu'il avait constaté, en la voyant la première fois, qu'elle ressemblait fortement à Jovana. Et si cette ressemblance le coupait dans son élan ? Il s'en voulut d'être constamment attiré par le même type de femme. Déjà, il avait acheté Jovana parce qu'elle ressemblait à Tanja, la première femme qui lui ait fait l'amour. Serait-il possible un jour d'exorciser cette malédiction, de s'affranchir de ce souvenir ancré si profondément dans ses moindres neurones ?

Ils se dirigèrent vers le chalet. Zoran inspira profondément l'air frais et pur. Son refuge lui plaisait.

À peine entré, il ferma la porte et lui enleva son bandeau. Il décida de se servir une bonne rasade de marasquin, histoire de se désinhiber. Sans un mot, sans un sourire, la fille commença à se déshabiller lentement. Il se resservit une autre rasade, comme pour encourager le léger frémissement qu'il ressentait dans le bas du ventre...

∞

Zoran ressentait, pour la première fois depuis deux mois et demi, un sentiment de bien-être. Une extase physique, d'abord. La partie de jambes en l'air avait été au-delà de toutes ses espérances. Non seulement il avait réussi à bander, mais il avait été capable d'assurer deux heures de chevauchées torrides et intenses, entrecoupées de rasades d'alcool. Son état d'épuisement n'avait plus rien à voir avec la fatigue résultant de nuits blanches à se poser des questions sur Ramirez ou son association, ou sur la traque éventuelle dont il faisait l'objet. C'était une forme d'apaisement qu'il ressentait à présent.

Il saisit la bouteille de marasquin et en termina le dernier quart au goulot. Au fur et à mesure que l'alcool se frayait un chemin vers son cerveau, son impression de plénitude s'accentua, et il sombra dans un sommeil profond.

Après quelques minutes, Severina se redressa lentement et se dirigea silencieusement vers la table sur laquelle elle avait déposé son sac à main. Elle sortit d'une petite poche latérale le minuscule

Nikon Coolpix que Vinko lui avait remis, et démarra l'appareil. Elle se tourna vers Zoran. Ce dernier ronflait bruyamment, la bouche ouverte. Elle cadra, puis déclencha l'appareil. Celui-ci ne fit pas le moindre bruit : il avait été paramétré par son souteneur pour ne pas reproduire l'imitation du bruit mécanique de déclenchement que les spécialistes en marketing de la marque avaient cru bon d'installer par défaut.

Puis elle remit le petit boîtier dans son sac, se recoucha à côté de Zoran et patienta, en regardant le plafond.

∞

Dès que Zoran fut sorti, Vinko se tourna vers Severina.

— Tout s'est bien passé ?

— Oui, sans problèmes.

— Et tu as pu prendre une photo de lui ?

— Oui. Il s'est endormi presque aussitôt après avoir terminé. Vous les hommes, c'est fou comme cela vous assomme alors que nous, les femmes, cela nous réveille !

Il eut un petit rire, puis lui remit avec un large sourire une épaisse liasse de billets de cent kunas.

— Et comme je te l'ai promis, il y a une petite prime à la clef. Mais attention, c'est exceptionnel, hein... Ne va pas t'imaginer que tes tarifs ont augmenté de manière permanente.

Elle prit l'argent et entreprit de le compter. Satisfaite, elle sortit le Coolpix de son sac et le remit à son souteneur, puis se dirigea vers la sortie.

Vinko l'interpella :

— N'oublie pas que j'ai besoin de toi demain pour l'adjoint au maire, tu sais, le type qui habite à Ozdakovci.

Elle répondit sans se retourner :

— Oui, je vois. Pas de soucis, c'est un client facile. Il est fidèle comme un toutou.

Une fois la porte refermée, Vinko brancha sur un câble USB le petit appareil photo et le relia à son ordinateur. Ensuite il regarda quelques instants sur l'écran la photo de Filipović.

Qu'est-ce que ce type pouvait bien avoir fait pour être l'objet des attentions d'un puissant parrain de la mafia serbe ?

Le petit business de Vinko prospérait et il souhaitait à présent s'agrandir. Cela ne se ferait pas sans alliances, et celle conclue avec Milorad Knezerodivic était, dans cette optique, fort prometteuse. Ce caïd était clairement l'étoile montante et Vinko avait jugé que se placer dans le sillage d'un tel personnage était un bon plan : le parrain de Belgrade souhaitait se développer du côté croate d'abord, pour ensuite essaimer en Slovénie et en Autriche. Avant, qui sait, des ramifications vers l'ensemble de la riche Europe de l'Ouest ? L'ambition de Knezerodivic semblait sans limites, et l'alliance était un donnant-donnant : un pourcentage sur son business et des informations sur son territoire en échange du support logistique nécessaire au développement de ses affaires.

Ce n'était pas vraiment une surprise d'avoir reçu par courrier traditionnel une photo d'un type accompagnée de la requête de signaler immédiatement si le gars apparaissait dans le secteur. Même si c'était la première fois que Vinko recevait ce genre de demande, Knezerodivic lui avait assuré que c'était monnaie courante dans le milieu, en général pour mettre la main sur des indélicats n'ayant pas honoré une dette et essayant de se faire la malle. Une sorte de procédure de recouvrement, en quelque sorte. Sauf que ce n'étaient pas des huissiers qui se pointaient un beau matin...

Il gardait les yeux fixés sur le visage endormi, s'adressant à lui mentalement.

Qu'as-tu bien pu faire pour que Knezerodivic soit à ta recherche ? Profite bien de ton sommeil, mon gars, le réveil risque d'être pénible. Je ne voudrais pas être à ta place...

Il enregistra la photo dans un répertoire de son ordinateur, puis démarra sa messagerie électronique. Il sortit d'un tiroir le bout de papier sur lequel il avait noté l'adresse e-mail à utiliser pour contacter le parrain serbe : Bogdan092.

Il composa rapidement le message, sélectionna la photo comme pièce jointe et cliqua sur l'icône d'envoi.

∞

Milorad Knezerodivic était assis à son bureau. Avec le développement rapide de ses affaires, il y passait de plus en plus de temps, et parfois cela lui pesait. Il s'était déjà maintes fois fait la réflexion que cela représentait un danger : la perte de contact avec le terrain et, partant, la perte d'ascendant sur ses troupes. Les gens aiment le contact direct avec les chefs...

Après tout, un bon leader se doit d'être en première ligne, et il aimait ça, même si cela lui avait laissé des séquelles physiques : il avait perdu un œil lors d'un règlement de comptes dans un quartier chaud de Belgrade. Ironie du sort, il se rendait compte à présent que cela accentuait son ascendant sur ses interlocuteurs : son regard asymétrique, avec un œil en verre en permanence à moitié fermé, semblait accentuer la cruauté émanant du globe oculaire intact. Quand il toisait intensément quelqu'un, la personne en face de lui réalisait instantanément être en face de quelqu'un pour qui tuer ne poserait pas le moindre problème de conscience. Cela facilitait en général les négociations...

Un de ses lieutenants lui apporta une feuille de papier. Il la parcourut rapidement, puis demanda, sans relever la tête :

— Comment est-ce arrivé ici ?

— Par un courriel envoyé à l'adresse convenue.

— Et la photo était avec l'e-mail ?

— Oui, patron.

Depuis belle lurette, il ne mettait plus les mains sur un ordinateur, mais il mesurait l'ampleur de l'importance prise par ces nouvelles technologies. Il mettait un point d'honneur à se tenir au courant des éléments essentiels, notamment ceux impliquant la sécurité et la confidentialité. Ces deux aspects constituaient une assurance-vie dans le cadre de son métier.

Il savait que le trafic internet et celui des courriels était en permanence scanné par de grandes oreilles. Il en ignorait les détails techniques, mais peu importait : c'est le fait de le savoir qui importait, et surtout de réagir en conséquence. Il avait également entendu dire que les logiciels permettant de reconnaître le visage de quelqu'un étaient devenus vraiment efficaces.

D'un autre côté, il se doutait que Filipović était traqué par toutes les polices du globe.

Dans son esprit, ces différents éléments d'information s'assemblèrent comme les pièces d'un puzzle : la police, en traquant Filipović, avait-elle à présent un moyen de remonter jusqu'à lui ?

Il s'efforçait de rester calme, de ne pas laisser la panique affaiblir son raisonnement. Les autorités, en supposant qu'elles interceptent le message et reconnaissent le visage de Filipović, sauraient remonter jusqu'à l'adresse e-mail Bogdan092, créée par un de ses lieutenants à partir d'un ordinateur dans un cybercafé de banlieue. Difficile à tracer, donc. En outre, c'était un de ses meilleurs hommes, celui en qui il avait le plus confiance.

Mais les autorités pourraient également remonter jusqu'à l'émetteur du message. Et là, c'était une autre affaire : ce petit souteneur était une recrue récente, certes prometteuse, mais qui n'avait pas encore fait ses preuves. Ce Vinko Zulevic respectait-il les consignes de sécurité ? Il avait bien utilisé l'adresse de messagerie convenue pour envoyer son message, mais l'avait-il fait depuis un cybercafé ?

Il sentit une bouffée de paranoïa l'envahir.

Le mieux, c'était de vérifier. Et pour cela, il devait envoyer une équipe sur place, accéder à l'ordinateur de Zulevic, et vérifier si c'était du sien qu'avait été envoyé le message. Le cas échéant, il faudrait procéder au nettoyage. Rapidement. Et sans hésiter. L'expérience le lui avait maintes fois démontré : un excès de méfiance n'est jamais préjudiciable. C'est le manque de suspicion qui l'est.

Le métier lui avait appris une autre règle fondamentale : la gestion des priorités. D'abord s'assurer de la sécurité, ensuite passer à l'action.

Donc, il devait d'abord s'assurer que Vinko Zulevic n'avait pas oublié de respecter les règles de sécurité par inexpérience, et ensuite seulement s'occuper de Filipović. Et tout cela dans la plus grande discrétion, sans se faire repérer. Il lui fallait donc confier cette mission à une équipe vraiment efficace.

Il releva la tête vers son lieutenant, qui se tenait droit et immobile devant lui, comme au garde-à-vous.

— Tu vas partir directement en Croatie avec ton équipe A.

26

La Haye, Pays-Bas : 5 mars 2019

Patrick Doyle fit quelques étirements avant de pénétrer dans les bâtiments d'Europol, pestant contre ce week-end de ski organisé par Judith : ses douleurs musculaires lui donnaient la sensation que chaque centimètre carré de son corps avait été roué de coups. Aucun mouvement ne lui épargnait le supplice : simplement marcher, s'assoir, se lever... Toutes ces petites choses de la vie étaient devenues des épreuves, mais le pire était de monter ou descendre un escalier.

Il pénétra dans le hall et fut submergé par une vague de soulagement lorsqu'il aperçut une batterie d'ascenseurs.

Des amis français de Judith, rencontrés lors de leur escapade sur les pistes de Megève, lui avaient expliqué que de manière peu charitable, ils utilisaient l'expression « skier comme un Anglais » pour signifier quelqu'un dont le style était vraiment peu élégant. À l'issue du court séjour, peut-être allaient-ils dorénavant parler de « skier comme un Irlandais », tant ses débuts furent laborieux.

En se dirigeant vers la réception, il grimaça à la suite d'un élancement plus douloureux que les autres. Reprendre sérieusement en main sa condition physique devenait une priorité. En tout cas, les entraînements véritablement sportifs, car du côté des performances sexuelles il s'estimait au top : ses ébats avec Judith s'apparentaient parfois à des préparatifs de Jeux olympiques tant ils étaient intenses et prolongés.

Il s'annonça à une réceptionniste et patienta trois minutes. Une immobilité bienvenue...

Puis Marina Pinelli sortit d'un ascenseur et se dirigea vers lui. Il fut surpris par ses traits tirés : on aurait dit qu'elle n'avait pas dormi depuis plusieurs jours. En outre, elle ne faisait visiblement aucun effort pour maquiller un tant soit peu les ravages du stress ou du manque de sommeil.

Ils n'échangèrent que des banalités en se dirigeant vers une petite salle de réunion, où Christian Debruyne était déjà installé, pianotant sur son smartphone. Lui non plus n'arborait pas un faciès de première fraîcheur et n'avait visiblement pas fait la moindre tentative en vue de le camoufler. En les voyant, Patrick s'estima heureux de ne pas être impliqué à temps plein sur cette affaire : Dieu merci, il avait encore quelques projets spéciaux sous le coude chez Terastar. C'était le deal avec Serguei Klimov : d'accord pour servir de support sur certaines affaires judiciaires, mais pas à temps plein. Il ne se sentait pas l'âme d'un flic ou d'un inspecteur, et encore moins d'un analyste de données ou d'un gratte-papier. Il souhaitait donc garder la responsabilité de certains projets « business », surtout ceux se situant au croisement de l'informatique et des matières environnementales.

La discussion avait été âpre, car son patron souhaitait si nécessaire pouvoir mettre ces missions de support en priorité absolue, et cela signifiait qu'il devrait alors, séance tenante, laisser tomber temporairement les projets sur lesquels il travaillait. La conséquence logique était qu'il ne s'occuperait plus de dossiers prioritaires, ou du moins ne souffrant aucune interruption étant donné l'importance de leur échéance. Ils étaient finalement arrivés à un compromis, et Patrick travaillait à présent davantage sur des projets transversaux à très long terme.

Après avoir servi du café, Christian prit la parole :

— Marina et moi tenions à avoir cette réunion avec toi, car il nous faudra sans doute améliorer significativement les différents logiciels utilisés dans le cadre de la traque de La Bête.

— Pourquoi vous ne l'appelez pas Filipović, à présent qu'on sait de qui il s'agit ?

Marina répondit :

— On a juste gardé cette habitude, sans se poser de question. Et puis, ce patronyme lui va bien, non ?

Patrick hocha la tête, ce qui lui déclencha une douleur au cou. Il réalisa que son apprentissage des sports de glisse allait régulièrement se rappeler à son bon souvenir durant encore quelques jours...

Christian poursuivit :

— Pour dire les choses de manière brève : on n'en est nulle part. La Bête s'est évaporée dans la nature et on a perdu toute trace d'elle.

— Je préfèrerais qu'on dise Filipović, si cela ne

te dérange pas.

Christian et Marina se regardèrent, interloqués.

— Cela me le rend plus concret, poursuivit Patrick. La Bête, cela me fait plutôt penser à un personnage de dessin animé ou de conte pour enfants.

— Pas de souci, répondit Christian avec un sourire amusé. Bon, donc l'animal a disparu des radars il y a deux mois et demi, et depuis lors nous avons lancé ce qui est sans doute le plus grand programme de traque au niveau mondial depuis Ben Laden. Europol, Interpol, NSA, tout le monde y participe. Tout est passé à la moulinette, je dis bien tout : courriels, appels téléphoniques, réseaux sociaux, images de caméras de surveillance, j'en passe et des meilleures. Nous avons mis à contribution les meilleurs logiciels de recherche, de détection de signaux faibles, d'analyse de corrélations, de reconnaissance faciale, d'analyse de contenu non structuré. Y compris les derniers programmes fournis par ta boîte.

Il marqua une pause, sans que Patrick ne détecte si c'était pour reprendre son souffle ou pour marquer un effet théâtral.

— Et nous n'avons rien. Absolument rien.

— Et ce n'est pas faute d'avoir essayé, continua Marina. Par exemple, depuis deux jours nous testons une version modifiée du dernier logiciel fourni par Terastar. J'y ai incorporé certains outils topologiques qui devraient encore améliorer les capacités de reconnaissance faciale. Nous avons d'excellentes photos récentes de Filipović, notamment celles prises par les caméras des contrôles aux aéroports, lors de ses derniers voyages. À présent, ce logiciel modifié scanne en permanence le Net et pourrait détecter non seulement le visage de Filipović, mais également son faciès ayant subi certaines modifications, par exemple le port d'une barbe, des cheveux rasés ou un nez cassé. Mais nous n'avons toujours rien. Il faut que nous envisagions encore d'autres améliorations des outils de recherche.

Patrick sentit venir la requête. Il devrait cependant tôt ou tard mettre le holà dans ces demandes répétées de sous-traitance de développements informatiques, ou à tout le moins en parler avec Serguei Klimov. Le périmètre du support que ce dernier souhaitait fournir à Europol et Interpol ne devait pas faire d'eux des fournisseurs réguliers, lui semblait-il.

Il entama une diversion :

— Mais les assassinats ont cessé depuis qu'il s'est fondu dans la nature, non ?

— Oui, répondit Christian, mais cela ne veut pas dire qu'il ne va pas recommencer. Les personnes correspondant aux noms visibles sur la liste ont été mises sous protection, il l'a peut-être remarqué et il temporise. Une sorte de mise au vert, d'une certaine manière. On n'en sait rien. En fait, on ne sait même pas s'il est encore en vie. On ne le retrouvera peut-être jamais, comme Xavier Dupont de Ligonnès.

Il affichait une mine tellement déconfite que Patrick jugea opportun de le faire continuer à parler.

— Et du côté du Club Irsac ?

Marina et Christian se regardèrent brièvement,

comme pour décider qui répondrait à cette question. Le Belge se lança :

— Là non plus, les choses ne sont pas faciles. Cette organisation n'a aucune existence légale, donc aucun statut juridique officiel : ni de société ni d'association sans but lucratif. Nos pôles financiers ont enquêté : Ramirez touche un salaire, assez élevé je dois dire, mais en tant que cadre supérieur d'une grande société multinationale basée en Suisse. Rien de suspect donc, si ce n'est qu'après investigations, il apparaît que le PDG de cette boîte de cosmétiques est un membre du Club Irsac.

— Vous l'avez interrogé ?

— Qui, le PDG ?

— Non, Ramirez.

— Pas encore. Nous essayons d'abord d'obtenir des preuves formelles de son implication dans le recrutement de Filipović. Ces preuves existent, du moins si on se fie à ce qu'Eslin, le journaliste assassiné à Boiceville, a mis en ligne.

— À ce propos, intervint Marina, tu remercieras ton amie Judith.

Elle appuya sa remarque par un sourire que Patrick ne sut pas interpréter clairement.

— Nous essayons toujours d'accéder à ses comptes *offshores*, continua Christian, mais tu sais probablement que dans ces petits paradis fiscaux, l'opacité règne en maître. Dans ces États confettis, le secret bancaire est inscrit dans leur constitution, c'est donc difficile d'envisager une action légale, de surcroît uniquement sur bases de soupçons. Il reste donc la possibilité d'une action entreprise hors du cadre légal.

— C'est-à-dire ?

— Tenter de pirater la banque abritant ses comptes *offshores*.

Avec appréhension, Patrick se demanda brièvement s'ils allaient lui demander le support de Terastar dans le cadre d'une opération illégale.

— Le problème, reprit Christian, c'est qu'Eslin a simplement mentionné qu'il disposait de documents sur un compte *offshore* de la fédération de Saint-André-des-Templiers, dans les Petites Antilles. Il n'a pas mentionné par quelle institution bancaire il était abrité. Et ce minuscule paradis fiscal en compte près de trois cents.

— Hein ?

— Oui, le blanchiment d'argent est un business florissant là-bas. Il semble d'ailleurs que ce soit la seule véritable activité économique sur ce caillou.

— Mais ces documents, ceux dont Eslin parlait, vous n'avez pas réussi à mettre la main dessus ?

— Non. Nous avons fouillé de fond en comble son appartement, ses bureaux, tous les endroits où il aurait été susceptible de cacher des documents papier ou électroniques, sans succès. Il devait vraiment flipper, car il les a bien planqués.

La porte de la salle de réunion s'ouvrit brutalement, faisant sursauter tout le monde. Marina était en train de boire une gorgée de capucino, et elle en renversa une partie sur son pantalon. Tous les regards se tournèrent vers un homme plutôt jeune, essoufflé comme s'il avait parcouru des kilomètres de couloirs en courant, qui bafouilla :

— Nous avons du neuf !

∞

Dans l'ascenseur, Patrick se demanda furtivement s'il y avait une raison pour laquelle les centres informatiques se trouvaient toujours relégués au sous-sol. Sans doute pour des raisons de sécurité, mais son état d'excitation l'empêcha d'investiguer plus en profondeur cette question métaphysique.

Ils se retrouvèrent dans l'environnement climatisé qui leur était à présent familier, au milieu des machines de science-fiction.

Un opérateur informatique les accueillit, en se présentant : il s'appelait Hans Grüber. Ils s'assirent aussitôt autour de lui, en face d'un moniteur de taille moyenne. L'informaticien était fébrile, mais moins cependant que le trio. Il parla à toute allure, avalant un mot sur trois.

— Nous avons une occurrence rouge. Cela signifie qu'une image a été détectée dans le trafic Internet, et qu'elle correspond à plus de 98 % au visage de Filipović.

Il cliqua sur une icône située dans la barre inférieure de l'écran, et une image apparut. Celle d'un homme qui semblait profondément endormi, affublé d'une barbe de plusieurs jours. À sa bouche légèrement entrouverte, on devinait qu'il ronflait. Ses traits étaient maigres, les pommettes saillantes, le nez légèrement aquilin. La qualité de la photographie était médiocre : des reflets parasites dégradaient significativement l'ensemble, et le piqué trahissait une très faible définition.

Mais le doute n'était guère permis.

— C'est bien lui, commenta immédiatement Christian. D'où vient cette photo ?

— Il s'agit d'un fichier JPEG de 374 K qui était en pièce jointe d'un e-mail envoyé il y a quelques minutes depuis un ordinateur situé à Velika, une petite municipalité du nord-est de la Croatie, à quelques kilomètres des frontières avec la Hongrie, la Serbie et la Bosnie-Herzégovine.

Grüber fit apparaître un autre écran, où on distinguait le mail.

Od: Aleksandra045

O: Bogdan092

Re: *Vaš zahtjev*

Je li to on?

Marina demanda, fébrile :

— Ce qui signifie ?

L'informaticien rougit subitement.

— Je ne sais pas. Comme cela vient d'un village de Croatie, je suppose que c'est du croate, mais je ne parle pas cette langue. J'ai demandé au traducteur d'Europol, mais il est parti déjeuner et n'est pas joignable.

Patrick se demanda s'il devait en rire ou en pleurer.

— Mais ce n'est pas possible ! Vous êtes à ce point conditionnés par vos procédures internes que vous ne savez plus prendre d'initiatives ? Faites-moi immédiatement un copier-coller de ce texte dans un traducteur en ligne. Pour la traduction littéraire reflétant les moindres nuances, on verra plus tard !

L'agent s'exécuta à toute allure. L'écran afficha :

De : Aleksandra045
A : Bogdan092
Re : Votre demande
Est-ce lui ?

Les questions se bousculaient dans chacun des trois cerveaux enfiévrés, prêtes à fuser. Marina fut la plus rapide :

— As-tu pu tracer le destinataire du mail ?

— Oui, il s'agit d'un ordinateur localisé à Belgrade, en Serbie.

— Est-il possible d'obtenir l'identité de l'expéditeur et du destinataire ? demanda Christian.

— Oui, en tout cas des personnes qui ont ouvert les comptes de messagerie. Celles-ci ont cependant peut-être été utilisées par d'autres personnes y ayant accès. En outre, on peut parfaitement ouvrir des comptes avec une identité bidon. Qui plus est, ce message a peut-être été envoyé et/ou reçu dans l'ordi d'un cybercafé.

— M'en fous, marmonna Christian. Combien de temps pour avoir tout cela, ainsi que l'endroit exact où se trouvent les ordis ?

— Environ deux heures, si on applique la procédure d'urgence.

— Fonce, alors. Nous, on va faire le point de la situation.

∞

Ils se dirigèrent vers le parc situé à l'arrière des bâtiments d'Europol. Un rayon de soleil peinait à réchauffer la végétation. Christian inspira profondément, comme s'il sortait d'un exercice d'apnée.

— Quelqu'un, dans un patelin de Croatie, a photographié Filipović et demandé à quelqu'un d'autre si c'était bien lui. N'oublions pas qu'il est originaire de ce pays. Cela me semble une bonne piste.

Il marqua une légère pause, serrant les dents.

— C'est la seule que nous ayons. Nous n'avons aucun droit à l'erreur.

Il s'arrêta et se tourna vers Marina et Patrick.

— J'avais prévu que dans un tel cas de figure, il faudrait agir rapidement et discrètement. J'ai donc obtenu l'autorisation préalable d'aller sur place, accompagné de Marina. Départ immédiat ! Nous allons dorénavant suivre des procédures spéciales, ce qui revient à dire de manière plus prosaïque que nous allons travailler hors procédures.

Il se sentit revivre. Quitter les bureaux, aller sur le terrain, se frotter à la réalité physique et brute des choses : sa vie de jeune inspecteur de la rue du Collège à Bruxelles semblait miraculeusement remonter à la surface. Ah... la nostalgie de cette petite commune verte de la capitale de l'Europe...

Marina voyait également d'un bon œil l'idée d'aller sur place. Elle ne se voyait pas comme une guerrière, mais l'idée de pouvoir éventuellement utiliser ses compétences en art martial s'il fallait protéger Christian d'un petit voyou du cru lui plut, même si elle ne se faisait guère d'illusions : elle redoutait plutôt de longues heures de planque ou de collecte d'informations auprès d'autochtones. La pratique du krav-maga risquait d'attendre.

Patrick les observait, sentant la fébrilité et l'excitation qui montaient en flèche.

— Je vais avec vous.

Christian et Marina se tournèrent vers lui, à l'unisson.

— Pardon ?

— Vous m'avez bien compris : je pars avec vous. L'avantage c'est que moi, depuis le début, je travaille hors procédures. Je n'ai donc pas d'autorisation à demander.

Christian bredouilla :

— Mais, c'est-à-dire que... Euh...

— Tu vois, l'interrompit Patrick. Tu n'as pas d'objection qui te vienne directement à l'esprit. Qu'est-ce que tu crois ? Que je ne me complais qu'en présence d'ordinateurs ou de données ? Que je ne suis bon qu'à faire du lobby ou de la pédagogie auprès d'autorités publiques ? C'est mal me connaître. J'ai également besoin du contact avec la réalité, tout comme toi. Tu as demandé le soutien de Terastar ? Eh bien tu l'as. Dans sa version intégrale, pas seulement logicielle.

Patrick se leva, souriant.

— De toute manière, ma décision est irrévocable. Si vous n'avez jamais rencontré quelqu'un d'obstiné, c'est que vous n'avez jamais rencontré d'Irlandais...

27

Velika, Croatie : 7 mars 2019

Le pick-up bleu s'arrêta au bout du sentier, sur une petite aire dégagée.

Les trois passagers en descendirent. Patrick se dirigea immédiatement vers le bord du petit promontoire rocheux avec sa paire de jumelles et scruta les alentours. Marina observa les vestiges du château en ruines, sur leur droite, et Christian fit quelques pas vers la gauche pour avoir une vue d'ensemble du site.

Après quelques instants, Patrick se tourna vers eux :

— Je crois que l'endroit est bon, mais pour en avoir le cœur net il faudra attendre que cette légère brume en contrebas se dissipe. Cela ne devrait pas tarder.

Il se dirigea vers le véhicule et sauta comme un félin sur la plate-forme, puis entreprit de décharger plusieurs sacs étanches dont il répandit ensuite le contenu sur le sol.

Marina resta perplexe devant l'ensemble de pièces disposées devant elle.

Patrick eut un petit éclat de rire :

— C'est pourtant mathématique, ou plutôt géométrique, non ? Regarde : ces arceaux-ci servent au montage du dôme, celui-là c'est pour le panneau postérieur, et celui-là c'est pour la zone de rangement, ensuite tu fixes le double toit sur le tout, autour de ces deux aérations prévues au sommet.

Cinq minutes plus tard, la tente était montée.

— On dirait que tu as une fameuse expérience en la matière, lui lança Marina.

— J'ai en effet vécu quelques mois seul sous tente dans le Connemara.

— Ah bon ?

— Oui, c'est une longue histoire.

Christian Debruyne termina de préparer du café sur un bec de gaz. Il tendit une tasse aux deux autres, puis se dirigea vers l'extrémité du promontoire tout en dégustant la boisson fumante. En contrebas, la brume s'était dissipée. Il déposa son café et saisit sa paire de jumelles Zeiss Conquest HD. L'image, d'une netteté surréaliste, le figea durant une fraction de seconde. Une maison semblait lui faire un clin d'œil complice. Aussitôt, il comprit : la façade ne comportait que deux fenêtres à volets et une seule avait ceux-ci clos. L'ensemble, avec le toit suggérant un chapeau, évoquait de manière frappante un visage mutin lançant une œillade. Son regard fut attiré par une incongruité : le toit était percé par un poteau électrique. Avec amusement, il se demanda si la ligne avait été installée après la construction de la maison sans qu'on veuille la dévier de sa trajectoire rectiligne, ou si la bicoque avait été bâtie autour du poteau. Dans un cas comme dans l'autre, cela devait être bizarre d'avoir un poteau électrique dans son salon ou sa cuisine...

Il se dirigea en souriant vers le pick-up.

— Je vous confirme que ce lieu est idéal. Nous avons une sacrée chance : la vue sur la maison de Vinko Zulevic est parfaite, à part la brume qui semble être fréquente à cette saison. Pour le reste, personne ne sera surpris de nous voir camper ici. Nous sommes en bordure du parc Prirode Papuk, et il regorge de randonneurs.

— Sauf que ce n'est peut-être pas fréquent de voir deux hommes et une femme bivouaquer ensemble, ajouta Marina.

Patrick eut un petit rire.

— Tu aurais peut-être dû te déguiser en homme...

Elle lui jeta un regard noir, avant de se diriger vers le point d'observation.

— Bon, que fait-on exactement, à présent qu'on a trouvé un bon site ?

Patrick les rejoignit, et ils s'assirent sur un rebord en pierre. Le café peinait à les réchauffer : la température ne devait pas excéder 8 ou 9°C, et de fins filaments de brume s'étalaient ici et là, renforçant la sensation de froid.

— Faisons le point, dit Patrick. Nous avons un bon point de vue sur la maison d'un type qui a mentionné avoir vu Filipović. Donc, quelqu'un lui a sans doute demandé de signaler s'il le voyait. Pour quelle raison ? Nous n'en avons aucune idée.

— Ce n'est pas cela qui nous intéresse, le coupa Christian. Nous devons rester concentrés sur Filipović. Notre seul lien avec lui, c'est le gars dans la maison en contrebas d'ici, ce Vinko Zulevic.

À cet instant, le smartphone de Christian émit

un petit bruit. Il le saisit, en consulta l'écran pendant quelques instants puis esquissa un sourire.

– Bien. Mieux vaut tard que jamais, Europol a enfin des informations sur notre client. La Croatie a beau faire partie de l'UE, il semble que les infos ne circulent pas encore de manière très fluide.

En réalité, la moisson d'informations était assez maigre : Vinko Zulevic était en effet connu des services de police croates, mais seulement pour quelques flagrants délits de petits deals de drogue pour lesquels il n'avait même pas fait de taule. On le suspectait de s'adonner de manière sporadique au proxénétisme, mais aucune preuve formelle n'existait. Il ne semblait pas être une préoccupation majeure pour les autorités judiciaires croates, d'après le court briefing d'Europol envoyé à Christian, et cela pour deux raisons principales. Tout d'abord, la priorité était clairement la criminalité économique en Croatie, dont le taux avait doublé par rapport à l'année précédente. Il avait également dépassé la moyenne mondiale, et dépassait largement la moyenne de la criminalité économique dans les pays d'Europe orientale. Mais la préoccupation majeure des autorités était également de juguler l'explosion de crimes mineurs comme les vols à la tire et les vols de documents, en particulier dans les endroits touristiques populaires et le long de la côte de l'Adriatique, à plus de deux cent cinquante kilomètres de Velika.

Bref, en termes clairs, c'était du petit gibier ne valant pas la peine d'y consacrer les maigres ressources laissées à la police par un budget en restriction.

— À mon avis, dit Patrick, Filipović doit se terrer quelque part dans les forêts des alentours, et il vient voir le petit voyou de temps en temps pour se fournir en filles.

— Ah bon ? répliqua Marina. Alors, comment faisais-tu lorsque tu étais resté seul sous tente quelques mois dans le Connemara ? Tu avais aussi déniché un proxénète local, ou dois-je comprendre que tu y allais à l'huile de poignet ?

Christian haussa le ton :

— Ce n'est vraiment pas le moment de se taquiner. Il faut nous organiser. Gardons l'hypothèse que, pour une raison quelconque, Filipović vienne voir de temps en temps Vinko Zulevic. Avec nos jumelles à fort grossissement, et pour peu qu'il n'y ait pas de bancs de brume en contrebas, nous pourrons l'identifier sans problème au moment où il se pointe. Il nous faudra alors trouver un moyen de le pister jusqu'à l'endroit où il se planque. C'est à ce moment-là qu'on pourra envoyer la cavalerie locale, pas avant. La vraie question est : comment le pister ? Quand on l'aura repéré, le temps de redescendre avec le pick-up, il y a de fortes chances qu'il soit déjà reparti. Sans parler du fait qu'en le suivant, sur ces routes peu fréquentées on sera repérés en deux temps trois mouvements... Donc, il nous faut une autre approche. Voici ce que je propose : nous allons louer une deuxième voiture que l'on stationnera dans un endroit discret, mais beaucoup plus proche de la maison de Vinko Zulevic. À tour de rôle, chacun de nous y restera en attente. Sitôt que l'oiseau se pointe, on prévient d'ici celui d'entre nous qui est dans la bagnole, il s'approche à pied et en passant devant la voiture de Filipović, sous prétexte de refaire les lacets de ses bottines de randonnée, il y colle à l'intérieur de l'aile le traceur GPS magnétique.

Le ton était convaincant et le plan parut cohérent à tout le monde. Patrick se leva.

— Bon, alors il nous reste à aller louer une voiture à Osijek, ce n'est pas dans ce bled qu'on en trouvera une. Il faut qu'un de vous deux m'accompagne pour prendre le volant de la voiture louée pendant que je rapplique le pick-up. Marina, tu viens avec moi ? Sauf si, bien entendu, tu crains de te retrouver seule en présence d'un homme en manque...

— Pas de soucis, répliqua-t-elle avec un large sourire. En cas de problèmes, je connais quelques prises qui te feront passer toute envie déplacée pour longtemps !

∞

Zoran passa devant l'église Sainte-Augustina, puis ralentit avant de s'arrêter devant la maison de Vinko Zulevic. L'expérience avec cette Severina avait été très concluante et il ne voyait aucune raison pour ne pas remettre cela d'ici quelques jours. Bien entendu, cette fois-ci, hors de question d'éprouver quoi que ce soit pour la fille : la relation resterait purement physique et cela lui convenait. Une marchandise d'une telle qualité devait cependant être fort prisée et il avait décidé de passer voir

Vinko pour la réserver d'ici une semaine.

Il sortit de son véhicule et poussa la petite barrière donnant accès à l'allée latérale et à la porte d'entrée. Il sonna et entendit un carillon qui, dans une tentative pathétique, se voulait sans doute mélodieux.

Pas de réponse.

Après quelques secondes, il sonna à nouveau.

Toujours rien.

Il tambourina vigoureusement à la porte, sans succès.

Il s'apprêta à faire demi-tour lorsqu'un détail frappa son attention : la voiture de Vinko était garée au bout de l'allée. Il se dirigea vers le véhicule et regarda aux alentours. Puis il cria son nom, pensant que ce dernier prenait peut-être l'air quelque part dans le jardin.

Aucune réponse.

Il rebroussa chemin et repassa devant la porte d'entrée. Par réflexe, il tenta de l'ouvrir. Elle n'offrit aucune résistance.

Il l'entrouvrit, cria à nouveau le nom de Vinko, puis passa la tête dans l'entrebâillement.

À cet instant, un effluve lui parvint.

Il resta figé. Cette odeur, il la connaissait.

L'odeur de la mort.

Prudemment, il entra, respirant par la bouche. Il parcourut le salon, puis la cuisine, pour finalement entrer dans la pièce faisant office de bureau. Vinko gisait par terre, sur le ventre, la tête trônant au milieu d'une grande tache de sang séché. Il s'approcha et détailla le corps, sans y toucher. En se penchant sur le cadavre, il distingua un orifice dans la nuque.

Une exécution sommaire, propre et rapide.

Il avisa la table de travail : elle était vide.

Il avait pourtant noté lors de ses visites précédentes la présence d'un ordinateur portable. Serait-ce un cambriolage qui aurait mal tourné ?

De toute manière, ce n'était pas son problème. Mais c'était tracassant, car cela allait rameuter des flics dans ce trou perdu. Ne devrait-il pas changer de planque ?

En tout état de cause, il fallait se tirer de cette bicoque, rapidement et discrètement.

∞

Christian étouffa un juron d'excitation.

Au moment de sortir de sa voiture, une centaine de mètres en contrebas, l'homme avait tourné la tête vers lui, comme pour contempler un bref instant les collines avoisinantes. Son visage apparut nettement dans l'optique de ses jumelles.

Zoran Filipović.

Il jura une deuxième fois, mais de dépit cette fois, en réalisant que Patrick et Marina étaient sur le chemin du retour d'Osijek.

Ses réflexes d'homme de terrain rompu aux situations d'urgence fonctionnaient à plein régime.

Il empoigna son téléphone et appela Patrick. Ce dernier répondit à la deuxième sonnerie. Dans ce coin reculé de Croatie, il y avait peu de risques de se faire arrêter pour l'utilisation d'un téléphone portable au volant...

— Oui ?

— Filipović est entré chez Zulevic. Où en êtes-vous ?

Patrick déchiffra rapidement l'écran de son GPS.

— Sur la Mirogojska, quasiment à l'entrée de Velika.

— Tu vas t'arrêter maintenant et prendre Marina avec toi. Deux voitures apparaissant en même temps, c'est peut-être trop repérable et je ne veux pas prendre le moindre risque. Ensuite, arrête-toi à l'endroit convenu et suis le plan prévu pendant que Marina reste dans le véhicule.

— Bien reçu.

Il ralentit tout en faisant un signe de la main par la fenêtre. Les deux voitures se garèrent sur le bas-côté encore humide des fortes pluies de la veille.

Sans sortir, Patrick hurla par la fenêtre :

— Grimpe immédiatement, Filipović est là.

Marina coupa le contact de la Nissan de location, retira la clé de contact et courut vers le pick-up. Elle glissa sur une plaque de boue et se rattrapa de justesse avant de grimper côté passager.

— Que fait-on maintenant ?

Patrick lui fit signe de se taire. Tenant ses jumelles d'une main et son smartphone de l'autre, Christian hurla :

— Merde, il ressort. Vous n'aurez pas le temps de placer le pisteur GPS. Patrick, essaie de le prendre en filature.

Patrick redémarra en trombe, après avoir mis son téléphone en mode haut-parleur et l'avoir fourré dans les mains de Marina.

— Il va dans quelle direction ?

— Il repart d'où il est venu, vers le nord-ouest et le mont Papuk.

— On vient du sud, donc on peut le recoller par l'arrière. Il a quoi comme voiture ?

— Une Lada Niva de couleur blanche, mais couverte de boue.

Patrick prit de la vitesse, tandis que Marina concentrait son attention quelques centaines de mètres plus loin sur la route.

— Je le vois !

— Tu es certaine que c'est lui ? demanda Patrick.

La voix de Christian grésilla dans le téléphone.

— Oui, je vous vois. Vous êtes à trois cents mètres de lui, mais je vais vous perdre tous les deux après le prochain virage. Maintenez au minimum cette distance.

Patrick leva le pied et calqua sa vitesse sur celle de la Lada, envisageant les possibilités de ne pas se faire repérer sur ces routes peu fréquentées. Une mission quasiment impossible...

À moins que...

Il sentit une bouffée d'optimisme monter en lui lorsqu'il vit une Audi A4 break de couleur noire dans son rétroviseur. Voir un deuxième véhicule apparaître derrière lui quelques minutes après le premier, cela paraîtrait peut-être moins suspect au fugitif.

Après trois minutes, son début d'euphorie se transforma brutalement en une sourde appréhension lorsqu'une Mercedes bleu foncé apparut à son tour dans le miroir.

Ensuite, tout alla très vite.

Marina hurla lorsqu'elle vit la Lada percutée de plein fouet par un énorme 4x4 qui avait déboulé d'un sentier sur la gauche. Celui de Filipović partit en toupie et s'écrasa contre le tronc d'un sapin.

Patrick freina brutalement. Par réflexe, il se cramponna au volant, s'attendant à être percuté à l'arrière par le véhicule qui le suivait.

Aucun choc.

Il regarda dans son rétroviseur et vit les deux voitures arrêtées l'une à côté de l'autre juste derrière lui, en épi, comme pour rendre toute manœuvre de recul impossible.

Trois hommes sortirent de chaque voiture, Kalachnikov en main, et marchèrent dans sa direction.

Il pensait à toute allure, comme s'il voulait forcer son cerveau à entrer en surrégime. Il n'était pas armé et Marina non plus, à sa connaissance. De toute manière, même si c'était le cas, il ne ferait pas le poids face à plusieurs hommes munis de fusils-mitrailleurs.

Il s'aperçut que Marina serrait le smartphone dans ses mains. Les jointures de ses mains étaient blanches, tant elle exerçait une pression sur l'objet. Il entrevit sur l'écran une icône verte représentant un téléphone dont le combiné était décroché.

Il hurla :

— Christian, on est pris dans une embuscade.

La vitre éclata juste à côté de lui.

∞

Christian Debruyne restait tétanisé, tentant

d'interpréter les bruits qui sortaient de son téléphone : des éclats de voix, qui d'après le ton utilisé s'apparentaient à des injonctions, dans une langue qu'il ne comprenait pas. Des bruits de portière qu'on claque, d'autres plus étouffés.

Pas de coups de feu.

Fiévreux malgré la température fraîche, il tentait de faire le point le plus calmement possible. Il n'avait aucun véhicule à sa disposition, ce qui limitait les options.

Si Patrick et Marina avaient été pris dans une embuscade, qu'est-ce que cela pouvait signifier ? Peut-être s'étaient-ils trouvés par malchance au mauvais endroit et au mauvais moment, celui d'un piège destiné à Filipović, recherché par des gens d'ici. Le mail de Zulevic intercepté par Europol tendait à le prouver, et donc cette hypothèse tenait la route.

Ou alors on les visait eux !

Dans ce cas-là, lui-même serait également dans le collimateur.

Il se retourna lentement : de l'autre côté de la petite clairière, quatre hommes armés de Kalachnikov marchaient vers lui...

28

Osijek, Croatie : 8 mars 2019

Patrick mourait d'envie de se masser la tempe qu'un coup de crosse avait endolorie. Mais il était solidement entravé.

Il observa Marina et Christian, à sa droite, chacun également ligoté à une chaise.

En face d'eux, un homme en treillis militaire, Kalachnikov en bandoulière, fumait tranquillement, appuyé contre une poutre en bois.

— Vous croyez qu'il comprend ce qu'on dit ? murmura Christian.

Ils observèrent la réaction du sbire. Celui-ci resta de marbre.

— Puis-je boire quelque chose ? demanda Marina, fixant le garde dans les yeux.

Toujours aucune réaction. Soit il ne comprenait rien, soit il était vraiment d'une maîtrise absolue, froid comme un iceberg. À moins qu'il ne soit sourd...

C'était vraiment déstabilisant de ne pas pouvoir se parler, ou de le faire sans savoir si le geôlier comprenait ou pas.

Durant quelques minutes, ils décidèrent donc d'en rester aux banalités, et se contentèrent de faire sommairement le point de la situation. Seul Patrick avait été frappé, mais les élancements, aussi désagréables qu'ils soient, n'en restaient pas moins supportables.

La pièce devait être un ancien chai : toute en longueur, sa taille était impressionnante. Entièrement structurée par des poutres en bois, elle avait été vidée de ses équipements, à l'exception de quelques outils traînant sur le sol poussiéreux.

Soudain, une porte s'ouvrit à quelques mètres d'eux et un homme entra, accompagné de deux gardes du corps, dont l'un portait une chaise.

Il la plaça face aux trois prisonniers, puis l'individu s'y assit.

Il resta de longues secondes à les toiser, calme et concentré. Il était habillé tout de noir : souliers, chaussettes, pantalon, pull à col roulé, veston. Il devait avoir environ soixante-cinq ans. Le plus déstabilisant était son regard : un œil était en permanence à moitié fermé, comme vide de tout éclat, tandis que l'autre dardait un regard étonnamment vif. De l'ensemble émanait une impression de menace teintée de cruauté.

Lentement, l'homme replia une jambe sur l'autre et se cala contre le dossier de la chaise. Il commença à parler posément, dans un anglais parfait.

— Je suis désolé de vous avoir quelque peu malmenés.

— Mais non, c'était un plaisir, rétorqua Patrick.

L'homme ne parut pas le moins du monde surpris par l'insolence de la remarque. Il fixa Patrick.

— Puis-je savoir qui vous êtes ?

— Figurez-vous que nous nous posions exactement la même question... Quelle coïncidence, n'est-ce pas ?

L'esbroufe était sa manière à lui de déstresser. Mais, comme par un effet de vases communicants, cela eut pour effet de faire monter en flèche le niveau d'angoisse de Marina. Si elle avait eu les jambes libres, elle lui aurait à coup sûr balancé un coup de pied dans les tibias.

L'homme esquissa un léger sourire.

— Vous avez raison. Permettez-moi donc de me présenter : mon nom est Milorad Knezerodivic. Je suis un entrepreneur serbe, et de nature plutôt discrète.

Christian intervint :

— En Europe de l'Ouest, nos entrepreneurs ne sont pas entourés de barbouzes armés de Kalachnikovs.

Marina se tassa sur son siège. Knezerodivic ne se départit pas de son sourire.

— Je connais bien l'Europe de l'Ouest, vous savez. À quatorze ans, j'ai dû passer un an dans un centre de correction pour adolescents après un vol de sac à main dans la rue. À ma sortie, mon père avait décidé de m'envoyer dans la ville côtière de Kotor, au Monténégro, dans un autre centre de redressement. Histoire, sans doute, d'enfoncer un peu plus le clou... J'ai alors fugué vers Paris, où j'ai été arrêté par la police française puis rapatrié à Belgrade. Peu après, j'ai été condamné à trois ans de prison pour divers vols et cambriolages. C'est durant cette période en prison que je me suis forgé un réseau ; j'ai commencé alors à mettre sur pied mon propre gang. Mais les petits larcins belgradois ne me faisaient guère entrevoir la grande vie de caïd à laquelle j'aspirais. À l'âge de vingt ans, j'ai décidé de partir à la conquête dc l'Europe. Après être passé par l'Italie, terre d'accueil de nombreux criminels d'Europe de l'Est, j'ai émigré illégalement en Suède. J'y ai découvert avec ravissement une sorte de pays de « Bisounours » qui ne connaissait pas le crime organisé. Les policiers, presque pas armés, étaient très peu réactifs en matière de braquages, ma spécialité. J'ai pu y réactiver les réseaux criminels des Balkans et opérer avec certains de mes complices d'antan ainsi que des gangsters locaux. Lors des braquages, j'étais un peu comme le Jacques Mesrine[33] local, toujours souriant et courtois avec le personnel et les civils. Je laissais toujours une rose sur le comptoir en guise de signature. Savez-vous que j'ai eu comme complice le célèbre Jan Erik Olsson[34], le braqueur de banques à l'origine du « Syndrome de Stockholm » ? J'ai également pu opérer en Allemagne, en Autriche, en Suisse, en Belgique, en Suède, aux Pays-Bas ainsi qu'en Italie.

---

[33] Jacques Mesrine né le 28 décembre 1936 à Clichy et mort à quarante-deux ans le 2 novembre 1979 à Paris, est un criminel français ayant opéré principalement en France mais aussi au Québec, en Espagne et une fois en Suisse, en Italie et en Belgique à Bruxelles.

[34] Jan Erik Olsson est un évadé de prison suédois qui, tentant de commettre un braquage dans une banque de Stockholm le 23 août 1973, sera contraint par l'intervention de la police de se retrancher avec quatre otages, des employés de la banque.

Donc, vous voyez, je connais bien vos pays d'Europe de l'Ouest. Depuis lors, je suis retourné à Belgrade et j'y ai acquis une chaîne de pâtisseries. Une simple couverture, bien entendu. Vous imaginez bien que ce n'est pas un commerce de gâteaux et sucreries qui m'a permis de faire construire une villa marbrée flambant neuve à Dedinje, un des quartiers les plus chic de la capitale... Mais je n'oublie pas vos belles régions, et je compte bien y retourner tôt ou tard pour y développer mon empire.

Il se redressa légèrement.

— Mais je parle, je parle... C'est à votre tour, je crois. Cependant je vais d'abord vous expliquer pourquoi il est important de me dire qui vous êtes. Nous avons débuté notre planque en vue d'intercepter Filipović un jour avant votre arrivée. Avec notre équipe en place, il n'a donc pas été difficile de vous repérer tout en restant indétectables à vos yeux.

Il eut un petit rire.

— Vous n'aviez vraiment pas l'air de touristes, vous savez. Ce qui m'intéresse, c'est de savoir qui était la cible de votre attention : Filipović ou Zulevic ? Vous connaissez l'adage : les amis de mes amis sont mes amis, et toutes ses variantes. C'est très mathématique et logique, tout cela, non ?

Marina intervint pour montrer à ses deux compagnons d'infortune qu'elle ne perdait pas pied :

— On appelle cette propriété la transitivité.

Patrick et Christian la regardèrent, éberlués.

Milorad Knezerodivic haussa légèrement les sourcils.

— Si vous le dites... Prenons à présent un premier cas de figure : vous traquiez Filipović, qui est donc sans doute un ennemi pour vous. Comme il est mon ennemi, nous avons là un adversaire commun, et je serais donc en droit de vous considérer comme des amis, ce qui vous garantirait de sortir vivants de cette pièce. Si par contre vous cibliez Zulevic, qui était mon allié, eh bien les ennemis de mes amis étant mes ennemis, ce serait beaucoup plus ennuyeux pour vous...

Patrick était concentré sur chaque mot, chaque intonation, sentant instinctivement qu'une partie d'échecs serrée était en cours. Ou plutôt un poker menteur... N'importe quoi serait bon pour gagner du temps, pour essayer de glaner des informations utiles à leur situation, même si celle-ci n'était guère brillante.

— Pourquoi dites-vous que Zulevic *était* votre allié ?

Knezerodivic claqua des doigts, et un des gardes du corps lui apporta un cigare. Le cérémonial d'allumage du havane prit une minute entière, dans un silence glaçant.

— Il a commis une erreur, en m'envoyant une photo de Filipović par mail, c'est-à-dire de manière non protégée. Lorsqu'une erreur est commise, il faut la réparer. Dans ce cas-ci, cela revenait à nettoyer toute trace susceptible d'aider quelqu'un à remonter jusqu'à moi. Zulevic était une de ces traces, j'ai donc dû nettoyer. Rien de personnel, j'ai toujours procédé comme cela.

— Et pourquoi traquez-vous Filipović ?

— Je vais éclairer votre lanterne. De toute manière, quelle que soit l'issue pour vous, cela ne me portera pas préjudice de vous expliquer ce qui nous amène tous ici dans cette pièce.

Il s'interrompit quelques instants, comme pour remettre ses idées en place et décider par quel bout il allait dérouler le fil de l'histoire.

— Tout a démarré il y a un peu plus d'un an. Mais pour bien comprendre le contexte, vous devez savoir que j'ai des plans à long terme. Mon occupation actuelle n'est que temporaire, le temps d'accumuler assez de capital pour passer à l'étape suivante, celle du *business clean*. Passer de l'ombre à la lumière, d'une certaine manière. Les mécanismes de blanchiment d'argent sale sont bien au point, et en la matière, nous aurons toujours une longueur d'avance sur les législations applicables. Je voulais tout préparer pour cet avenir radieux, et je pensais déjà à la passation de pouvoir à ma fille unique. Il lui fallait une éducation de haut niveau, car elle serait amenée à gérer un empire. Je l'ai donc inscrite dans un pensionnat privé, sous un faux nom car le mien était malheureusement assez connu des médias à la suite de mes activités actuelles.

Un voile de tristesse passa brièvement dans son œil valide, avant que celui-ci ne retrouve une flamme vive.

— Un beau jour, il y a un peu plus d'un an, la direction de l'établissement m'a prévenu que ma fille semblait perturbée et présentait quelques troubles de comportement. Cela m'a surpris, car elle était un modèle de stabilité. Deux jours après, on m'a appris sa disparition. « Une fugue, sans doute », m'a-t-on dit.

Il porta le cigare à ses lèvres et souffla une longue bouffée de fumée vers le plafond.

– J'ai réagi comme tout père l'aurait fait s'il avait eu mes moyens : j'ai engagé les cinq meilleurs détectives privés du pays, payés une fortune et avec la promesse d'une prime encore plus conséquente s'ils parvenaient à retrouver ma fille. Ils ont fait un boulot fantastique, mais malheureusement ils avaient toujours un coup de retard. Lorsqu'ils ont découvert qu'elle avait été kidnappée par un réseau de ventes de jeunes filles, il était déjà trop tard. Quand ils ont identifié qui l'avait achetée, le type s'était évanoui dans la nature. Ils ont ensuite réussi à localiser le domicile du gars, mais il venait de disparaître. Cela semblait une traque sans fin. Jusqu'à aujourd'hui.

Il s'interrompit. Patrick vit distinctement ses mâchoires se contracter.

– Le gars en question, c'est Filipović, n'est-ce pas ? demanda Christian.

– Oui, c'est lui.

∞

Une fois terminée, Knezerodivic avisa l'installation puis fit un petit signe de la tête. Quatre hommes firent entrer Filipović et l'étendirent, torse nu, sur la table en bois, pour ensuite lui entraver fermement les bras et les jambes. Au-dessus de lui, une barre de fer était posée sur deux supports en bois et reliée à une manivelle.

— Bon, nous allons pouvoir commencer. J'espère que vous allez apprécier le spectacle.

Il fit un petit signe de la tête à un homme qui se tenait à côté de Filipović.

— Je vous présente Dourgali. Un de mes hommes les plus fidèles. Il a beaucoup œuvré dans les prisons de Tchétchénie et il n'a pas son pareil pour faire parler les récalcitrants.

Dourgali empoigna un couteau à lame courte et, d'un geste vif et précis, pratiqua une incision dans l'abdomen de Filipović. Celui-ci émit un long grognement. Ensuite, le Tchétchène déposa le couteau et fourra sa main dans le ventre du Croate, déclenchant un hurlement inhumain. Il fourragea quelques instants, semblant chercher quelque chose, puis ressortit une extrémité de viscère. Il était rayonnant, comme s'il avait gagné un trophée.

Knezerodivic expliquait les opérations, de manière aussi détachée qu'un zoologue commentant un documentaire animalier :

— Là, vous voyez, il a séparé l'intestin grêle de l'estomac et il va à présent l'attacher à ce crochet relié à la manivelle.

Le Croate se remit à hurler à pleins poumons. Il se lança dans ce qui ressemblait à une longue supplique.

Knezerodivic fit à nouveau un petit signe de la tête.

Dourgali commença à faire tourner la manivelle, très lentement. Il arborait un sourire radieux, prenant visiblement du plaisir à la tâche. Après une minute, environ cinquante centimètres de viscères avaient été extraits de l'abdomen, enroulés autour de la barre en métal.

– Ah ça oui, c'est très douloureux. Dans certains cas, on agrémente la chose en glissant dans l'abdomen quelques insectes, des guêpes par exemple, avant de refermer au maximum la plaie pour éviter qu'elles ne ressortent, en laissant juste un petit orifice par lequel l'intestin peut sortir. Le record de Dourgali, c'est d'avoir réussi à sortir six mètres de viscères avant que le client ne meure. Je vous l'avais dit, c'est un véritable artisan.

Le Tchétchène arrêta le mouvement de la manivelle.

Filipović semblait avoir usé prématurément ses cordes vocales à force de hurler : il parlait d'une voix faible et rauque. Un dialogue s'ensuivit entre le Croate et le Serbe, que personne du trio de prisonniers ne parvint à déchiffrer entièrement. Seuls quelques mots isolés étaient compréhensibles.

Knezerodivic fit à nouveau un petit signe de la tête à son homme de main, qui regardait avec envie le morceau d'intestin enroulé autour de la barre en métal. C'était comme offrir une friandise à un enfant : il plongea aussitôt sur la manivelle et la tourna le plus lentement qu'il put, extrayant encore un mètre de tripes en trois minutes. Il fallait faire durer le plaisir...

Puis il s'arrêta et Filipović parvint à balbutier quelques phrases. Knezerodivic fronça les sourcils.

Il se tourna vers les trois prisonniers. L'expression de son visage était effrayante : un masque de froideur et de détermination sous lequel on devinait que bouillonnait la cruauté, comme le magma sous la croûte terrestre.

— Bien, nous n'avons plus rien à faire ici. Laissons ce bon Dourgali terminer le travail. Veuillez m'excuser, mais j'ai besoin d'être seul quelques heures. Je vous verrai demain.

29

Osijek, Croatie : 9 mars 2019

Patrick tourna la tête vers Marina.

Celle-ci somnolait, la tête penchée en avant, le menton lui touchant le haut de la poitrine. De temps en temps, elle se réveillait en sursaut et relevait brutalement la tête, pour se rendormir d'un sommeil agité quelques secondes plus tard.

Christian, quant à lui, était parfaitement éveillé. La fatigue ne semblait avoir aucune prise sur lui, en dépit du fait d'être attaché sur une chaise depuis plus de quinze heures.

Son regard croisa celui de Patrick.

Ils avaient été conduits dans une autre pièce, légèrement plus petite, sans doute une annexe du chai. Les cloisons du local étaient faites de lamelles en bois, d'apparence assez fine. Aucune lumière naturelle ne pénétrait dans cet espace sentant la poussière et le renfermé, seule une ampoule fournissait une clarté blafarde.

Un garde était affalé dans un vieux fauteuil dépareillé, sa Kalachnikov posée à côté de lui. Il ne les quittait pas des yeux.

Patrick s'adressa à lui :

— Je reum de soif. À reboi raiau-tu ? Une sonboi

conquequel[35] ?

Christian le regarda, ahuri. Marina, qui venait de se réveiller, tourna également son regard vers lui, bouche bée.

Le garde ne broncha pas, haussant à peine un sourcil en remarquant que Patrick s'adressait à lui.

— Moi soif. Toi donner boire à moi ? demanda Patrick.

Le garde se leva, prit une bouteille d'eau minérale Oda et la porta aux lèvres de Patrick, comme on donne le biberon.

Ensuite il se tourna vers Marina :

— Femme boire ?

Elle acquiesça et but une longue rasade d'eau.

Puis ce fut le tour de Christian, et le garde se rassit dans son fauteuil après avoir terminé la bouteille d'une traite.

— Mes gnoncompa, articula Patrick lentement, il est dentévi que notre bèrecer ici senpré ne prencom pas le verlan[36].

Après quelques instants, Christian comprit et répondit :

— Tu as sonrai. On peut niquercommu sans qu'il nous prennecom[37].

Le garde les regardait d'un air perplexe. On sen-

---

[35] « Je meurs de soif. Aurais-tu à boire ? Une boisson quelconque ? »

[36] « Mes compagnons, il est évident que notre cerbère ici présent ne comprend pas le verlan. »

[37] « Tu as raison. On peut communiquer sans qu'il nous comprenne. »

tait poindre une légère contrariété, mais il n'intervint pas, se contentant de redoubler d'attention.

Patrick poursuivit lentement, désormais convaincu que le garde ne comprendrait rien à leurs échanges, pour peu qu'ils continuent à parler en verlan.

Le simple fait de pouvoir communiquer déclencha chez eux un semblant de bien-être, comme l'aurait fait un puissant sédatif administré à un patient en phase terminale tourmenté de douleurs : cela n'arrangeait en rien leur situation, mais c'était bon...

Patrick commença par insister sur une chose : ils devaient être prêts lorsque l'assaut serait donné, et il pensait que c'était pour bientôt. Incrédules, Christian et Marina durent le faire répéter, pensant avoir mal compris le langage haché.

Le garde alluma une cigarette, sans les lâcher des yeux. La conversation d'apparence décousue n'avait pas l'air de le perturber.

À présent, Patrick insistait pour faire le point sur leur situation, et cela de manière détaillée. Christian et Marina acquiescèrent : les réflexes professionnels du trio avaient repris le dessus, ceux acquis lors de carrières de para-commando, de manager, de gestionnaire de projet, de policier, de scientifique. Un redoutable *cocktail* de compétences...

Ils étaient unanimement convaincus d'une chose : ils ne pourraient sortir de leur situation qu'après avoir étudié celle-ci dans le moindre détail.

Marina éprouvait beaucoup de difficultés à s'exprimer en verlan. Elle prenait le temps de formuler au préalable la phrase dans son esprit avant de la délivrer sur un rythme semblant fluide, de manière à endormir les soupçons du garde. Et cela semblait fonctionner...

Elle indiqua que ses liens étaient légèrement distendus, sans doute suffisamment pour arriver à libérer ses mains.

Ce fut au tour de Patrick d'être incrédule, mais Marina répéta le message de sorte que le doute ne soit plus permis. Les choses se précisaient dans l'esprit de Patrick, et un plan commença à prendre forme : Christian et lui allaient se ruer sur le garde, espérant le neutraliser durant assez de temps pour que Marina libère ses mains. Elle prendrait le relais ensuite. La coordination étant l'élément-clé, il fut convenu que Patrick se lance en premier lieu, suivi de Christian.

L'échange se poursuivit quelques minutes encore. Les paroles étaient entrecoupées de moments de silence et de concentration : ce n'était vraiment pas facile de construire de telles phrases alambiquées.

Puis ils se turent, ce que le garde interpréta comme une marque de fatigue. Il se cala dans son fauteuil, repliant une jambe sur l'autre.

À défaut d'assurer pleinement une issue favorable, le plan était clair : au moment décidé par Patrick, ce dernier se jetterait le premier sur le garde. En fonction du résultat de ce premier assaut, Christian se lancerait ensuite de la manière la plus adéquate. Il restait à espérer que cela fournirait assez de temps à Marina pour se dépêtrer de ses liens et parachever l'attaque.

Elle avait appliqué la technique apprise durant ses cours de *self-defense* : au moment de se faire ligoter les poignets, elle avait appuyé les phalanges de ses mains les unes contre les autres, et les avait remontées vers le torse. Cela donnait l'impression de coopérer, mais en réalité cela laissait un certain espace entre les poignets. En outre, elle avait simulé des grimaces de douleur au moment où les ravisseurs nouaient les liens. La plupart des gens ne souhaitent pas faire empirer une situation déjà extrêmement défavorable, et ce fut le cas ici : les cordes ne furent pas serrées au maximum. Peut-être même qu'une vague réminiscence de galanterie les avait poussés à ménager une faible femme... Dans cette optique, elle avait d'ailleurs poussé la comédie jusqu'à simuler des larmes.

Le résultat était là : il y avait suffisamment de mou dans ses liens pour pouvoir s'en libérer en quelques secondes : le temps que Patrick et Christian espéraient gagner grâce à leur assaut.

Chacun se concentra. Marina répétait mentalement chaque geste à effectuer : rapprocher ses poignets, les faire glisser l'un contre l'autre, défaire le nœud de la corde qui maintenait son torse attaché à la chaise et qui, par chance, se trouvait vers l'avant, sous son menton, dans son champ de vision. Sans doute ses ravisseurs avaient-ils choisi cette option afin de se rincer l'œil et de pouvoir mater tranquillement sa poitrine tout en manipulant la corde afin de réaliser le nœud final. Elle avait pu l'étudier en long et en large : chaque boucle, chaque point d'appui, chaque entrelacement. Son esprit géométrique avait fonctionné à merveille. Elle avait à présent une vue tridimensionnelle parfaite de ce qu'elle devrait faire, étape par étape : à quel endroit empoigner la corde, dans quelle direction tirer, sur quel point prendre appui, quelle boucle défaire en premier lieu. Concentrée, elle répétait mentalement les différentes étapes, les yeux fermés. De temps en temps, elle les ouvrait et vérifiait visuellement si l'image gravée dans son esprit correspondait à la réalité.

Le gardien interpréta son attitude comme une tentative de se déstresser, croyant sans doute qu'elle pratiquait une forme de méditation ou de yoga.

Patrick se souvenait du mot d'ordre des paracommandos avant une projection : « Être prêts mais frais. » Il était nécessaire d'être opérationnel mais aussi « frais », physiquement et psychologiquement. Corporellement, c'était pas gagné : les douleurs musculaires dues au ski n'avaient pas disparu, et en plus il se sentait ankylosé après plus de quinze heures d'immobilité. Mais mentalement, il voulait être au top. Il entreprit plusieurs exercices de relaxation, se concentrant sur sa respiration.

Christian explorait mentalement plusieurs cas de figure : Patrick n'atteignant pas le sbire, ne faisant que le renverser, s'interposant entre lui et son fusil-mitrailleur... Pour chaque scénario, il déterminait quelle serait la meilleure action possible à entreprendre.

Patrick sentit une série de deux longues vibrations dans son abdomen, suivies d'une plus brève.

Toujours en verlan, il s'adressa à Marina et Christian, en s'efforçant de garder le ton le plus neutre possible et de ne pas montrer le moindre signe de fébrilité : « Attention, c'est pour maintenant. »

Il jeta un dernier coup d'œil à Christian, le torse ligoté au dossier de la chaise, les poignets entravés posés sur ses cuisses. Il nota que sa jambe gauche tremblait légèrement, et espéra que ce soit par suite de l'immobilisme forcé plutôt qu'à cause du stress.

Ensuite, il regarda encore le gardien, dont le regard passait sans arrêt d'un prisonnier à l'autre. Il se répéta encore une fois l'enchaînement exact des mouvements à effectuer, lorsque soudain, un bruit sourd retentit de l'autre côté de la paroi, suivi par un crépitement de fusils-mitrailleurs.

Une fraction de seconde après, la lumière s'éteignit et la pièce fut plongée dans un noir total.

Le seul scénario qu'ils n'avaient pas envisagé...

Dans un réflexe, Patrick se leva, la chaise attachée dans son dos, et fonça tête baissée dans la direction du gardien. Celui-ci avait une fraction de seconde de retard par rapport à Patrick, et avait à peine entamé le mouvement de son bras droit pour empoigner sa Kalachnikov lorsqu'il fut heurté de plein fouet. Tête baissée, Patrick sentit quelque chose heurter son front dans un craquement sec.

Le nez écrabouillé, le garde se mit à hurler de douleur.

Patrick tomba sur le côté, toujours lié à sa chaise. Sa tempe heurta le sol, et il sentit un objet lui entailler la joue. Il ne ressentit aucune douleur mais éprouva plutôt un sursaut d'angoisse de ne pas savoir ce qui l'avait coupé ni à quel degré.

Christian était abasourdi. Il avait prévu de réagir en fonction de ce qu'il verrait mais il était plongé dans le noir. Les yeux pas encore habitués à l'obscurité, il décida malgré tout de passer à l'action et s'élança à son tour. Emporté par son élan, il heurta quelque chose de dur sur sa gauche, et retomba sur quelque chose de mou sur sa droite. Il n'avait aucune idée de ce qu'il avait touché.

À force de les avoir répétés mentalement, Marina aurait pu effectuer les opérations sur le nœud les yeux fermés. Le noir complet n'était donc pas un problème pour elle : en sept secondes, elle s'était libéré les mains et avait défait le nœud qui la maintenait ligotée au dossier de la chaise.

Elle se redressa. Son esprit fonctionnait à toute allure. Instinctivement, elle imagina Christian et Patrick toujours liés à leurs chaises, sans doute tombés à terre. Selon toute vraisemblance, seuls le garde et elle étaient debout. C'était un face-à-face. Elle savait ne pas pouvoir compter sur ses deux amis entravés.

Patrick faisait le maximum pour percevoir son environnement. Il était toujours ligoté sur sa chaise, étendu sur le flanc droit. Il sentit quelque chose de dur et d'irrégulier sous lui, sans savoir de quoi il s'agissait. Il sentit une main se promener avec fébrilité sur son flanc gauche et respira une forte odeur de transpiration.

Quatre secondes après l'impact, le garde avait déjà repris ses esprits et essayait de récupérer sa Kalachnikov.

Patrick réalisa soudain que celle-ci se trouvait sous lui.

Lorsque la main du gardien passa près de son visage, il eut un réflexe reptilien : il tourna la tête et mordit de toutes ses forces. La morsure fut tellement violente que l'os s'articulant avec le métacarpien du pouce fut littéralement broyé, désolidarisant presque ce dernier de la main.

Il poussa un hurlement.

N'importe qui aurait été figé par un tel cri. Marina, elle, était dans un tel état de concentration qu'elle ne le perçut que comme une série d'ondes sonores que son cerveau analysait à toute allure, essayant d'en remonter le flux et d'en localiser la source.

Le cri fut suivi d'un grognement moins fort. La brusque variation d'intensité et de fréquence lui permit, en une fraction de seconde, d'affiner la détermination de l'emplacement. Elle fit deux pas en avant et asséna à l'aveugle un prodigieux coup de pied circulaire fouetté.

Ce ne fut pas son pied qui toucha la tête, mais son tibia. Celui-ci se fractura net sous la violence du choc. L'impact se produisit au niveau de l'os occipital du crâne du gardien, qui se brisa en trois parties.

Emportée par son élan, Marina tomba par terre.

Inondée d'adrénaline, elle ne ressentit que peu de douleur, mais son instinct lui dictait de ne pas bouger, sentant confusément que la blessure à sa jambe était sérieuse. Tous ses sens étaient aux aguets.

La porte de la pièce fut soudain fracassée, dans un grand bruit, inondant la pièce de lumière.

Elle cligna des yeux, tentant de percevoir quelque chose. Elle ne savait pas si le garde était hors d'état de nuire, mais même si c'était le cas, elle n'avait pas la maîtrise de la situation. Patrick et Christian étaient entravés, donc incapables de se saisir de la Kalachnikov. Quant à elle, elle sentait que sa jambe droite refusait de lui obéir. Un léger mouvement lui arracha une grimace de douleur.

Il ne lui restait plus qu'à espérer.

Il y eut quelques cris, puis le bruit ambiant se fit plus calme. Elle regarda autour d'elle : un ballet de silhouettes s'affairait dans la pièce, dans un très léger brouhaha.

Elle sentit une nausée l'envahir et laissa retomber sa tête en arrière.

Elle vit distinctement quelqu'un se pencher vers elle, sans distinguer ses traits : il était casqué, cagoulé et portait d'énormes lunettes de protection, similaires à un masque de ski.

Son regard se dirigea un peu plus bas et elle vit que l'homme portait un écusson muni d'un oiseau, ailes déployées, qui arborait sur sa poitrine un blason. Ce dernier était constitué d'un damier à cases rouges et blanches.

Épilogue

Quiberon, France : 17 mars 2019

Patrick se sentait bien, il devait le reconnaître. Mais son esprit cartésien refusait avec obstination d'accepter l'idée que c'était grâce au fait d'être couvert des pieds à la tête d'une couche de boue verdâtre.

Judith lui avait fait l'éloge du traitement : élimination des toxines du corps, ouverture des pores obstrués de la peau, amélioration de la circulation sanguine, restauration de l'équilibre du pH de la peau, stimulation de la production de collagène, et bien d'autres choses encore... À croire qu'elle était une commerciale du centre de thalassothérapie de la presqu'île de Quiberon.

Pour lui faire plaisir, il s'était finalement laissé convaincre. Sans doute aussi parce que cela se passerait en Bretagne. Et puis cela ne pouvait pas faire de tort...

Il avait donc mis de côté les préjugés qui lui faisaient voir ce genre de cure comme une tentative pathétique de gens grabataires et sinistres de retrouver désespérément un semblant de forme physique.

Il regarda à travers l'immense baie vitrée : la mer s'offrait en spectacle à perte de vue, mise en valeur par quelques rochers parsemés de buissons épars.

Il se tourna vers Judith, qui semblait somnoler. Comme si elle avait senti l'impact physique de son regard, elle ouvrit aussitôt les yeux et lui sourit.

— Bon, on va à la douche ?

Ils se levèrent et se dirigèrent vers la salle d'hydrothérapie.

Quelques minutes plus tard, Patrick se prélassait sur son lit, feuilletant un magazine de sports nautiques.

— Comment te sens-tu ? lui demanda Judith en haussant la voix afin de couvrir le bruit du sèche-cheveux.

— J'ai un début de mal de tête...

— C'est normal, c'est une réaction de ton organisme au fait qu'il commence à se détoxifier. Prends un peu de paracétamol.

Elle lui tendit un verre d'eau et un comprimé, qu'il avala aussitôt.

Elle s'assit au bord du lit et promena la main sur son ventre. Elle s'arrêta sur un minuscule point rouge. Elle se pencha dessus, plissant les yeux.

— C'est vraiment incroyable, on ne distingue quasiment rien...

Elle se remémorait à présent sa stupéfaction lorsqu'elle avait vu Patrick s'injecter dans le gras du ventre le minuscule équipement électronique, à peine plus grand qu'un grain de riz.

Cette merveille de miniaturisation avait été développée par Terastar, au sein d'un département nouvellement créé et dont la mission était d'élaborer des techniques permettant de capturer des quantités astronomiques de données biomédicales d'un individu, en vue d'obtenir une connaissance inégalée des paramètres relatifs à sa santé. Et, à terme, d'agir en vue de l'améliorer. C'était la dernière lubie de Serguei Klimov, à tel point que Patrick s'était demandé si la raison de cette décision n'était pas un problème de santé qu'on lui aurait diagnostiqué.

L'équipement qu'il s'était injecté devant Judith avant de partir en Croatie était une amélioration spectaculaire de la micropuce sous-cutanée pour humains #BT952000, développée par le Dr Carl W. Sanders lorsqu'il travaillait pour la compagnie Lucent Technologies, et dont le brevet était récemment tombé dans le domaine public. À l'époque, cette micropuce, grâce à la miniaturisation, ne mesurait déjà pas plus qu'un grain de riz, contenait 250 000 pièces et pouvait être implantée sous la peau à l'aide d'une seringue hypodermique. Cette micropuce avait alors seulement pour but de permettre l'identification d'animaux par les technologies « RFID », autrement dit des dispositifs d'identification par radiofréquence.

L'amélioration développée par Terastar avait été spectaculaire : l'équipement permettait à présent non seulement d'être localisé par satellite, mais il pouvait également détecter la gamme de fréquence d'un smartphone situé à proximité, et interférer avec lui de manière à en prendre automatiquement le contrôle, pour ensuite le déléguer à quelqu'un pouvant être situé à l'autre bout de la planète. Inversement, un signal pouvait alors être envoyé par ce téléphone portable et interagir avec la micropuce sous-cutanée. L'effet était pour l'instant limité à faire vibrer l'équipement, mais c'était suffisant pour transmettre des messages courts en utilisant l'alphabet morse international.

— La microchirurgie fait des merveilles, dit-elle. On a réussi à t'enlever ce truc sans laisser plus de traces qu'une piqûre de moustique...

— Oui. Et tu vois à présent le bon côté d'avoir la petite sangle abdominale que tu me reprochais il y a peu, cela laissait plus de place pour ce petit équipement...

Elle se releva en riant et lui pinça fermement la peau du ventre.

— Maintenant que tout cela est terminé, rien ne s'oppose à ce que tu supprimes ce gras superflu !

Judith avait dû visualiser de manière poétique l'enchaînement des évènements afin de réaliser pleinement la prouesse technologique. Pour cela, elle avait fait appel aux personnages des contes fantastiques bretons qui avaient bercé son enfance. Elle s'était imaginé, à la place de l'intelligence informatique encapsulée dans le minuscule équipement, un gnome. Lorsque Patrick avait été enfermé dans la pièce avec son cerbère, le petit démon avait essayé de capter des signaux satellites. Peine perdue, ils étaient dans une pièce fermée. Il avait alors envoyé une armée de trolls vers le smartphone du gardien, et l'un d'eux était exactement de la taille d'une fissure présente dans l'appareil. Un korrigan gardait l'ouverture, mais fut vaincu par le petit lutin. Ce dernier y avait alors pénétré et avait asservi tous les farfadets présents dans l'équipement. Il leur ordonna de continuer à fonctionner normalement, mais en plus de cela ils devaient enclencher le micro du téléphone portable et envoyer ce que celui-ci enregistrait vers un autre numéro, à l'insu du propriétaire. Vers le numéro de téléphone de Judith.

C'est ainsi que le 8 mars 2019, elle reçut un appel d'un numéro de portable serbe. Elle avait été briefée par Patrick avant le départ de ce dernier et savait comment réagir. Elle écouta d'abord ce que le smartphone serbe enregistrait, les échanges entre Patrick, Marina, Christian et un homme disant s'appeler Milorad Knezerodivic. Elle en déduisit sans difficulté que le trio était prisonnier de ce dernier. Elle dévia alors l'appel vers le numéro d'Europol que Patrick lui avait fourni.

Une équipe de l'Agence européenne de lutte contre la criminalité était en *stand-by* pour servir de support en cas de coup dur. Composée des meilleurs informaticiens et spécialistes de télécommunications, elle parvint sans difficulté à prendre le contrôle du smartphone du gardien serbe. Le troll était dorénavant aux ordres des agents d'Europol. Ils n'eurent guère de difficulté pour géolocaliser l'appareil et contacter une unité d'élite de la police croate. En quelques heures, celle-ci fut prête à l'action, à proximité du lieu où se trouvait le téléphone piraté.

Lorsque l'équipe croate fut parée, attendant le feu vert pour l'assaut, les agents d'Europol demandèrent au troll d'ordonner aux farfadets sous ses ordres d'envoyer un signal sur une fréquence donnée. Celle de la micropuce.

Le gnome dans celle-ci reçut le signal, et le traduisit en vibrations. Patrick les ressentit dans son ventre : deux longues, une courte. En morse, il s'agissait de la lettre g. G comme « *Go* ». Le signal convenu pour signaler l'imminence de l'assaut. Le trio avait un coup d'avance et pouvait se préparer à l'exploiter.

∞

Des tables de pique-nique ainsi qu'une cabane en bois avaient été judicieusement installées au bord de l'étang, permettant aux promeneurs de se ressourcer. Reposés, Judith et Patrick se remirent en route et empruntèrent un petit chemin empierré en direction de l'océan.

Elle marchait les yeux rivés vers le sol, pensive. Cela n'échappa guère à Patrick.

— Dis-moi ce qui te tracasse.

Pas le moins du monde surprise par la question, elle répondit sans lever les yeux :

— C'est cette histoire de micropuce que tu t'es injectée. Le développement de ces objets par Terastar m'inquiète. Que cherche exactement ton patron ?

Lui, en revanche, fut interloqué par la tournure que prenait la discussion.

— Je ne sais pas. Collecter plus facilement des infos à caractère médical, je crois. Tu sais, il est parfois assez difficile à suivre, je te l'ai déjà dit.

— Eh bien moi, je me suis renseignée sur ces technologies. C'est glaçant. Figure-toi qu'il existe des projets de loi devant le Congrès américain qui permettront d'injecter la micropuce aux enfants dès leur naissance, soi-disant à des fins d'identification. De plus, le président des États-Unis, selon l'article 100 de la loi de 1986 sur le contrôle de l'immigration, a le pouvoir de décider toute forme d'identification qu'il juge nécessaire, y compris une micropuce insérée sous la peau. Toujours aux États-Unis, l'ex-ministre de la Justice, le général John Ashcroft, a autorisé ces dernières années le développement de camps d'internement pour civils. Or, il a été prouvé que ces camps regorgent d'instruments de torture, mais aussi que l'on projette d'y utiliser des dispositifs permettant d'implanter les prisonniers avec une micropuce sous-cutanée pour humains. Durant la Seconde Guerre mondiale, les nazis « marquaient » les prisonniers à l'aide de tatouages à l'entrée des camps... Aujourd'hui, les États-Unis, dans ces camps pour civils, marqueraient les prisonniers avec des appareils électroniques minuscules afin de les identifier et de suivre leur moindre mouvement ! Et ce n'est pas tout : dernièrement, la presse indépendante américaine a signalé l'existence d'un projet qui rendra obligatoire le puçage des sans domicile fixe dans cinq États, dont New York et la Californie ! On voit donc poindre le moment où on va commencer à rendre cette micropuce sous-cutanée pour humains obligatoire, et on commence d'ores et déjà par les parties les plus faibles de la population, en effectuant un amalgame entre les SDF et les criminels. Alors, je répète ma question : quelle est l'intention du patron de Terastar en contribuant au développement de tels implants ?

Patrick resta bouche bée. Après quelques secondes d'hésitation, il murmura :

— Je vais essayer d'en savoir plus sur ses intentions réelles, je te le promets.

∞

Une semaine après la cure de thalassothérapie, il semblait à Patrick en ressentir encore les bienfaits. Depuis son enfance, son évolution psychologique était marquée par une lutte incessante entre l'obstination typiquement irlandaise et la capacité de revoir de fond en comble des opinions ancrées dans son esprit depuis parfois bien longtemps. Dans ce cas-ci, la seconde l'avait emporté : dorénavant, il ne considérerait plus ces séjours en établissement thermal comme une antichambre de la mort pour vieillards décrépis. D'ailleurs, il avait croisé à Quiberon plusieurs hommes et femmes politiques dans la force de l'âge, se ressourçant pour mieux affronter la prochaine échéance électorale.

Le tintement de la sonnette interrompit sa rêverie.

Il consulta sa montre : Christian Debruyne était exactement à l'heure prévue.

Judith et lui l'accueillirent chaleureusement et ils s'installèrent confortablement dans le salon de son petit appartement genevois. Elle l'avait décoré avec goût, ayant réussi à combiner dépouillement et élégance. La sobriété était une nécessité, les prix fonciers dans la cité de Calvin n'autorisant guère de surface où disposer quantité d'objets. Mais elle avait transformé cette contrainte en atout, et son lieu de vie était un endroit vraiment zen.

Durant l'échange préliminaire de banalités, Judith observa Christian, essayant de confirmer ou d'infirmer la description que Patrick lui en avait faite : celle d'un homme tenace et vif d'esprit, mais vraiment pas rigolo. Les deux premières caractéristiques collaient à la personnalité de son compagnon, pas la troisième. L'ensemble avait malgré tout contribué à ce que le courant passe bien entre les deux hommes. La troisième personnalité, celle de Marina, s'était également bien intégrée au cocktail, en dépit d'une irritabilité exacerbée.

— Quelles sont les nouvelles de Marina ? demanda Patrick.

— Je suis passé la voir au CHU de Lyon, où elle a été rapatriée de Croatie. Sa fracture du tibia était nette mais sans complication ni déplacement. Elle a été traitée par l'application d'une plaque. Elle arrivera à remarcher sans boiter, et pourra continuer à terme à pratiquer ses arts martiaux. Du coup, son moral est au beau fixe.

— Nous passerons la saluer la semaine prochaine.

Christian but une gorgée de café, puis déposa lentement sa tasse, comme s'il cherchait ses mots. L'expression de son visage suggérait qu'il avait quelque chose d'important à annoncer.

— Il y a eu du nouveau dans notre affaire. Les choses se sont précipitées.

Il temporisa un bref instant. Judith et Patrick restaient immobiles, bouche ouverte.

— L'ICIJ a obtenu des documents fournis par un lanceur d'alerte du plus important organisme financier de la fédération de Saint-André-des-Templiers. Nous avons pu récemment mettre la main sur ces informations, et le pôle de criminalité financière d'Europol s'est attaqué au décorticage de ces montagnes de données.

— Laisse-moi deviner, l'interrompit Patrick. Vous y avez trouvé la trace du compte *offshore* de Filipović...

— Non seulement cela, mais nous avons pu retracer la source des paiements qui ont alimenté ce compte.

Ce fut au tour de Judith de l'interrompre :

— Et je parie qu'il s'agit de Ramirez...

— En effet. Le directeur opérationnel du Club Irsac. Nous avions donc assez d'éléments probants en main pour lancer un mandat international contre lui. Hier, les autorités judiciaires fédérales américaines se sont pointées à son domicile, au petit matin. Il ne répondait pas. Comme la loi le leur autorise lorsqu'ils ont un mandat en bonne et due forme, ils ont alors forcé la porte.

Il parut hésiter durant une fraction de seconde, avant de regarder Patrick dans les yeux, comme s'il s'adressait exclusivement à lui.

— Il était mort. Attaché à une table, avec six mètres d'intestins enroulés autour d'une barre en métal.

Patrick sentit l'ensemble des fibres de son corps s'immobiliser soudainement. Judith eut un haut-le-cœur.

— D'après le médecin légiste, la mort datait de quelques heures. Nous l'avons raté de peu...

— La méthode semble porter la signature de Milorad Knezerodivic, murmura Patrick, les yeux dans le vide.

— Selon toute vraisemblance, même si nous n'avons pas de preuve formelle. Mais cela se tiendrait. Après notre libération, Knezerodivic s'est évaporé dans la nature. Lorsque j'ai appris la manière dont Ramirez avait été mis à mort, j'ai repris les enregistrements effectués grâce au piratage du smartphone du gardien par ta micropuce sous-cutanée. Rappelle-toi, Patrick, il y avait plusieurs dialogues entre Knezerodivic et Filipović. Nous n'y comprenions rien, car ils parlaient en serbe. Voici un extrait de la traduction.

Il lui tendit une feuille de papier, que Patrick déplia lentement avant d'en entamer la lecture silencieusement. Judith lisait de concert, collée à lui.

« Knezerodivic : Et pourquoi avais-tu décidé d'acheter une fille ?

— Filipović : Parce qu'il me fallait... une couverture... un domicile fixe... être en couple... ne pas attirer l'attention... c'est Denis Ramirez... qui a voulu ça... c'est le patron d'un club... très puissant...

Sanglots, suivis d'une longue plainte.

— Knezerodivic : et quel est le nom de ce club ?

— Filipović : je ne sais pas... je ne me souviens plus.

Bruit de grincement, suivi par un long hurlement.

— Filipović : Je vous le jure... la seule chose ... dont je me souviens... c'est un nom court... il se termine par « ak »... comme dans Kajmak... mais il y avait un « i » dans le nom... »

Christian attendit encore quelques instants, de manière à être certain que la lecture était arrivée à son terme. Il se colla le dos au dossier du canapé et replia une jambe sur l'autre.

— Les détectives privés dont il nous avait parlé ont fait un excellent boulot : selon toute vraisemblance, sur base de ces maigres indices, ils ont réussi à retrouver Ramirez.

— Et lui-même a achevé le boulot. Sa vengeance...

Ils restèrent quelques instants silencieux.

— Et Knezerodivic ? demanda Judith

— Toujours dans la nature. Toutes les polices du monde sont à ses trousses.

— Et le Club Irsac ?

Christian laissa errer son regard. Par la fenêtre, il distinguait un morceau de ciel bleu strié par une traînée blanche d'avion.

— Ramirez avait, semble-t-il, agi de sa propre initiative. Nous n'avons strictement aucun élément concret permettant d'aller plus loin. Sans compter que ce club n'a aucune existence légale : pas d'archives, pas de compte-rendu de réunions...

Judith regarda elle aussi par la fenêtre, pensive.

— Et nous ne pourrons jamais empêcher des riches et puissants de s'entendre entre eux...

La sonnerie de la porte d'entrée les interrompit.

Judith se dirigea vers le parlophone et regarda l'écran vidéo.

– C'est la Poste, dit-elle en ouvrant la porte. Je reviens.

Elle les laissa continuer la discussion et descendit prestement les escaliers.

Le postier lui remit deux plis, dont l'un exigeait un accusé de réception. Ce dernier était destiné à Patrick Doyle. Judith signa le formulaire, se souvenant que Patrick lui avait dit avoir fait suivre son courrier ici à Genève, où il passait dorénavant plus de temps qu'à Seattle.

Elle prit les deux documents, salua le facteur et rentra dans l'immeuble. Tout en remontant les escaliers, elle regarda le premier pli. Il s'agissait d'un courrier envoyé par son journal. Le deuxième document, adressé à Patrick, était une enveloppe de plus grand format. Elle s'arrêta pour l'observer : sur le coin supérieur droit se trouvait l'inscription « *Sciathán Fiannóglaigh an Airm* » en jaune sur fond noir, surplombant un blason, également avec un fond noir, qui montrait une lame d'épée rouge entourée de deux brins de laurier jaune. Dans le coin supérieur gauche de l'écusson, on distinguait ce qui ressemblait à une ancre stylisée.

Sa connaissance du breton lui donnait un léger avantage pour comprendre l'irlandais, par rapport à ceux qui ne connaissaient aucune langue celtique. Après tout, le breton était le frère du gallois et du cornique, et le cousin du gaélique...

Elle comprit donc, sans aucun doute possible, d'où venait le courrier adressé à Patrick.

Quant à son contenu, elle en devinait la teneur. Durant une fraction de seconde, l'idée l'effleura de détruire le document séance tenante, sans rien lui dire. Mais elle savait que c'était peine perdue : l'expéditeur parviendrait tôt ou tard à le retrouver. En outre, elle avait signé l'accusé de réception...

Elle regarda dans le vide, pensive. Les évènements récents refirent surface dans ses pensées, enflammant celles-ci comme un feu de paille bref et intense à l'issue duquel son esprit se focalisa sur un seul fait, comme s'il émergeait des décombres fumants : les technologies modernes permettaient dorénavant de prédire l'avenir.

Son regard se reposa sur le courrier : quel avenir se cachait derrière ce dernier ? Le futur était-il déjà inscrit dans le marbre, ou cela valait-il la peine d'essayer d'infléchir le cours des évènements ?

Elle inspira profondément, essayant de relativiser. Après tout, cela n'éloignerait Patrick d'elle que durant peu de temps, quelques semaines au maximum. Mais à un moment où elle se sentait proche de lui comme jamais.

Le visage fermé, elle reprit lentement la montée des escaliers.

Imprimé en UE : février 2025
ISBN : 978-2-940766-31-4
Dépôt légal : mai 2025